ずっとそばにいるよ

―天使になった航一平―

横幕真紀

航平あるばむ①

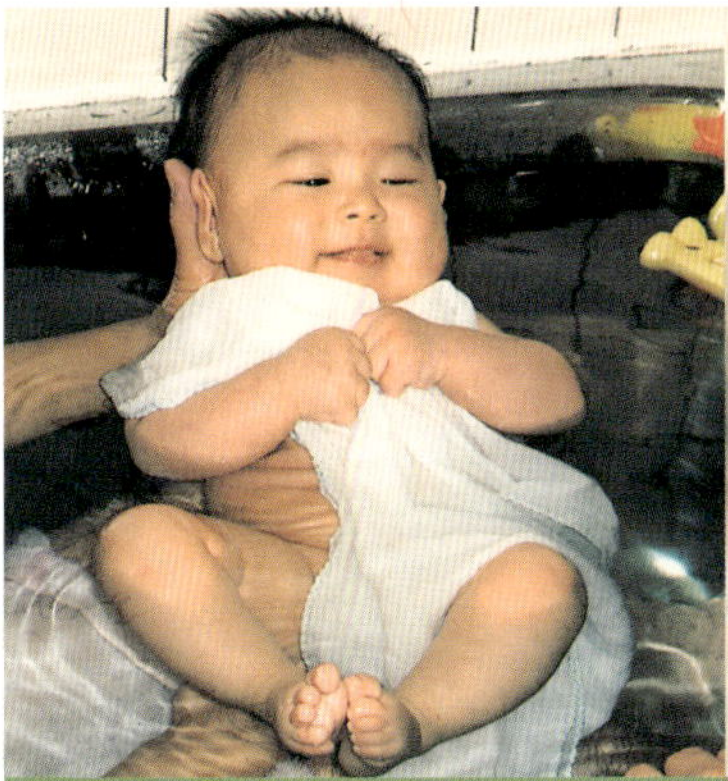

いい湯だな！ お風呂大好き

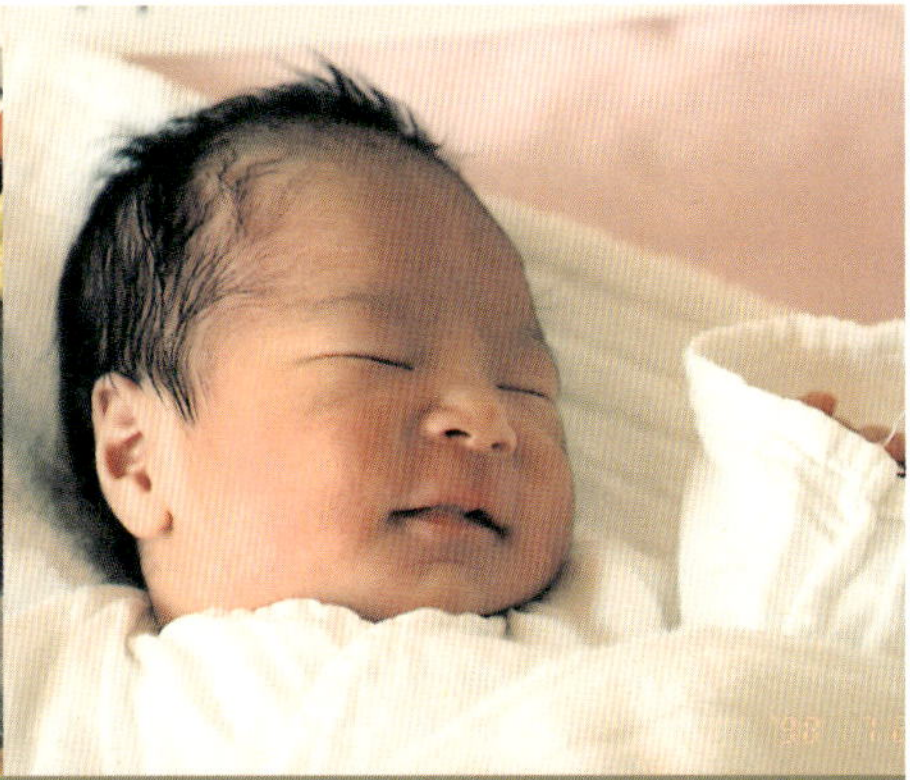

航平誕生

パパ、納豆ちょうだい！

花咲か航平

大ばあちゃん手編みの帽子とセーター

航平のおうち

航平あるばむ②

友だち以上兄弟未満　航平といとこの貴莉菜ちゃん

畑は航くんのあそび場所

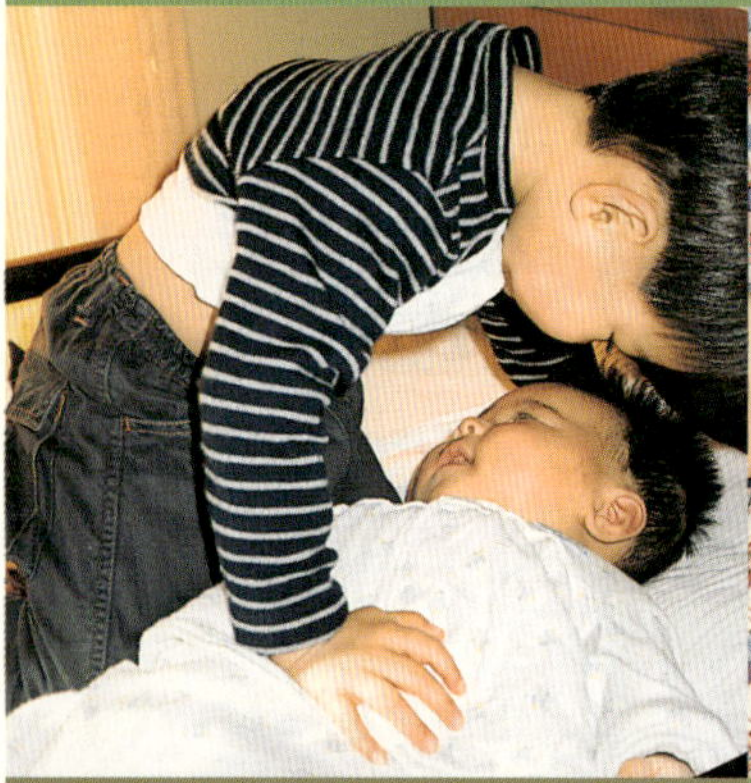

修ちゃん、おっぱいですよ

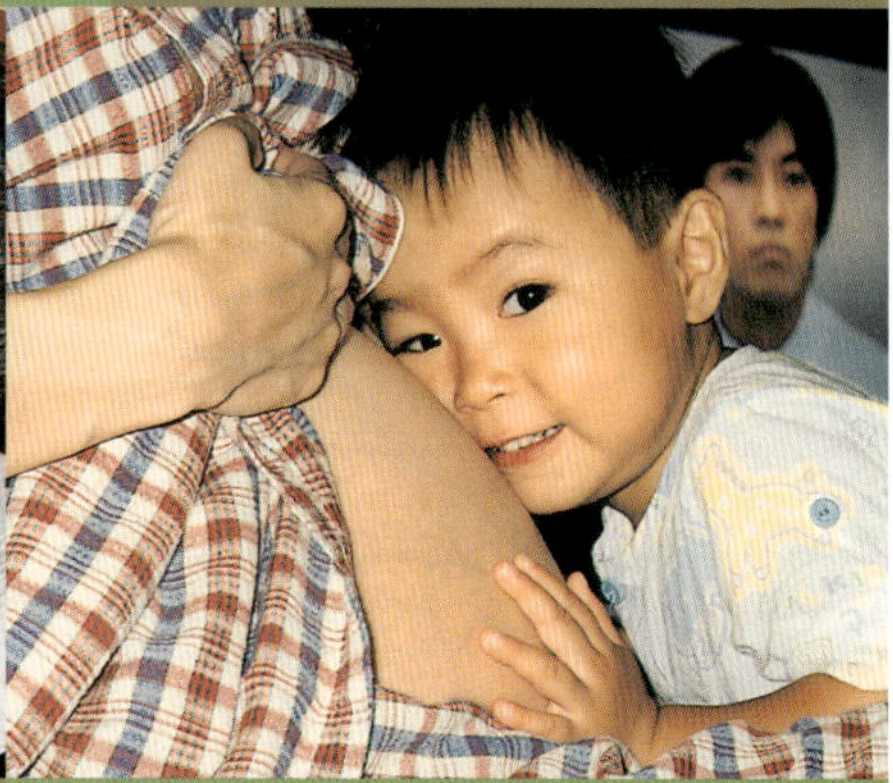

赤ちゃん、航くんだよ！

3歳のお誕生日おめでとう

修ちゃん、だーい好き！

航平あるばむ❸

ガチャポンでgetした仮面ライダーの指人形。やったー！

仲良し兄弟　航くんのだいじな修ちゃん

七五三の着物姿　かっこいいでしょ！

今日から保育園

はりきって歩いた稚児行列

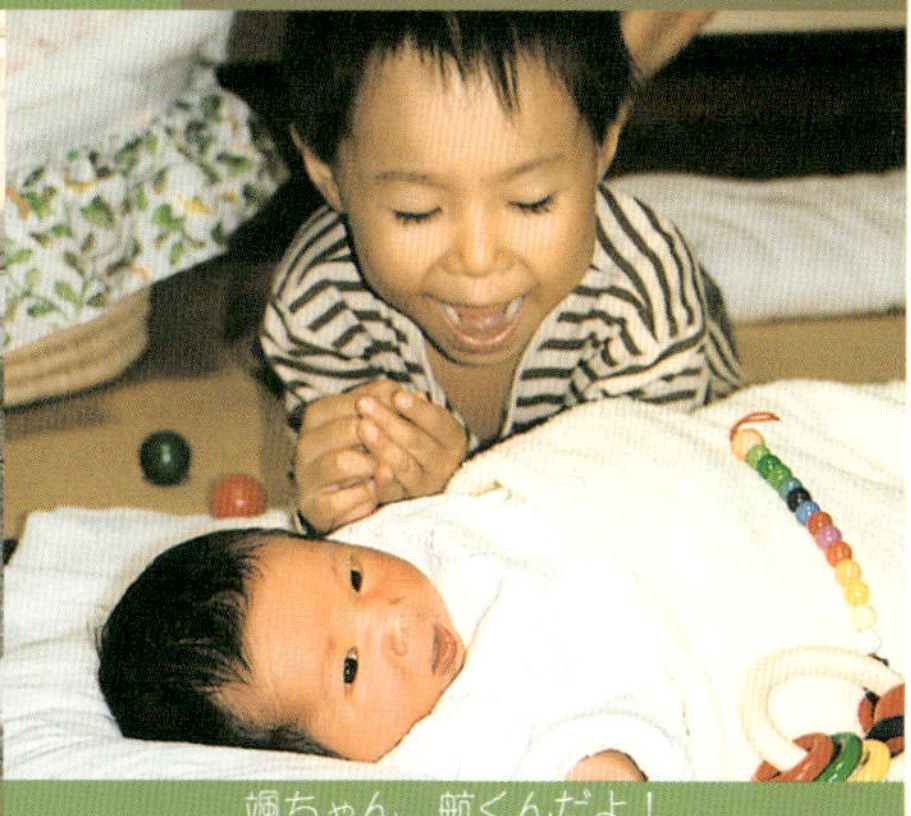
颯ちゃん、航くんだよ！

航平あるばむ ❹

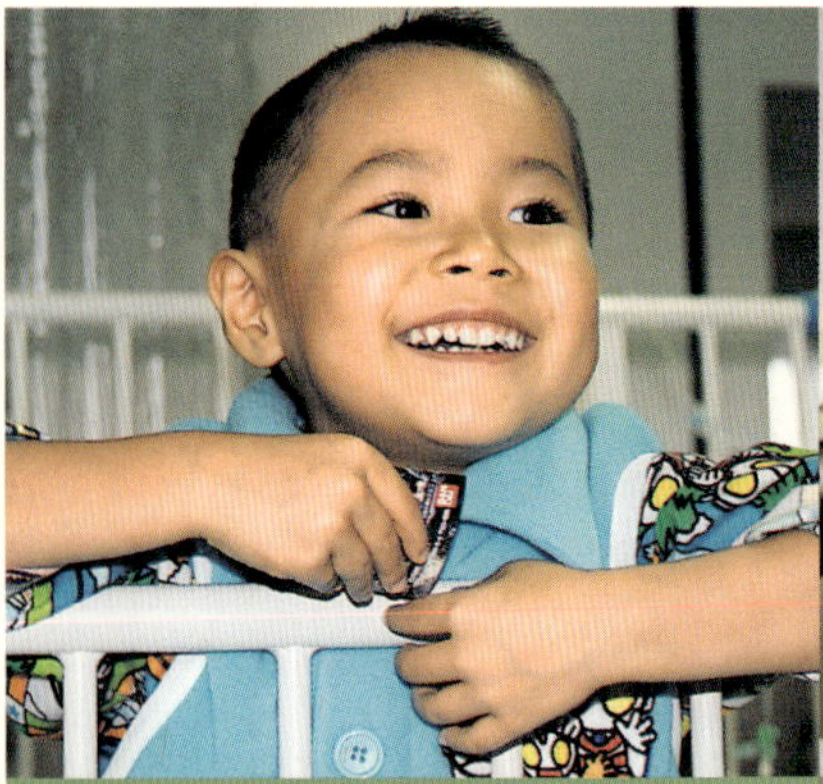
入院してもこの笑顔！　逆に励まされるよ

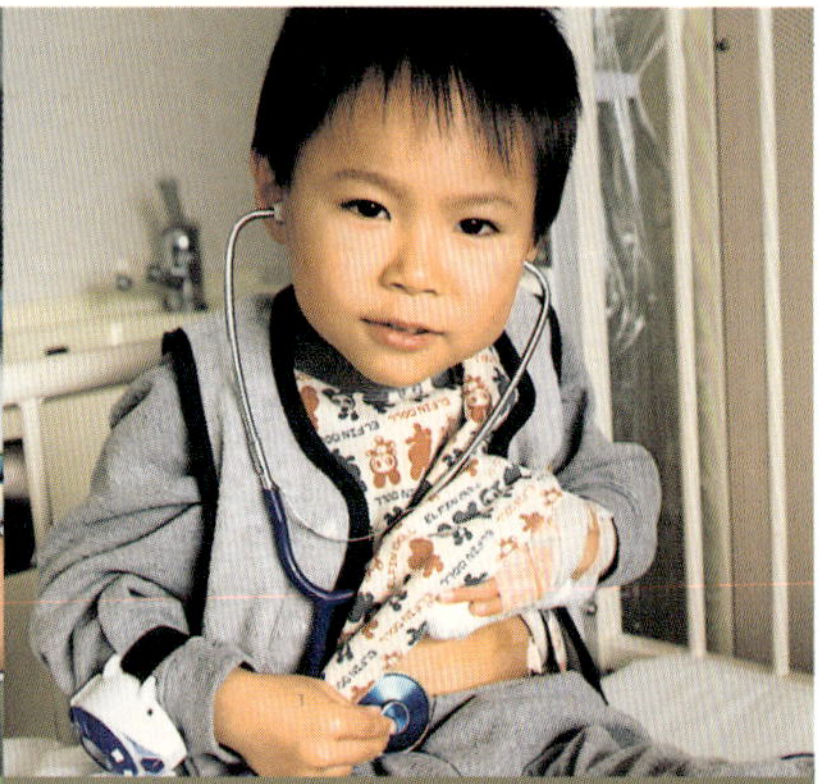
将来はお医者さん？

最高の友だち

航くんのところにもサンタさんが来るといいな

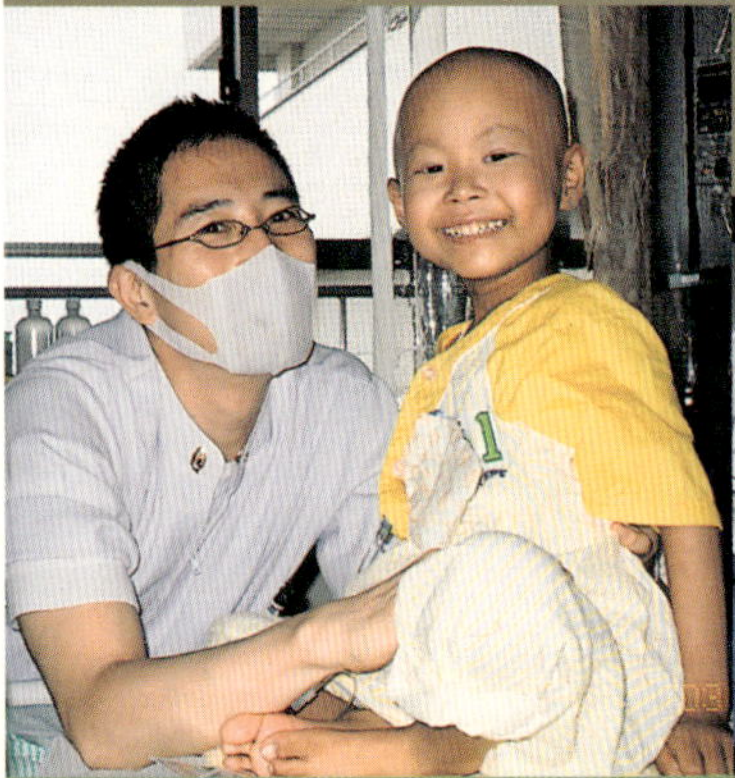
大好きな篠田先生と

ただ今、初めての外泊中　いとこ全員集合！

ずっとそばにいるよ　天使になった航平

横幕真紀

はじめに

二〇〇二（平成十四）年のある夏の暑い日、いつものように夕飯の準備を早めに済ませ、外が少し涼しくなった頃、長男・航平（四歳）、二男・修史（一歳十か月）そして私の三人で、近くの小学校へセミ捕りに出かけた。

ミーン、ミンミンミンミーン。今日も大合唱！　どうしても欲しいと言う航平。見ると、木の上の方に「どうだ！」と言わんばかりにしがみつき、力いっぱい鳴いている。

「よーし、子どもたちのために、がんばって捕るぞー」

妊娠九か月の大きなお腹の私は、タモを片手に張り切った。静かに、そっと……。

「それーっ。捕まえた！」

「やったあ！」

「早く見せて、見せてー」

虫かごに入れたセミはミンミンバタバタ大暴れ。しばらくしたら鳴き止むだろうと思いきや、ますます鳴くセミたち。

「航平、セミは早く死んじゃうからかわいそうだよ。この中狭いし、独りぼっちで、寂しい寂しいって泣いてるよ。早くお母さんのところに帰してあげようよ」

私がそう言うと、

「なら、セミのお母たん探して、一緒にこん中入れようよ。そしたら寂しくないやんか！」

と航平。

なるほど！　そういう発想もあるのか。普通に考えれば、自然に帰すのがいちばん。

でも、考えようによっては航平のほうが真の優しさかもしれない。私は「それっ！」と放すだけ。

「一人でお帰り……」と。航平は、愛するお母さんを探して一緒にしてあげようと、違う角度で相手のことを思いやっていたのだ。

私はハッとした。カタツムリやおたまじゃくしを捕りに行ったときもそうだった。航平は、みんないたほうが楽しいから……と、いっぱい、いっぱい捕まえて飼育ケースに入れた。ひょえー、ウジョウジョしてる！　きっと世話するのは私なんだろうなあ。飼うのをためらう私。ニコニコご満悦の航平。

「これがーパパで、これがーお母たん。これは、航くんで、これは、修ちゃん。これは、赤ちゃん。ほんで、これは、おじいちゃんで……おばあちゃんで……」

あらためて飼育ケースを覗き込むと、やっぱりウジョウジョ！　でも、愛情たっぷりの航平に捕まえられた生き物たちが、なんだか幸せそうに見えた。そして、家族思いの航平に、私も幸せな気分になっていた。

最期の航平。それは、まさに、あのときのセミのようだった。病院のベッドの上の、狭い、狭い酸素テントの中。骨髄移植後の合併症・閉塞性細気管支炎により、息が吐き出せなくなり、体中が二酸化炭素だらけの状態だった。呼吸が弱まって苦しいうえに、一立方メートルの酸素テントの中はどんなに圧迫感があっただろう。でも、航平は独りぼっちではなかった。私がいた。「お母たん」も、ずっと航平と一緒にテントの中にいた。そして、あのカタツムリやおたまじゃくしのように、航平を愛する家族が、人が、周りにたくさんいた。

こんな日がくるなんて……。

航平はみんなに見守られながら、私の腕の中で、あのかわいい瞳を閉じていった。

白血病とわかったとき、どん底に突き落とされた私たちを救ってくれたのは、ほかでもない航平だった。あの屈託のない笑顔と、けなげでいとしい姿に逆に励まされ、「絶対に助けよう」と家族一丸となった。家族の生活はバラバラになってしまったが、いつだって心は一つ。絆はますます深まっていった。

私は、見えない手ごわい相手である「がん細胞」、航平を苦しめる「白血病」が心底憎かった。しかし、病気は航平を強く逞しく、そして、よりいっそう心優しい子にしていった。入院中、良き医療スタッフ、真の友だちやその家族と出会い、また、いつも家族がそばにいる環境に、「病院が好き!」と言った航平。たくさんの人に愛され、幸せだったと思う。わずか五年三か月。ほんとうにセミのように短い命だったが、凝縮された太い人生だったように思う。

命の貴さ、思いやりの心、ありがとうの心、そして、最期まであきらめず、しっかり生き抜くこと(自分であり続けること)を、身をもって知らせ、一人の人間として立派に旅立っていった航平を、心から尊敬し誇りに思う。

ずっとそばにいるよ　天使になった航平　目次

装幀・口絵デザイン　山館　徹

序章【家族】

あたたかくて幸せな生活

結婚

一九七二（昭和四十七）年、私は岐阜県安八郡神戸町《ごうどちょう》で自営業の長女として生まれた。祖父母のいる三世代家族。「ただいまあ」と言えば、必ず「お帰りー」と返ってくる我が家。あたたかい家族に、恵まれた環境。幸せの日々に、このままずっと家にいたいと思っていた。

そんな私も、一九九七（平成九）年五月、高校の同級生だった嘉久《よしひさ》と結婚。両親は店を継ぐべき私を嫁がせてくれた。

いつもあたたかく守ってくれた父と母。そして、一緒にいることが当たり前だった、かけがえのない妹。とても居心地のよかった家を出て、大垣市内のアパートで主人との新しい生活が始まった。

価値観が同じで、一緒にいて飽きなくて、優しい主人。お互いを必要として結婚したはずだった。しかし、主人は仕事上帰宅が遅く、深夜になることはザラ。おまけに平日休み。私は保育士なので土日休み。すれ違いの日々に、何のために結婚したのだろうと疑問に思ったこともあった。「私は家政婦じゃない！」と、怒ったこともある。

私のこうしたいらだちを察してくれたのは、母屋の主人の家族だった。義父、義母、そして二人の妹、祖母。みんな私をほんとうの家族のように受け入れてくれた。母屋はアパートとは目と鼻の先にあった。実家へは車で十五分。駆け込み寺があちこちにあり、孤立せずにいられた私は幸せだったと思う。

七月、ある転機が訪れようとしていた。すぐにでも子どもがほしかった主人、授かりものだからと私。そんな二人の間に新しい命が芽生えようとしていた。しかし、妊娠して間もなく流産。保育園で無理をしたから?と自分を責めた。当時、県の障害幼児研究会があり、私はそのグループ指導のリーダーとなっていた。やるからにはとことんやる性格。当日も子どもたちが喜ぶ姿が嬉しくて、いつものように張り切った。

出血したのは、その日の夕方。そして、数日後に流産となり、手術した。医師に、「大丈夫なときは、多少の無理をしても大丈夫。ダメなときは、安静にしていてもダメ。だから、お母さんのせいじゃないです。赤ちゃんに何らかの障害があって、育たなかったんでしょう」と言われ、救われたような気がしたが、それでいて自分の子となるはずの命が消えたことに涙が出た。今思えば、あの術後の痛みは心の痛みだったのかもしれない。

私は、「大」の子ども好き! 保育士の仕事に就いたのも、子ども、音楽、体を動かすこと、製作が好きだったから。自他ともに認める天職。子どもたちは純真で無限の可能性をもっている。そのキラキラとした目をずっと輝かせつづけたいと思っていた。

航平を身ごもったのは、それから三か月後のことだった。

妊娠検査薬に陽性反応。今度こそ……しっかり！

「赤ちゃん、一緒にがんばろう！」

喜びと同時に、いきなり、つわりとの闘いが始まった。つわりは気の持ちようなんて思っていたが、そんなものではなかった。とにかく気持ちが悪くて、ずっと、二日酔い？車酔い？胃腸風邪？みたいな感じ。ご飯の炊ける匂い、野菜を茹でる匂いがダメ。大好きな肉も、魚も食べられないどころか、テレビに食べ物が映っているのを見るだけでオエーッ。食事を作れるはずもなく、平日は母屋で、週末は実家でお世話になった。何とか赤ちゃんのために栄養をとろうとがんばって食べた。仕事は気力で。どんなにえらくても（「えらい」は東海地方の方言。疲れや病気で身体がだるいときに使う）笑顔を絶やさず、それまでと変わらない保育に、保護者の方もお腹がポッコリ出始めた妊娠六か月まで気づかなかったほど。

名前を考え始めたのは、男の子だとわかった妊娠六か月のとき。本を片手に毎日毎日考え、二人で決めた最高の名前、「航平」。「航」には、海や空のように広い心を持ち、優しく、そして強い子になってほしい、「平」には、平穏無事に世の中を渡ってほしいという願いを込めた。決めたその日から、「こうへい」と呼び始めた。

そして、ちょうどその頃、年度を切りに私は仕事を辞めた。退職を決めたとき、周りから、「もう一度、考え直したら」と声をそろえて言われた。

園長も退職の届出を一か月も先延ばしにしてくださった。私を必要としてくれていると知り、素直に嬉しかった。しかし、子どもを自分の手で育てたいというのが、正直な気持ちだった。不景気で経済的にゆとりがあるわけではなかったが、「家族みんなが健康で、普通に生活していれば、金銭面は何とかなる。でも『愛情』や『幸せ』はお金では買えない。だから愛情（心）の貯金をしよう！」と思っていた。これは、以前、母が私に言った言葉でもある。私が味わった、あたたかくて幸せな生活を我が子にも……。そう心に決めていた。

家族はもちろん、私の気持ちを知った周囲も、誰も反対しなかった。そして、退職後もこんな私をみんな応援してくれて、航平の誕生を心待ちにしてくれた。

長男・航平誕生

一九九八（平成十）年七月十九日。前日の朝おしるしがあり、夜から陣痛が始まった。生理痛程度の陣痛に、こんな痛みでは生まれないだろうと、まだまだ余裕。不安が全くなかったわけではないが、航平に会える楽しみのほうが大きく、興奮してなかなか熟睡できずに朝を迎えた。もうすぐ会える。航平に会える。よーし、がんばるぞー！　航平もがんばって！

外は、雲一つない澄みきった青空だった。気分も晴れ晴れしていた。陣痛の間隔が狭まり病院へ。しかし、子宮口はたったの一センチ。一〇センチの全開までは、ほど遠かった。しかも、破水。それからは、感染予防の注射と、内診の連続。

夕方本格的な陣痛がやってきた。「スーッ」「スーッ」静かに息を吐いてしのいだ。

「体力をつけておかないと、しっかり産めないよ」と、母に無理やり夕飯を勧められ、陣痛の合間に食べ物を口にした。子のためと思うと何だってできると思った。でも、マジで痛い。何だこれーっ！　腰が砕けそう、お腹は破裂しそう……。うーっ。我慢強い私もさすがに参りそうだった。「誰かー」と、代わってもらえるわけでなし、痛いものは痛い。それなら、わめいたり、騒いだりせず、無駄な力を使わずに最後のいきみに残しておこう。かなり参っていたが、不思議と冷静さを保っていた。航平に会いたい一心で……。

夜九時、仕事を終えた主人が駆けつけてきた。またまた心強い味方が。これでいつ出てきても大丈夫。陣痛もピークを迎えた。体力も限界だ。

夜十時、ちょうど、分娩台も空いたということで、痛みに耐えながら移動した。やっと産める！そう思ったとき、なんだか気が楽になった。いよいよだ。最後は、医師の判断で吸引分娩となったが、助産婦の指示に従い、私は力いっぱい、いきんだ。

「オギャーッ！」

夜十一時二十九分、大きな産声とともに「航平」が誕生した。二六九〇グラム、四九センチ。産毛だらけで、モンチッチ（小猿）みたい。主人そっくりだ。

「航平……」

すぐに呼んでみた。航平は泣きながら、こちらを向いた。お腹にいるときからずっと呼んでいた名前。すごーい！　偶然かもしれないが、感動的だった。

初めて航平を抱いたとき、私は感激のあまり、目には涙が、手は震えていた。ちっちゃめだが、ズシッと重く、命の重みを感じ、「この手でしっかり守ろう」と心に誓った。

主人もまた、感動し目がうるんでいた。そして、「ありがとう……」と、私の額にキスをした。幸せいっぱいだった。ふだんは何も信じない私だが、このときばかりは神様がいると信じられた。

神様、こんなにかわいい子をありがとう。航平をありがとう。

みんな、ありがとう……。

そして、航平、生まれてきてくれて、ありがとう！

二日目には、さっそく母乳マッサージと母乳指導が始まった。最初から上手に乳首に吸い付く航平。それに応えるかのように出る私のおっぱい。みごとな連携だった。航平が飲めば飲むほど、おっぱいに道ができ、小さかった胸は、自分のものとは思えないほど巨大化していった。「すごい谷間」「巨乳だあ！」などと喜んでいたのは束の間、すぐに岩のようにパンパンになった。痛くて起きられなくなり、しばらくは芋シップを貼って凌ぎ、必死の思いで授乳した。

授乳のとき、航平は口を三角に開け、乳首付近で探しながら、目星がつくと思いっきり首を二、三回横に振り、一気にパクッと食いついた。スーッ。吸われるときの気持ちいいことといったら……。

これは母親でないと味わえない、何ともいえない感触。全身に産後の痛みがあっても、幸せを感じる。

「いい乳しとる」と看護師さん。おっぱいを褒められるのは初めて！　航平も上手に飲むと太鼓判を押された。やったね！　航平は多いときで八〇グラム飲み、みんなを驚かせた。体重も順調に増えていった。小さく産んで、大きく育つ。理想かもしれない。

誕生から六日目の退院の日、航平は黄疸検査でひっかかってしまった。目をガーゼで覆われて、狭い保育器に入れられ、丸一日光線療法となった。その姿がかわいそうで涙が出た。授乳のたびに「黄疸よ、飛んでいけー！」と何度も祈った。おっぱいをよく飲めているから、母乳性黄疸でしょうとのことだが、心配で仕方なかった。長い、長い一日だった。

翌日、一日遅れて退院。ドレスアップして、実家へと帰った。

目を覚ますと、必ず横に航平がいる。ちっちゃな、ちっちゃな航平。でも、存在は誰よりも大きかった。最初は不思議な感覚だった。でも、いつしかいることが当たり前になっていた。ただ見ているだけでも飽きない。とにかく、かわいい。完全に親馬鹿だった。ビデオに写真、いっぱい、いっぱい撮った。そして、無理のない四行日記もしっかり書いた。将来が楽しみ……。

新米パパとママの子育て

実家に二か月間お世話になった私と航平は、お宮参りも済ませ、アパートへと帰ってきた。日中、移動しようが、やかましかろうが、スヤスヤ気持ちよさそうに寝ていた航平。夜、私たち夫婦は、まずはお風呂で手こずり、航平は私と主人の要領の悪さにギャーギャー泣いた。そして、夜中一時半までぐずり、てんやわんや。この日から、新米パパとママの子育てが始まった。

いくら保育士だった、子どもが好きだとはいえ、子育てはやっぱり大変。何といっても、初めてのことだし、すべて自分でしなければならない。毎日、試行錯誤の連続だった。家事は途切れ途切れ。世の中のお母さんたちちってすごいなあと真剣に思った。

子育てって体力勝負？　心身ともに疲れることもあるが、毎日が楽しかった。航平から得るものは、実にたくさんあった。そして、航平の成長を見るのが嬉しかった。

「子の成長が、親の幸せ」
「子の幸せが、親の幸せ」
「育児は育自」とよく言われるが、まさにその通り！　焦る必要はどこにもない。航平とともに育っていこう。「ゆとり」は、その過程で徐々にできていくのだ。

だから、航平、しばらくはこの要領の悪さに付き合ってね。

母屋へは、毎日のように顔を出した。相変わらず主人の帰りも遅く、産後からひきずっている私の下半身の痛みもまだ消えず、お風呂にも入れなかったため、航平は、母屋で、義父母にお風呂に入れてもらった。

服を脱がせると、お風呂だとわかり、手足をバタつかせ喜ぶ航平に、「入れ甲斐がある」と、義父母。みんな、毎晩八時のこの時間を楽しみにしてくれていた。航平との貴重な触れ合いタイム。航平も嬉しいようで、その間、ぐずることは一度もなかった。楽しくて、気づくと、いつも夜十時を回っていた。一日中ずっと二人きりだと、お互いに息が詰まる。こういう時間を持つことは大切だと身をもって感じた。

日に日にかわいさ、腕白さが増していく航平。「航くん、好き、好き！」と頬をくっつけると、「うーっ」と声をあげ喜んだ。ケラケラよく笑い、笑いすぎて、そのましゃっくりになることもたびたび。航平の笑顔は、みんなの元気の源だった。

主人は、休みも少なく、航平といられる時間が限られていたので、余計にかわいいようで、デレデレだった。「かわいいなあ」の連発。「なんでこんなにかわいいんやろう？」と一人ブツブツ。

五か月に入り、始めた離乳食。最初から食欲満点。二回食。もっと、もっと、と口を開けた。このときの航平は、おっぱいもよく飲みプクプクだった。我が家の食材は、義父母が畑で作る取れた

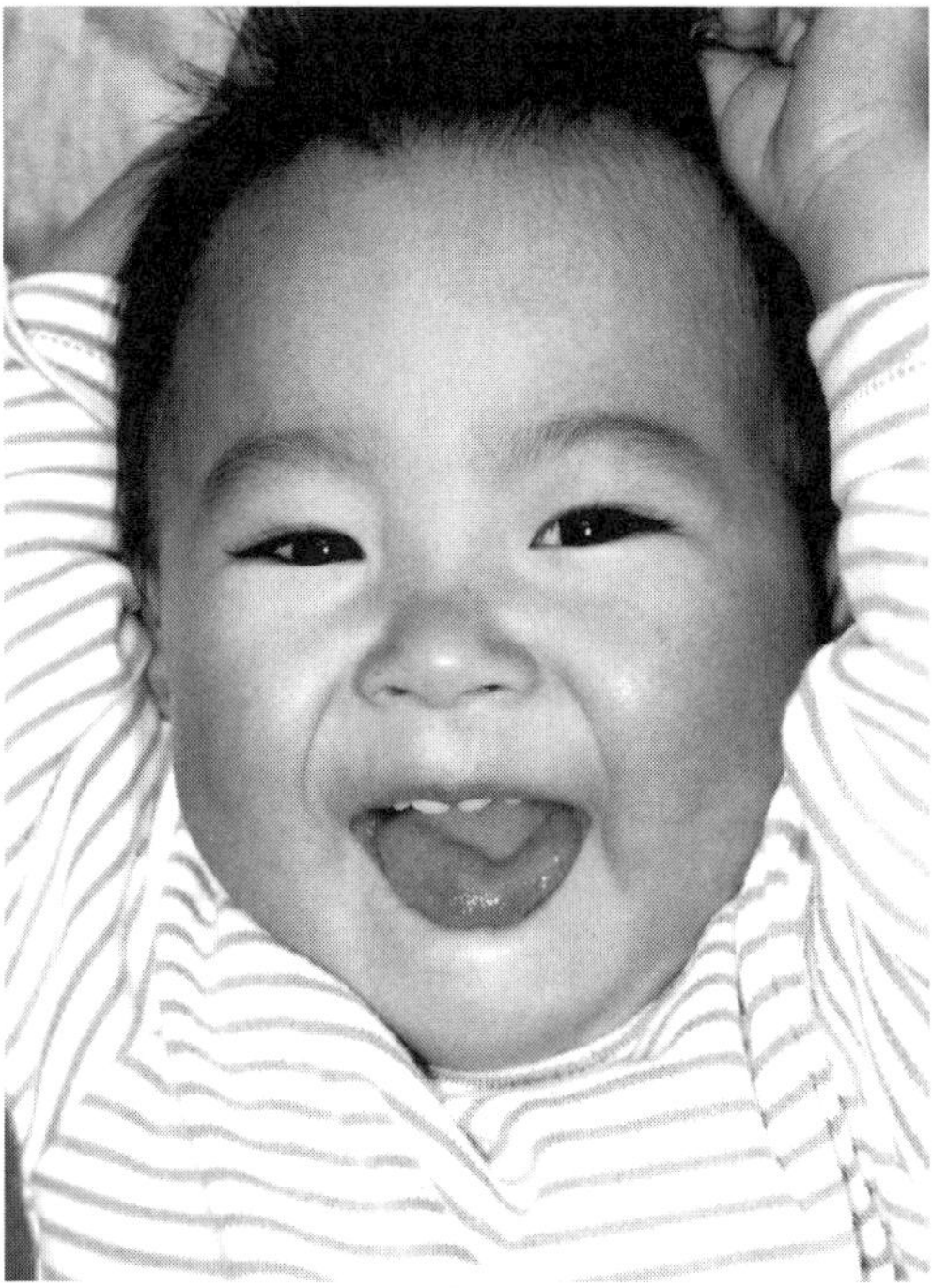

いつもニコニコの航平はどこに行っても人気者。
1.5センチもあるクリンクリン睫が、みんなをとりこにした

ての野菜を使っていた。新鮮で、おいしく、最高の贅沢。航平もよく食べるし、私も、料理のし甲斐があった。離乳食が進むにつれ、航平は自分で食べたがった。スプーン、フォーク、そして箸と、みんな自分から持ち始めた。しかも、難しい納豆さえも、箸で食べようと必死にがんばっていた。すごくがんばり屋さん！　ただ、手も顔もテーブルも床も、ネバネバ。

「ヒョエーッ」

食後のすごさに、私はよく悲鳴を上げていた。でも、航平の何でも自分でやろうとする姿が嬉しくて、微笑まずにはいられなかった。汚れたら、拭けばいいさ！

航平が一歳七か月のとき、私は修史を身ごもった。大雪が降った冬、私は妊娠に気づかず、スキーウェアを着て、航平と大きな雪だるまを作ったり、ショベルを持って滑り台を作って滑ったり、大はしゃぎしていた。次の日、気持ちが悪くて気づいた。あんなにハードに遊んでいたのに出血もなく、赤ちゃんの心臓もしっかり動いていた。やっぱり大丈夫なときは、大丈夫なのだ。ただ、つわりだけは、今回も半端ではなかった。

航平の弟・修史

二〇〇〇（平成十二）年十月十九日、朝四時五十二分。三〇六〇グラム。五〇センチ。二男、修史《しゅうじ》が誕生した。今回は、陣痛から五時間足らずの出産。二人目は早かった。

病院にやってきた航平に、「修ちゃんだよ」と言うと、覗き込んで「かわいいー」と、照れ笑い。でも、初日は何だか不思議そうだった。

二日目、航平は実感が湧いてきたのか、修史をかわいがり始め、来る人、来る人に「かわいいよ。見てみ！」と、もうすでに自慢の弟だった。

退院し、実家に帰って来ると、真っ先に座布団を四枚敷き、「ちゅうちゃん（修ちゃん）、どうぞ　ここ　寝て」（「さしすせそ」が言えず、「たちつてと」になる）と、すごい気の配りよう。

こんな航平がたまらなくかわいかった。もちろん、修史もかわいくて仕方なかった。私は、何人産んでも、みんな同じように愛するだろう。自分の子に順番なんてない。でも、今はとにかく、航平の心を大事にしよう。航平優先。

私は修史が泣いても、

「ちょっと、待っとってね。航くん、先にやってからね」

と言って、航平のことを先に済ませていた。

何日か経ったある日、航平は、泣く修史に、

「待っとてね。今　ママ　来るでね」

と声をかけ、洗濯中の私のところへ、いそいそとやって来た。

「ママ！　修ちゃん　おっぱい　ほしい　ほしい　ゆーとる。修ちゃんに　おっぱい　あげたって」

嬉しい一言だった。

「ありがとう航くん。修ちゃんも、兄ちゃん、ありがとうって言っとるよ」

ニコニコご満悦の航平。何だかとっても得意気。ときには、お尻の臭いを嗅ぎ、ウンチも知らせてくれた。「くさいー」と言いながらも、「修ちゃん　ママに　替えてもらおうか？」と、にっこり。よく気づく、弟思いの兄ちゃんだった。

航平は、よく修史のベビーベッドに潜り込んだ。修史も、兄ちゃんが来るのを心待ちにしていたようで、入ってくると、キャッキャッと喜んだ。楽しそうな二人！


ある日、航平は、ベビーベッドの上で、「修ちゃん　飲み！」と、自分のおっぱいを出してあげようとしていた。しかも、あげる前に、ちゃんとクリーンコットンで消毒していたから驚き！　大人の行動をよく見ているのだと感心した。そして、悪いことはできないなあと思い知らされた。ちっちゃな「ママ」に、頭が下がります。

散歩のときは、必ず航平がベビーカーを押した。

「航くん　押すと　修ちゃん　喜ぶで。航くん　楽しいわー！　修ちゃん　おるから」

と、ニッコニコ！

そんな航平だったから、世間で言われているような赤ちゃん返りはなかったように思う。私は、子育てをするなかで「お兄ちゃんだから……」という言葉は、使わないように心がけてきた。その代わり、「やっぱり、すごいな、航くんは……」は、よく言ったなあ。

航平の鼻血

二〇〇二（平成十四）年三月、航平が朝起きて、突然耳が痛いと言う。すぐに耳鼻科へ連れて行く。中耳炎。一週間、毎日耳鼻科へ通った。

小さい頃から、年齢や男女を問わず、誰とでも遊ぶことのできた航平だが、春から保育園に行くという話をすると、「おうちがいい！　お母たん　おらないで、航くん泣く！」と、嫌がった。

しかし、二〇〇二年四月、大垣市の保育園に入園。当時、周りには、同じような年齢の遊び友だちがいなかったし、修史では物足りないのか、ときどき、当たっていたし、それに、私は三人目を妊娠していて、相変わらずつわりに悩まされ、思いっきり遊んであげられなかったので、園に行って楽しんでくれたらいいなあと思っていた。

入園してしばらくは、自分を出せずにいたり寂しくて泣いたりもしたが、そのうちに慣れ、日に日に逞しくなっていった。と同時に元気な証拠か、アザも絶えなかった。

五月、熱、咳、鼻血が出て、こどもクリニックへ。気管支肺炎一歩手前の状態とのことで、点滴を受けた。「注射いや！」と言っていた航平だが、「動くとブサッと刺さって余計に痛いよ」の一言に、針を刺すときも、全くぐずりもせず、おりこうに処置してもらう。

六月、水疱瘡。

七月、熱、腹痛。保育園に入ると、いろいろな菌をもらって来る。そうやって、免疫が付いていくのだが……。そのたびにヒヤヒヤする。

鼻血はほかに、七月に二回、八月も二回出た。しかも、出始めると、二十分ほど止まらない。主人と二人、脱脂綿で鼻栓を作り、次から次へと入れ替えた。

心配で、病院で診てもらったこともあったが、

「三十九度の熱があるから、その関係（のぼせたような状態）で、出たんだと思います」

と。また、じんま疹が出た際に連れて行った小児科兼皮膚科の医師に、鼻血の話もしてみたが、

「子どもの鼻血は心配いらんよ。特に男の子はよく出るでねえ。一度出ると、粘膜が弱って、そこを触るから、またすぐに出る。触らないように気をつけとってね」

と。保育園でも、

「うちの子もよく出るよ。今朝も出たし……」

近所のおばちゃんも、

「うちの子も、子どもの頃、よく出たわ。シーツ、しょっちゅう洗ったがね」

そっかー、けっこうみんな出るものなんだ。心配が全くなくなったわけではないが、ふだんは元気いっぱいの航平に、とりあえずひと安心した。

体質かどうかわからないが、鼻血同様よく出たじんま疹。アレルギーかもしれないと思い、例の小児科兼皮膚科の医師に血液検査を頼んでみた。その場で簡単な検査をし、

「アレルギーじゃないねえ。おそらく体調が悪いから出たんじゃないかな。子どもだし、痛いのもかわいそうだから、採血はやめとこうか……」

症状に応じて行った三か所の病院。どこも見立てがいいと評判が良く、感じのいい医師ばかり。その医師たちみんながみんな、採血の必要なしだった。大丈夫ならそれでいいが……。検査結果を見て、ものを言っているわけではなかったため、私としては、なんとなく心配だった。


四歳を過ぎた頃から、反抗期なのか、やたらとつっかかってくる航平。言い出したら聞かない。完璧に「おやんちゃモード」。今までがおりこうすぎた？　何に対してかわからないが、イライラしているように見える。情緒不安定？　まあそういう時期もあるさ！と、しばらく航平に付き合うことにした。お腹も大きくなりはじめ、とことんという訳にもいかなかったが……。

すったもんだがあった夏が過ぎ、秋を目の前に、航平も落ち着いてきた。

写真屋さんで前撮りした七五三の袴姿は、とてもりりしく、目がウルウルした。

これからもすくすくと成長しますように……。

その頃、保育園では、運動会に向けての活動が始まり、航平は帰ってからも、家の外でかけっこの練習をしたり、家の中で歌ったり踊ったり……と、楽しみにしていた。出産予定日が運動会に近く、早く産んで見に行くか、見てから産むか、とにかく何とかして航平の晴れの舞台を見に行きたい。そう思っていた。でも、重なったときのことを考えて、保育士に許可を得て、総練習を見に行くことにした。

嬉しそうに、風を切って走る航平。すごく楽しそうに、生き生きと踊っている航平を見て、ジーンとし、涙が出てきそうだった。ほんとうに成長したなあ。とにかく感動しっぱなしだった。

九月中旬、熱、ジンマ疹、鼻血（三十分）。保育園を休んだり、昼に早帰りしたりすることが、一週間続いた。なかなかスッキリしない。元気はあるのだが。

私は、ときどきやってくる軽い陣痛に、「フーッ、フーッ」、吸ってー吐いてー、をしていた。

「お母たん、がんばってね！」

と、気遣う優しい航平。写真で見た出産シーンを思い出したようで、

「血ー出て　痛いかもしれんけど……お母たん、泣いてもいいでね」

「えーっ、お母さん、泣かないよ」

「えっ――？」

航平のほうがびっくり。そして、断乳して以来、毎日私の手首をゴリゴリ（血管を動かすため痛い。や

めてとお願いしてもやめられない航平の精神安定剤）して寝ていたのに、がんばる母に同情したのか、この日は、ただ手を握ってネンネ。

九月下旬、私は、やたらとお腹が張って、ときどき痛くなり、いつ生まれても不思議ではない状態だった。土日で保育園も休みだからと、実家に子ども二人を預けることにした。

じいちゃんのお迎えが来ると、バイバイして、ご機嫌に出かけて行った。しばらくし、電話が鳴った。航平からだった。

「お母たん、郵便ポストに　コスモス入れといたよ。赤ちゃん、がんばりますように……って」

受話器を置き、飛んで見に行った。きれいなピンクのコスモスが二輪入っていた。胸が熱くなった。航平、じいちゃんを待っている間に、畑にコスモスの花を取りに行き、入れたんだ。

「航平、あったよ。ありがとう！　お母さん、嬉しいよ。がんばるからね。神戸《ごうど》で待っとってーね」

すぐに折り返し電話した。航平も嬉しそうだった。その日一日、私はすごくあたたかい気持ちでいられた。さあ、産むぞ！　いつでもかかって来い！

その日の夜、陣痛が来たのに、なんだか眠くて寝てしまった。三人目ともなると、たいしたものだ。結局、週末には生まれず、航平だけ実家から戻ってきた。

十月一日（火）の夜中、航平は、久々に溢れんばかりの鼻血を出した。こんなに出たら、出血多量でどうにかなってしまう。しっかり止まるまでに五十分かかった。最後は、口から血の塊が……。

その日は、心配で眠れなかった。

朝、夜中にあんなに血が出たのに、歩いて保育園に行くと言う航平。本人が言うのだから大丈夫か！　久々に二人きりで、手をつなぎ保育園に行った。こういうのっていいな。

航平の弟・颯大

十月二日（水）。明け方目が覚め、陣痛の間隔が五分であることに気づいた。朝六時、義母に来てもらい、航平をお願いし、主人と病院へと向かった。航平が保育園に行くまでに産んで、見せてあげたいな。

病院に着き、分娩室へ。

その一時間後の朝七時三十五分、三三二五グラム。四八・九センチ。三男颯大《そうた》が誕生した。

横幕家の三本の矢（航平、修史、颯大）は、きっと頑丈だぞ！

ちょっとやそっとでは折れない。

だって、嘉くんと私の子だもん！

航平は、義父と朝一番で病院にやって来た。「かわいい」とボソッとつぶやき、覗き込んではニヤリ……。デレデレの航平。

「とうちゃん（颯ちゃん）！」

と呼んでみる。航平、そんな、あんたがかわいいよ。

この日、航平は計三回、来てくれた。


産後、毎度調子が良くない私は、今回も大事をとって、一か月実家に帰ることにした。航平も九月末で保育園を退園して、一緒に連れて行こうかとも思ったが、十月は毎日練習した運動会もあるし、楽しみにしている遠足だってある。実家も、商売をしているし、大ばあちゃん、それに私、修史、颯大で手一杯。航平は、母屋のみんなのことが大好きだったし、主人も一緒だったから何とか納得し、母屋で過ごすこととなった。週末は、楽しみとして、実家に泊まりに来る約束をして……。


十月四日（金）。義妹の朋《とも》ちゃんと私のいる病院にやって来た航平。明日の運動会を前に、咳がゲホゲホ。かなりひどく、心配で、航平が帰ってからも、母屋に何度か電話する。

熱が三十八度二分あり、冷えピタ（おでこに貼る熱をとるシート）を貼って寝たとのこと。「明日、無理しないように。状態によって、楽しみにしていた、かけっこと、リズム遊びだけでいいよ」と、明日の運動会を楽しみにし、代休をとって行ってくれる主人に伝えた。

そばにいても、心配なのに、いないとなおさら心配だ。

十月五日（土）。運動会。心配をよそに、熱も下がり、フル出場した航平。主人も大張り切り！

義父母も応援してくれた。行けなかった私は、病院で、写真とビデオで我慢するのであった。

来年は、絶対に行くからね！


十月二十三日（水）。夜、「微熱、咳があるよ」と、母屋から連絡が入った。そして、次の日の夕方、熱が三十八度九分まで上がり、近所の医院へ連れて行ってもらった。

十月二十五日（金）。熱三十七度九分。保育園をお休みし、実家に連れて来てもらった。夜、また三十八度六分まで上がり、座薬を使う。薬が効き、元気になると、またいつものように修史と遊び始めた。

次の日、朝から鼻血。航平自ら気づき、ティッシュで押さえ知らせに来た。すぐに止まり、ホッ！

日中、はとこの拓ちゃんが遊びに来た。大量のソフビ人形（ウルトラマンや怪獣）をもらった航平は、ご機嫌、ご機嫌。修史と分けっこし、仲良く遊ぶ。

夜、颯大をかまいたいが、気遣って、

「航くん　風邪ひいとるで　やめとくわ」

と、ガラス越しに話し、

「お母たん、颯ちゃん、おやすみ！　また明日ね」

ほんとうに感心する。航平、早く元気になってね。

十月二十七日（日）。夜中、鼻血が出て、じいちゃん、ばあちゃんの二人で、対応。止まったのは、三十分後。しかも、少し経ってまた出て、さらに三十分格闘。航平本人はもちろん、両親もヘトヘトだったのは言うまでもない。「真紀は夜中の授乳があるから大変だろう」と、両親は私には知らせず、私は次の日の朝、話を聞いた。ほんとうに頭が下がります。

どう考えても、航平の鼻血の量は半端ではない。やっぱり普通ではない気がする。両親も少し前から心配している。

「航くん、顔色、悪くないか？　なんか、黄色っぽいなあと思って……」

そう言われるとそうかもしれない。日焼け？　地黒？　と、思っていたが、ひょっとしたら鼻血による貧血かもしれない。とにかく次に鼻血が出たときは、病院へ連れて行こう。そう心に決めた。

十一月六日（水）。一か月ぶりの我が家。さあ、今日から、またワイワイ、ガヤガヤ賑やかな生活の始まりだ！　とはいえ、いきなり三人は大変だろうと、修史はもう一週間、実家で預かってくれた。

十一月七日（木）。航平は朝からグズグズ。義母と保育園に行く。今日は、保育参観日。私は、颯大に母乳をやり、母屋に預けてから保育園へと向かった。私の顔を見た航平は、嬉しそうに微笑み、何度も何度も振り返った。

イス取りゲームは、笛が鳴っても、焦る様子もなく、空いているところを探し、よっこいしょっ！　マイペース。のんびりというか、欲がないというか……。航平と私は、性格がよく似ているが、遠慮気味なところは唯一違う。それも、航平の良さなんだろうな。

歌や踊りは、とにかく楽しそうだった。一緒に給食も食べて、久しぶりに航平と楽しい一時を過ごした。

それから、一週間して、修史が戻ってきた。久々のご対面に、二人とも嬉しそう。でも、そうこうするうちに喧嘩が始まり、ときには仲裁が必要なことも。自分の思い通りに修史を動かそうとする航平。わからずに怒られ、怒られたことに怒る修史。「バカ!」「バカ!」と飛び交う。航平は、『ごめんね』は?」と何回も言い、修史に謝れという。なんだかいつもの航平ではないみたい。どことなくイライラしている。自分でもどうしようもなく、修史に当たっている感じがする。そんな航平に、修史はオドオド。おっかなびっくり、私のところに逃げて来た。先が思いやられるよ。

第一章【発病】

急性骨髄性白血病

入院

十一月十七日（日）。前日、もみじ谷へ紅葉を見に行った航平。夜から微熱あり。そして、この日の夕方から、三十九度五分の熱が出て、座薬を入れる。しかし、座薬を使っても熱は下がらず、夜九時、三十九度。口の中を見ると、イチゴ舌っぽい。もしや、溶連菌感染症？

十一月十八日（月）。深夜一時半、三十八度九分。おかしい。座薬を使っているのに、どうして熱が下がらないの？　航平はまるで火の玉だった。あまりのえらさ（だるさ）に、冷えピタも嫌がらなかった。

航平、しっかり！　熱よ、飛んでいけ！

朝七時、やっと熱は三十七度台に下がった。ホッ。とはいえ、心配だから病院に行かないと。その前に、保育園に欠席の電話を入れた。ついでに溶連菌の子がいるかきいてみた。すると、三人いるとのこと。これは、決まりだな！　近所の医院に行き、のどの粘膜から検査。結果は陰性。あれ？　医師も、「念のため、血液からも検査しておくね」と。「ついでに、貧血検査もしてください」と私。

とてもおりこうに点滴や採血を受ける航平に、看護師みんな感心。航平、早く治るといいね。結果は二日後の二十日。それまでは、保育園はお休み。

家に帰ってからの航平は、点滴が効いたのか、熱があるにもかかわらず元気。しっかり食べているから、体力回復も早いのかな？　イライラしていたのはえらかったからなのだ。今日は、修史とも仲良し。かくれんぼをしてケラッケラ！　おっ、いつもの航平だ。やっぱり、笑顔がいちばん元気がいちばん！

夜九時、またもや熱が三十八度二分。ほんとうに大丈夫かなあ？　心配で心配でたまらない。

十一月十九日（火）。朝五時半、鼻血がドバドバ溢れんばかりに出る。主人を起こし、脱脂綿を丸めて交換し、二人がかりで対処。三十分後、最後は、口から血の塊が出てきた。前回の経験上、これが出ると、きっと終了。一度、病院にこれを持って行ったほうがいいかなあ。絶対に普通ではない！　不安は募るばかりだった。

朝十時、電話が鳴った。かかりつけの医院の先生からだった。えっ？　結果って明日じゃなかった？　話を聞くと、今朝、検査会社から電話がかかってきたらしく、「溶連菌はマイナスだけど、極度の貧血で、しかも血小板が壊れている」。そして、「すぐに紹介状を持って、大垣市民病院に行ってください」。しかも、「たぶん泊まることになるから、準備していくように……」と。

なんで？　輸血が必要？　何がなんだか……。でも、あれこれ考えている時間はなかった。「十一時までに受付してください！」とのことだったので、とにかく急いだ。母と妹にアパートに来てもらい、修史と颯大を預け、私は航平を連れ、まずは、紹介状をもらいに医院へと向かった。

「赤血球が普通の人の半分。血小板が十分の一です」

すごい貧血。やっぱり鼻血のせい？　何？　まさか、白血病？　素人の私でも、非常事態であることがわかった。しかし、白血球は正常範囲らしく、詳しいことは市民病院でないとわからない。私と航平は、すぐさま、市民病院へと向かった。

待たされること数時間。二人とも、くたくた。私はおっぱいがパンパンに張ってくるし、航平はただでさえ、熱があってえらいのに、いつまで待たせるのだ。

やっと呼ばれ、まず、採血をしに行った。グッと我慢する航平。ほんとうに、感心！　太い針で痛いのにね。しばらく、「痛い、痛い！」と怒ってはいたが。

私は、検査結果にハラハラ。なんかすごーく嫌な予感。名前を呼ばれて診察室へ入って行くと、医師から、「白血病の可能性九〇パーセントです。ここでは、治療できないから、紹介状を持って、旦那さんと専門医のいる岐阜市民病院へ行ってください」と、篠田邦大《くにひろ》先生を紹介された。

そのときはショックというより、やっぱりという感じだった。かといって、当然納得いくわけはない。夢？　きっと悪い夢だ。航平が白血病？　なんで？　どうして？　貧血は納得できる。でも、白血病、血液のがんって何なの！

回転イスにお腹を付け、クルクル回る健気な航平を目の前に、私は泣くに泣けなかった。でもほんとうは、今にも崩れそうだった。溢れそうな涙をグッとこらえ、車へと乗り込んだ。誰かに報告したら、おかしくなりそう。でも、嘉くんには報告しないと。

「お母たん、どこ行くの？」

「もーっと、大きい病院」

「おうち　帰ろうよ」

「帰りたいね。ほんとうに帰りたい」

こらえていた涙が一気に溢れた。運転中なのに前が見えない。もうどうなったっていいや、そんなふうにも思った。でも、気を取り直し、「しっかり！」と自分に言い聞かせ、なんとかアパートへと帰って来た。午後三時を回っていた。

車から降り、みんなの顔を見た途端、その場で泣き崩れた。でも、時間もなく、あわてて帰って来た主人とすぐに合流。岐阜へと向かった。私は、ショックからか、トイレに行くのも忘れていたからか、膀胱炎に。しかも、血尿まで……。こんなときに……。

航平は、疲れて眠ってしまった。また熱も出てきたようで、熱い。

かわいい寝顔……。見ると、涙が出てきた。航平、この先、どうなっちゃうの？

主人は、ずっと無言だった。彼もまた、話したら、きっと泣いてしまうと思ったに違いない。胸が締め付けられる思いだった。

岐阜市民病院は、外来も終わった時間で、ひっそり静まり返っていた。

夕方四時、航平はすぐに診てもらえた。

紹介された篠田先生は、若く私たちと同じような年齢層。この医師で、ほんとうに大丈夫かなあ？　大垣市民病院の小児科医の紹介だし、見た目は爽やか、清潔感があり、好感はもてた。子どもの扱いも上手。問題は「腕」。

診察中、おりこうな航平に、篠田先生は驚かれた。

「この子、いつも、こんなにおりこうなの?」

クリクリお目々で見つめる航平。

「そうです」

ウルトラマンのように強くなりたくて、病院へ行っても、決して泣かなくなった航平。でも、その後の採血では、大泣きした。それは、そうだ。今日、しかも、さっき採血したばかり。さすがの航平も泣きわめく。胸が痛むよー。

問診、診察も済むと、そのまま入院となった。部屋は、七階の小児病棟のいちばん東のクリーンルーム(無菌室)。戸を開けると、畳《たたみ》一畳ほどの前室があり、そこには、殺菌ロッカーが置かれていた。航平が手にするものは、すべてそこで三十分殺菌してから、中へと持ち込むことになる。さらに戸を開けると、わずか四畳半ほどの部屋があった。上とサイドにビニールカーテンが三分の一ほどひかれている空気清浄機付きベッド、ポータブルトイレ付き洗面台、テレビ、処置台が所狭しと置かれていた。

「航くん、今日から、ここが航くんのお家だよ。なんか狭いけどごめんね。航平の血の中にバイキンマンが入っちゃったから、薬でやっつけるんだって」

「ちゃんと、お母さんとか、お父さんが、いつもそばにいるから、大丈夫だからね」

説明もままならないまま、すぐに抗生剤の注射の皮内反応テスト（身体に合うかどうか、皮内に注射して検査）が始まった。これは大人でも痛い。それを、四本も。かわいそうすぎる。

「ウオー、ウオー」

今まで聞いたこともない泣き方で、必死に抵抗する航平。

これから、こんな辛い日が続くのだ。やりきれない思いで、いっぱいだった。

でも、私は、航平の前では平静を装った。というより、不思議と航平が辛さを忘れさせてくれた。いつもと変わらない航平。笑顔のかわいい航平。お茶目でひょうきんな航平。人を気遣う航平。

――真紀、しっかりしないと！　私が守らなくて、誰が航平を守る。

家族の協力

入院の日の夜、「ママ、一緒に寝よ」という航平に、「パパと寝ようさ。お母さん、明日、航平のパジャマとか持って来なあかんで」と説得する主人。航平は、しぶしぶ納得した。

「航平、また明日来るからね」

私は、笑顔で病室をあとにしたものの、後ろ髪を引かれる思いで、もうそこからは、冷静さを失っていた。航平、ごめんね。ほんとうにごめんね。今夜のことだけでなく、もうすべてのことにごめんね。溢れる涙を何度も何度もぬぐって、みんなの待つアパートへと車を走らせた。

家に着いたときは、すでに夜十時を回っていて、修史も颯大も寝ていた。私の帰りを待っていた母屋、実家のみんなが合流し、オーオー泣いた。

「なんで航くんが……」

「こんなことって……」

誰もが信じられない、信じたくない状況に泣き崩れた。

何分か経って、泣いていても何も始まらないからと、どうにかこうにか気を取り直し、みんなで明日からのことを相談した。でも、その間も思い出しては泣き、思い出しては泣き……。もうどうしようもない状況だった。

その日の夜は、母にアパートに泊まってもらった。私は、夜中、泣きながら颯大におっぱいをやり、寝かせると、みんなの荷物をまとめた。病院にいる航平用、母屋で生活する主人用、実家で生活する修史と颯大、そして私用。

やっと、一家五人そろって暮らし始めたのに……。これから、賑やかで楽しい生活を送るはずだったのに……。ポロポロ、ポロポロ、涙が出てきた。

しかも、明日、写真屋さんで、家族写真を撮る予約をしていたのに……。

その晩は、当然のごとく、一睡もできずに朝を迎えた。目覚め、すぐにでも航平の待つ病院へ飛んで行きたかったが、私は、膀胱炎がひどく、朝一番で産婦人科へ行った。なんだって、こんなときに……。注射を打ち、母乳を断念する方向で考えていると、妹から連絡が入った。「みんなで協力するから、せっかく出ているおっぱいを止めるのは、やめたら……」と。ありがたい一言に、日中は、絞って母乳パックに入れ、冷凍保存することにした。そして、夜は実家に帰り授乳することにした。

私はその足で保育園に行き、泣きながら、退園手続きをした。先生方も「なんで航くんが……」と、涙を流された。そして、「待っているから」と、言ってくださった。

――絶対に治って、またお世話になります。

願掛けに、あえて通園カバンや帽子、園児服は、玄関にかけたままにした。

実家に修史と颯大を預けに行くと、どっさりと、白血病に関する本が置いてあった。きっと、我が子のようにかわいがってくれていた妹が、航平のことを聞いてすぐに図書館で借りてきてくれたのだと思い、私はまた大粒の涙を流した。

その日、言うまでもなく、みんなの目はボンボンに腫れていた。そして、重い口を開いては泣き、開いては泣いた。

どん底に突き落とされるとは、こういうことを言うのだろう。辛く、悲しく、やりきれない。でも、いちばん辛いのは航平だ。家族と離れ離れになったうえに、狭い部屋の中で、しかも辛い治療が待っている。こんなふうに、周りがめげていてはダメだ！　航平が元気になって帰って来られるよう、何が何でもがんばらないと！

「みんなには、ほんとうに迷惑かけっぱなし。またいろいろとお世話になります」

一家団結。家族一丸。話を聞いたそのときから、何も言わなくても、すでにみんな協力態勢だった。

――航平、絶対に元気になって、帰ろうね！　修史、颯大、兄ちゃんがんばるから、待っていてね。


私は、急いで病院に行き、部屋の前で手をアルコール消毒し、前室から覗いた。

あれ？　すごーく静か。誰もいないの？

中に入ると、ベッドの片隅にちょこんと座り、輸血している航平がいた。めっちゃ、かわいい姿。

赤血球、血小板ともに入れてもらい、顔色も回復。私が行くと、安心したのか、元気いっぱいになり、腕白坊主に変身！

今思えば、運動会の頃の顔色は、やっぱり普通ではなかった。目の前にいる航平は、血色も良く、これで治った！という感じがするのに……。

今からでもいい。何かの間違いだったと言ってほしい。

病名告知

十一月二十一日（木）。初めてのマルク（骨髄検査＝腸骨（骨盤）に針を刺し、注射器で骨髄液を抜く。幼児のため、麻酔を使う）。

朝、篠田先生がいらっしゃって、にっこり微笑み、

「航平、行くぞ！」

元気な先生に、航平圧倒？　おとぼけ、愛想笑い。それでいてやっぱり不安そう。

「何するの？」

「寝るの！」

マスクをした航平は、何も疑わず、処置室へとすんなりついて行った。そして十五分後、

「おりこうやなあ、この子！　むちゃくちゃ、おりこうやった。泣かへんし、動かへんし。すごいぞ！」

と先生。抱き抱えてきてくれた担当看護師の杉本さん（スレンダーで、航平好みの、若くてかわいくて、優しそうな人）も、

「航くん、ほんとうに、おりこうやったね」

ベッドに横になると、「夢を　見とった」「お目目が　いっぱいある」「なんか　おばあちゃんのめがね　ヘン！　いっぱい！　八個ある」と言っていた航平。

三十分後、「ママの　お目目　二個」と、すっかり麻酔から覚める。

しばらくして、退屈しないようにと持ってきたウルトラマンや仮面ライダー、怪獣の人形を出すと、大喜び！　さっそく遊び始めた。お決まりの戦いごっこ。

「トーウッ！」

とにかく激しくて、負けたほうをベッドの下へと落とす、落とす。

治療によって免疫が低下し、菌を拾いやすくなるクリーンルームの子たちは、下に落ちたものは不衛生ということで、そのたびにアルコールガーゼで消毒しなければならなかった。航平は半端ではない元気さ。私は、消毒に精を出すのであった。けっこうなことなのだが、大変だ！

十一月二十二日（金）。ハサミ遊びをする。何でも器用に切り、製作する航平だが、夢中になり、今日はシーツまでジョキジョキ。ヒョエーッ！　後日、点滴の線もジョキン。故意にではなく、長いので、紙と一緒に切ってしまったのだ。血がポトポト……。大変だ！　切れた点滴の線を持って上の方に上げ、ナースコール。以後、慎重に！


夜、主人と私は、航平のいる部屋で、篠田先生から骨髄検査の結果を聞いた。白血病でも治りやすいといわれるリンパ性にかけていたのに、むごいことに骨髄性。しかも、変わった型のものらしい。まだ、決定ではないらしく、もうひとつの大学の検査結果待ちとのこと。慎重に判断しないと、治療方法も変わり、大変なことになるからと。小児の白血病の約七割が急性リンパ性白血病で、次いで約二割が急性骨髄性白血病。そして、慢性の白血病……という頻度らしい。治る確率としては急性リンパ性白血病が約八割、急性骨髄性白血病は約五割。まったく、どこまでどん底に落としてくれるのだ。ほんとうに辛すぎる！

でも、五割は助かる！　昔なら不治の病。白血病＝死だったが、今は治るのだ。

航平、絶対あきらめないで、がんばろうね。みんなで航平を守るからね。航平なら、きっと大丈夫！

航平に言い聞かせるというよりも、自分自身に言い聞かせる私だった。

病院では出ない涙が、実家に着くと、ドーッと出る。私は、毎晩泣いて、泣き疲れて眠った。


それから二日後、昼から、主人と二人、処置室で、篠田先生から最終検査報告を聞いた。

航平の病名は、「急性骨髄性白血病」。しかも八種類（M0〜M7）あるなかでも、珍しい型の「M7＝巨核球性白血病」。岐阜市民病院で、子どもの骨髄性自体、年間一〜二人。全国でも一五〇人〜二〇〇人程度（十万人に一人）。そのなかで、航平のM7は、百人に一人の割合。ということは、何？ 航平は、全国で一人か二人に入る？ 宝くじを当てるより難しい確率ではないか！

それから私たちは、治療方法、薬の副作用、免疫についてなど、さまざまな話を聞いた。しかし、初めて聞く言葉ばかりで、わかったような、わからないような感じだった。

とにかく、一回目の抗がん剤治療が大変で、薬が効いて寛解《かんかい》（見た目上、がん細胞がなくなった状態。実際には、一兆個あったがん細胞が百分の一〜千分の一に減ったにすぎない）を迎えないことには、先に進めないこと。順調にいけば、化学療法（五クール）のみで、約八か月で退院できる。ただもっと細胞を詳しく調べ、骨髄移植が必要になる場合もある。治療中は免疫が低下するため、私たち家族は、航平に絶対に菌を持ち込んではいけない。それだけは、はっきりわかった。

先生の話のあと、私は、

「抗がん剤の治療をして、辛い思いばっかりして、助からないくらいなら、今すぐ、航平を連れて帰ります。好きな所へ連れて行って、好きなことをいっぱいさせてあげたい。絶対に実験台にはしたくない。実験台になるくらいなら、やめます！」

と、泣きながら話した。そんな私のいっぱいいっぱいの気持ちを受け止め、主人は俺もだと言わんばかりに、私の頭をなで、抱き寄せた。

重い空気のなか、篠田先生は、

「とにかく、助ける。そのために最善を尽くす。俺はあきらめんから。航くん、今、すこぶるいい状態（がん細胞率は半分以下、体力も元気もある）。だから、がんばろう！」と。うーっ、いい状態だから辛い！　航平が苦しむ姿を想像すると、居ても立ってもいられない。しかし、先生に「治療しなければ助かるものも助からない」

と言われ、ハッとした。

「不治の病は昔のこと。今は、治療方法もあるし、治る病気になりつつある。確率の五割が、低いか高いかは、人それぞれだけど、あくまでも確率。一パーセントでも助かることもあれば、九九パーセントでもダメなこともある。でも、やらなければ、間違いなく死ぬ」

五割。そう、助かる確率五割。これにかけよう！

この日、私は、手にした本で、臍帯血の存在を知った。骨髄移植のほかに臍帯血移植もあるという。それを目にしたとき、とにかく悔しくて悔しくて仕方なかった。航平がかかっていた三軒の病院のうち、一軒でも血液検査をしていたら……。その結果、出産前に病気がわかって、私と颯大の臍帯血が使え、移植可能であれば、航平は治ったかもしれない。目の前にあった命の綱を気づかずに断ってしまい、自責の念に駆られた。悔やんでも悔やんでも悔やみきれない。

しかし、後に、この臍帯血移植は岐阜県ではまだ行われていないことを知った。救われたような……。かといって、出産前に病気そして臍帯血移植の存在を知っていたら、航平が助かるためならどんなに遠い病院でも行ったに違いない。確かに臍帯血にも型はある。そして、細胞数が足りなければ使いものにならない。骨髄回復が遅いという難点もある。だが、順応しやすい。それに、誰も痛い思いをしなくていい。現時点では、臍帯血バンクはコストの関係などから一部の地域しか普及していないらしい。我が子との臍帯血がいつまでも残っていて、いつでも使える状態の時代だったらよかったのに……。

済んでしまった臍帯血のことを考えても、どうしようもないのだが、それからも何度も脳裏をかすめ、やっぱり悔やんだ。このことに関しては、この先もずっと悔やむだろう。

篠田先生が、入院当初、「お母さん、出産したばっかり？」とがっかりされたのは、赤ちゃんがいて大変だというのではなく、臍帯血のことだったのだ。でも、先生は一言もそのことには触れられなかった。きっと、私たちの気持ちを察してくださったのだろう。

また、JACLS《ジャクルス》という小児がんの研究グループへの勧誘も、決して強制的ではなかった。入るのを悩んでいた私たちに、「入ってない人は、いないよ」などという言い方は、されなかった（実際には入っていない人はいなかったのだが）。「ゆっくり二人で考えて、返事して」と、言ってくださった。

親の気持ちを大切にし、ストレートなこの先生なら、信じられる気がする。先生を信じよう。信じるしかない。情けないが、親なのに、どうすることもできない。なんだか無力さを叩きつけられた感じがした。

――私にできること。それは、今までと変わらず、航平の大好きな、「明るくて元気なお母さん」でいること。そして、航平のそばにいて、あのかわいい笑顔を守ること。航平の心の支えになること。そして……必ず治ると信じること。

一休さん

十一月二十五日（月）。主人、私、航平、修史のHLA（ヒト白血球抗原）の検査をした。白血球の型が合えば、骨髄移植が可能になる。望みが広がるのだ。HLAの型は、骨髄液ではなく、腕からの一〇cc ほどの採血でわかるらしい。

この日は忙しく、部屋移動（719号室へ。移植対象児の部屋。ナースステーションの横にあり、広くて快適？とはいえ、部屋から出られるわけでなし、ベッドから降りられるわけでないが）と、中心静脈カテーテルの手術があった。

手術着に着替え、ストレッチャーにのった航平は、「今から　何するの？」ときいてきたが、「先生に点滴の線を肩の辺から入れてもらうんやけど、航くんは、寝とるだけやよ」と説明すると、そっか！　といった感じで、こっくり頷き、素直に納得した。内心は不安でいっぱいだろうな。


この一週間、誰がどの時間帯に航平に付くか、いろいろローテーションを組んでやってみた。ほんとうに、両家の家族の協力なしにはやっていけない。それぞれ大変な状況のなか、みんな快く引き受けてくれ、「真紀ちゃんのいちばんやりやすい方法で」と全面協力してくれていた。航平のことを第一に考え、みんな航平を助けたい一心で動いた。

実家と妹家族には、修史と颯大をお任せ。母屋には、航平の病院生活のお手伝いをお願いした。日中は私が航平に付き添い、夜から朝にかけては義母、それ以外の家族も、仕事の休みには進んで航平のそばにいてくれた。近くに頼れる人がいる私たちは、すごく恵まれていると思う。みんなの協力のお蔭で、私は、航平にしっかり付くことができた。また、わずかな時間だが、修史や颯大にも毎日会うことができ、母乳もやれた。

みんなの気持ちは一つ。

――航平の命を守りたい。

十一月二十六日（火）。さっそく二回目の血小板輸血。この日の明け方、鼻血がドバドバ出た。確実に病魔が襲っていることを物語っていた。そして、原因はわからないが、大量に嘔吐。色も黒っぽく、淡い橙色が混じっていた。吐く前に、お腹が痛いとうずくまっていた。もっと前から気持ちが悪いのに、我慢していたのだろう。

杉本さんに身体をきれいに拭いてもらい、パジャマもシーツも交換し、スッキリ！　シーツ交換のときは、ベッドサイドで私が抱っこ。嬉しそうにベッタリ甘えてくる航平を、私はギューッと抱き締めた。お互いに幸せを感じるときだった。

――航平って、あったかい……。

朝十一時、治療で髪の毛が抜けるから短くしようと、篠田先生がバリカンを持っていらっしゃった。初めてのバリカンで、航平がひどく嫌がったため、先生と私とでハサミ片手に髪をカット。出来上がりは、みごとなマダラ模様。虎刈り？

航平は鏡を見て、ムッとし、すぐに顔を背けた。

しばらく、腑に落ちない感じだったが、がんばったからと、先生にアイスクリームを許可してもらい、一気にご機嫌に！

数日後、航平はやっぱり頭を気にしていたらしく、

「航くん、なんか　この髪の毛　恥ずかしいな。みんなに見せたくない」

「いいじゃん！　かわいいよ。一休さんみたい」

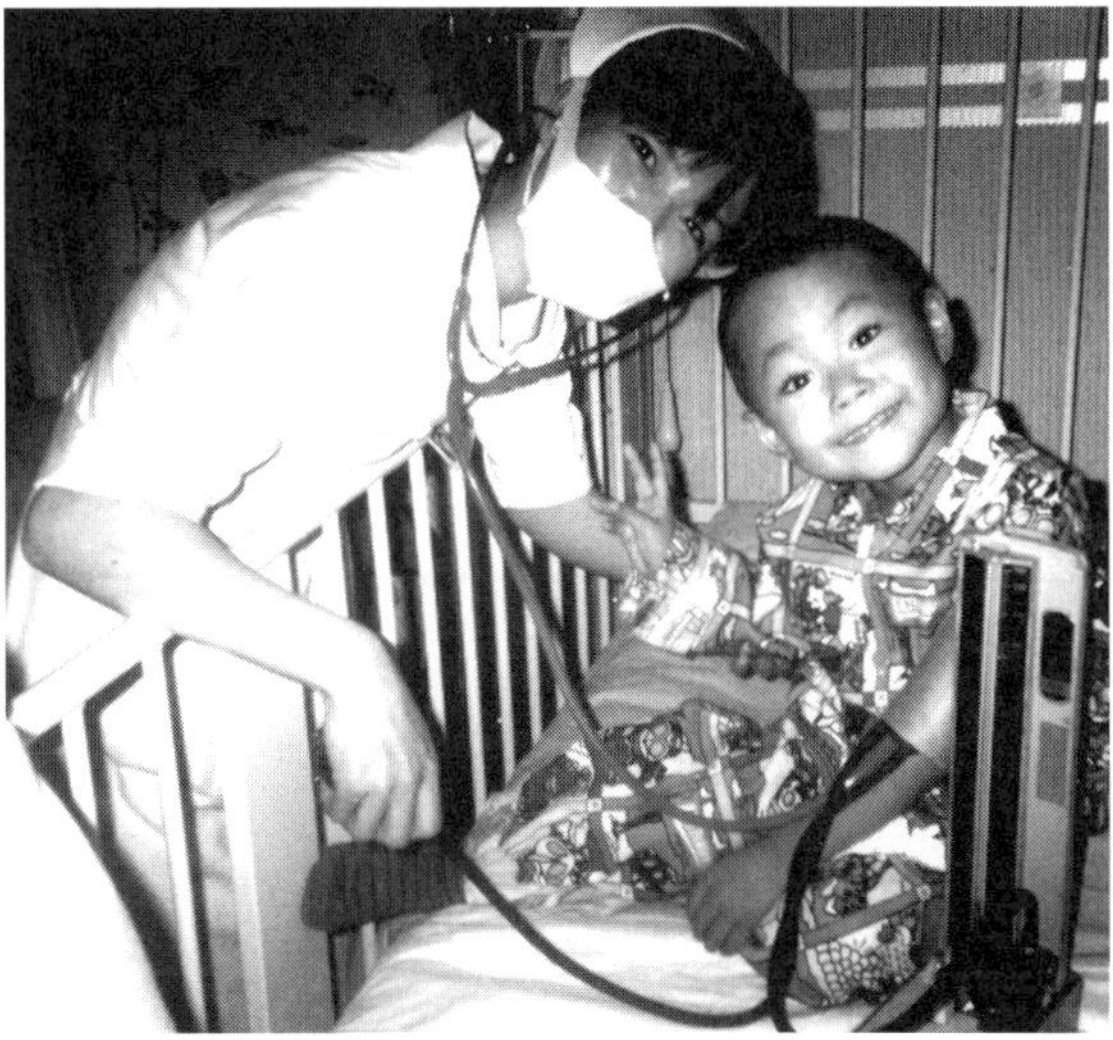

わが子のように想ってくれた杉本さんと心を許す航平

でも、航平は一休さんを知らないか。

「なんかたー、貴莉ちゃん（航平のいとこの貴莉菜）とかには　見せたくないな……」

子どもながらに気にしているのが、よくわかった。航平の気持ちを汲み取り、何とかしてあげたい。

そして、偶然にもこの日の夜、テレビのスペシャル番組で「一休さん」が放送された。じーっと見ていた航平。終わってから、

「一休さん、かわいいでしょ？　それに頭いいし、優しいし……。航くんみたい」

と言うと、ニッコリ微笑み、

「お母たん　これのこと　言っとったんかー。うん　似あう（似ている）」

と、満足気。よかったあ。それからは、航平も髪の毛を気にしなくなった。

――一休さんに感謝。


朝、全部吐いてスッキリしたのか、今日の昼食はパクパクよく食べた。

「お母たん。航くん、お母たんと、なんかピクニックみたいやね……」

「んー、おいしい！」

とニコニコ。久々に聞いたよ、その言葉。入院する前、よくお弁当を持って、あちこち出かけたね。

「航平、治ったら、ピクニック行こうよ！　もっと、もーっと、いい景色の所へ、お母さんの作ったお弁当持って、みんなで行こう！」

航平は嬉しそうに微笑みながら、食べ続けた。

この一週間、検査と手術とで辛い入院生活を送っているのに、一言だって「帰りたい」と言わず、こんな会話ができるなんて、航平はすごいと思った。そんな航平だから、絶対に大丈夫！ そう思った。

明日の抗がん剤治療を前に、食後の薬が始まった。

ザイロリック（白い粉薬、尿酸値を下げ腎不全を予防する）、ポリミキシン（白い粉薬、腸内の感染予防）、ファンギゾンシロップ（橙色のどろっとした液、消化管の感染予防）、イソジンガーグル（毎食前のうがい薬）。いうまでもなく、どれも必要不可欠な薬ばかり。でも、これまでの薬とは全く違っていた。大人の錠剤を粉にしたもので、甘くコーティングされていない。今まで、薬を嫌がったことは一度もなかった航平だが、ポリミキシンは癖のある臭いがするようで、飲ませようとすると、手で口を押さえ、ひどく躊躇《ちゅうちょ》した。みんなが苦手とするシロップは意外と平気。これらの薬を一日三回、必ず飲まないといけない。飲まないと、感染を防ぐことができない。しかも、三十分以内に吐いてしまったら、飲み直しだという。

治療が始まったら、副作用で、嫌でも気持ちが悪くなってゲーゲーするのに、そのうえ、まずい薬まで飲まなければいけなくて、しかも、吐いたら飲み直し？ なんてことだ。代わりに、飲んでやりたいよ。全く意味ないけど。

化学療法開始

十一月二十七日（水）。抗がん剤投与。いよいよだ。家族みんな、緊迫ムードが漂った。

この治療は、五クールあるうちで、いちばん辛いものになるらしい。投与から一週間後に、山場があるという。肺炎や敗血症などになったら元も子もない。航平にかけるしかない。

――航平、がんばれ！

この日、颯大の黄疸検査（兄弟三人とも母乳性黄疸で再々検査）があり、私は、それを済ませてから、急いで病院へと向かった。

途中、揖斐川の橋を渡ると、目の前に、きれいな虹が広がっていた。なんだか、目の前が開けた気がした。きっと、奇跡が起こる。幸運が訪れる。そんな予感がした。久々に、あたたかい気持ちになった。

病棟に着き部屋の小窓から覗くと、航平は抗がん剤投与中で、少しむくみがあった。でも、元気、元気！　ホッと胸をなで下ろした。主人と戦いごっこの最中で、「ホーッ、ハーッ、トーゥ！」と、ハリケンジャーになりきっていた。窓越しの私と目が合うと、ちょっと照れる。ハハハ。

今日から、あのまずい薬に加え、誰もが嫌がるというバクタ（カリニ肺炎の予防）という薬が処方された。月、水、金の一日二回、飲まなければいけない。今のところ、ブーブー言いながらもクリアしている。

夜、義母と交代し、主人に送ってもらった。あれこれ先のことを話しているうちにたまらなくなり、二人で泣いた。私は、主人の胸を借り、いっぱい、いっぱい泣いた。


二十七日から始まった抗がん剤の投与は、十二月八日（日）までの十二日間続いた。その内容は、三パターンに分かれていた。液の色が、黄色いものもあれば、青いものもあった。だが、どれもきつそう……。とうとう始まってしまった。

治療が始まり、おしっこの量が半端ではなく増えた。しかも、一時間半おき。溲瓶《しびん》で取った尿をトイレまで蓄尿に行くのも大変だった。でも、いっぱい出したほうがいいらしく、私は、溜まっていく容器を見ては喜んだ。

数日前までテレビでのイメージしかなかった私は、治療が始まったら航平に触ることすらできないと思っていた。しかし、実際にはベッドの上で一緒に遊ぶこともできて、少し気が楽になった。

「ママー！　ベッドの上で　一緒に　遊ぼっ！」

「じゃあ、お邪魔します」

「ちょっと　汚いけど　ごめんなさいね」

すっかり航平の部屋になっている。こんなに小さいのに、帰りたい、外へ行きたいと言わないのには、ほんとうに驚かされる。勘が鋭い航平だから、自分が病気であることをきちんと認識し、必要な治療をしているということがわかっているからなのだろう。それに、いつも私がそばにいることの状況に、航平はまんざらでもなさそう。控え目だった保育園生活とは違い、ここでは最初から自分を出し切っていた。なんだか伸び伸びとして見えた。病気でさえなかったら……。

航平は、狭いベッドの上で、次から次へと遊びを開発していった。遊びの天才！　褒めすぎかもしれないが、元保育士の私でさえも感心するほどだった。

元々製作好きの航平。ハサミも器用に使い、自分のイメージしたものを形にしていく。しかも、立体だったりする。絵を描くことも大好き。さっそく、先生、看護師さん、そして家族みんなを描き、プレゼント。子どもの絵って、味があり、あたたかくていいな！

いつだったか、私が切った顔のパーツを、航平が組み合わせ、のりで貼り、素敵な作品を作ったこともあった。わざと、少ししかないチョロ毛を作り、置いておくと、

「えーっ、ひょっとして　航くんの髪の毛　こんだけー？」

「まるっけ（丸っ毛）やんかー」

と言いながらも、ケラッケラッ笑い、航平は仕上げていった。

先生、杉本さん、薬剤師の水井さん、そして航平のとびっきり笑顔の貼り絵に、私は後に、「にこにこにっこり」と題した。

航平との合作の貼り絵「にこにこにっこり」

妹から、「航くん、がんばっとるで」と、ウルトラマンコスモスの人形が届いた。手に取り、ニンマリ、ご満悦の航平。

「裕美《ひろみ》ちゃんに　ありがとう　言わなあかんねえ」

ほんとうにいつだって律義。ただ面と向かうと、恥ずかしくてお礼を言えなかったりもするが……。

一日中、もらった人形で遊ぶ。戦わせては飛ばし、戦わせては飛ばす。ときには、点滴のルートに絡ませて、「つかまった」と。おーい！　点滴で遊ぶなあ！

そのうち、ベッドの上で、でんぐり返しをしたり、走り回ったり、ハチャメチャ。

ブチッ。案の定、点滴のルートが外れたよ。

命にかかわる大事な線。怒られてからは、おりこうになった。その後、看護師さんからもらった注射器で、お医者さんごっこを始めた。ドクターは、もちろん航平。患者はやっぱり私。ときには、看護師さんも、先生も患者。怪獣やヒーローの人形も患者。

「なら、痛かったら　また　来てください。お大事に……」

「痛くないようにしますから……。でも　痛かったら　泣いてもいいです」

優しい航平先生！　子どもって、病院嫌いなのに、お医者さんごっこはほんとうに好きだね。

こういう楽しいことばかりならいいが、毎日が不安でいっぱいだった。副作用で、いつ状態が悪くなるか気が気ではない。神経がまいりそうだ。

「ヘンな　味がする」と言いながらも、「バイキンマンをやっつけるため」と我慢して飲んでいる薬。お願いだから、がん細胞よ、消えてくれ！

十二月一日（日）。篠田先生から「修史くんとＨＬＡが一致しました」と朗報。感激！　それだけで治ったような気がした。先生も嬉しそうだった。親は半分他人。まずめったに合わない。兄弟間でも、合う確率は四分の一。ほんとうにすごいよ。さっそく家族に連絡した。みんな泣いて喜んだ。久々の嬉し涙。

でも、化学療法だけで治るに越したことはない。一致したとはいえ、移植は命にかかわってくる。修史のリスクも気になる。とにかく、その場その場、クリアしていこう。そして、何か月か先、この嬉し涙を、もう一度みんなで流したい！

薬との闘い

十二月二日（月）。点滴による抗がん剤に加えて、今日は髄注（骨髄穿刺をして髄腔内に抗がん剤を注入すること）。これはよく効くが、ひどく気持ちが悪くなるらしく、航平も、さっそく吐いて辛そう。涙目になっている。

これがずっと続くのかと思うと、見ているほうもたまらなく辛い。でも、めげていてはダメだ！こちらが暗い顔をしていたら、それを見た航平は、余計にえらさが増してしまうだろう。ドーンと構えないと！

「航平、またプレゼント届いているよ」

妹からだった。物でつる。ごまかす。そういうことではなかった。ただ、航平の苦しさを軽くしてあげたいという気持ちからだった。気が紛れるなら……と。

「航くんた（さ）ー　元気になったら、みんなに　ありがとう言わなあかんねえ……」

と、航平。私はこっくり頷いた。航平は、自分の置かれた状況をほんとうによく理解していた。


今まで嫌がりながらも何とか飲めていた薬が、一気にダメになった。泣いて泣いて、拒否する。私から遠ざかり、ベッドの隅でオーオー泣く。でも、それを飲まないと、菌が……。

焦る私。航平だって、飲まなければいけないのは重々承知なのだろうが、副作用で気持ちが悪いのだろう。何かいい方法を考えないと……。

それからしばらく、薬と格闘。私と主人、義母とで、航平にとって、薬が負担にならないよう、あれこれ考え試してみた。交代時、病室を覗き、まだ台の上に薬が残っていると、それぞれ自分が飲ませないといけないのかと、肩を落とした。正直、気が重かった。義母には申し訳ない気持ちでいっぱいだった。看病してもらうだけでも大変なのに、こういう嫌な仕事もあって……。

航平はやっとの思いで口にしても、すぐにペーッと吐いた。最初は明らかに意図的だった。そのうち、副作用の吐き気もあって、全く受け付けなくなった。完璧拒絶反応。

「だって　だって、飲むと　ゲボするもん」

薬を飲むと吐いてしまう航平。航平が泣くと、私まで泣きたくなった。航平の辛そうな姿を見ると、私まで苦しくなった。心が痛む。

あまりのかわいそうな姿に義母は、「もうやめとこう！」と、その日の薬を打ち切った。やめられるものなら、私だってやめたい。吐くとわかっていて飲ませて体力を消耗させるくらいならやめさせたい。でも、ここでやめるわけにはいかない。感染したほうが、もっとかわいそう。薬がなければ、ケロッとしているところをみると、先入観で飲めないだけかもしれない。それなら、その先入観を取り除いてやりたい。

義母は、「みんな、航くんに飲まないといけないみたいなことばっかり言っているけど、わかっているけど飲めない航くんがかわいそう」と、航平に求めるのではなく、薬自体が変わらないのかと、いらだっていた。

主人も「薬に腹が立つ！」と。

薬のことがあって、私たちは、しばらくギクシャクした関係になっていた。でも、後にも先にもこれが最初で最後の喧嘩だったように思う。みんなそれだけ航平のことを想い、一生懸命だった。ほんとうに必死だった。

このとき、すでに私は、航平の前で、先生や薬剤師に思いをぶつけていた。全国に一万数千人、この病気と闘っている子がいるのに、どうして子ども用の甘くコーティングした薬がないのか？

この薬が必要不可欠なものなら、飲みやすいように製薬会社が作ったらいいではないか、医師だって、当たり前と思わず、提案してみたらどうなの！　と、あれこれ矛先を向けた。

しかし、現段階では、大人のものを飲む以外に方法はないと言われてしまった。多いようで、こうした病気に罹るのは人口のごくわずか。風邪薬のように多くの子どもたちが使うなら、子ども用が作られるはず。いろいろと難しいらしい。なんだか納得いかないが……。

私たちは、航平がどうしたら無理なく飲めるか、あれこれ試してみた。

でも、どれもしっくりこなかった。しまいには、「飲まないと、鼻から管を入れて……」と脅しにかかった。勘弁してと思ったのか、航平は一気に飲んだ。そして、しばらくして一気にゲーッ。飲もうとした気持ちは、みんな十分買っていた。航平よくがんばったね。でも、こんな方法よくないよね。ごめんね。

航平は、ひと仕事済むと、嘘のように元気になった。やっぱり先入観？

いつしか薬はたまっていった。一種類飲むのに一時間かかった。多い日は一回に四種類あるから四時間。それが二回に、三種類が一回。単純に十一時間、薬と格闘となれば、起きている間は薬、薬、薬。まいってしまう。遊んでいても頭のなかが薬のことだらけで、楽しくないだろう。もーっ！

航平ではないが、ほんとうに嫌になってくるよ。

こんな日が何日も続いたある日の朝、交代時に窓から覗くと、

「お母たん　航くんねえ　薬飲んだよー」

と、ニコニコ顔の航平。台の上に薬が一つもない。

「すごーい！」

私は急いで、中に入った。ほんとうだ。航平本人がいちばん嬉しそう。そして、義母の顔もほころんでいた。よかったあ。これで大丈夫。

しかし、昼からはまたもどしてしまった。以前は、「薬＝吐く」という先入観のようだったが、飲めたところをみると、今度は、どうやらほんとうに副作用で気持ちが悪い様子。先生は、もう吐き気はない頃だとおっしゃるが、人それぞれだから、決め付けるのはどうかと思った。とにかく、早く吐き気よ止まってくれ……。祈るしかなかった。


転機が訪れたのは、それから数日後、十二月十二日（木）のことだった。

看護師の杉本さんが、ファンギゾンシロップにザイロリックとポリミキシンを混ぜ、注射器で吸ってそれを飲ませてくれたのだ。ファンギゾンは嫌いではないから、そこに混ぜ、色も臭いもシロップで消されてしまったというわけ。なるほど！　この手があったか。ただ、中に粉薬が入っていることを知ったら、またダメになりそう。嘘は嫌いだが、ついていい嘘だってある。私は最後まで航平には内緒にしようと、手紙を書き、部屋の入り口の戸に貼った。

航平の部屋（？）７１９に入室される皆様へ

嬉しいことに薬が飲めるようになりました。ファンギゾンシロップにザイロリックとポリミキシンを混ぜ、クリア！　でも、本人はそのことを知りません。嫌な薬がなくなり、前から飲めるシロップのみだと思っています。航平の前では、そのことに関して触れないでくださいね。また、「薬」と聞くと、気持ちが悪くなったり、「頑張ったね。ｏｒ、頑張ろう」を頻繁に言われるとプレッシャーになるので、控えめにお願いします。

引き続き、航平の面倒をよろしくお願いします。

12／12　母より

先生も、看護師もすぐに入ってこないところをみると、ちゃんと読んでくださっているのだろう。コンコンと、ノックして入ってきて、みんなニッコリ笑って「わかりました」と。

飲めるようになってほんとうによかった。問題一つ解決。

――航平、一つひとつ、乗り越えていこうね。

篠田先生から、さらに詳しい結果が出たからと、今後の治療について話を聞いた。

「航平の身体のがん細胞には、化学療法だけでは治りにくい染色体があり、骨髄移植の線で考える必要がある」

さっき薬が飲めるようになって、喜んでいたのに、またまたショック。一喜一憂。ほんとうにどこまで落とされるのだろう。とりあえず、この一か月の寛解が目標。そのあと二クール化学療法をし、修史の骨髄を移植する予定らしい。修史の腰辺りの皮膚には十か所ほどの穴があくという。実際は、そこから四方八方に採取するから、骨を刺すのは百か所にも及ぶらしい。聞いて倒れそうになった。航平を助けるためとはいえ、修史はまだ二歳。うーん、何とも辛い。

ビデオレターと千羽鶴

少し前に、妹から「姉ちゃん、ビデオは撮らんの?」ときかれた。私は返事をためらった。写真は、成長記録として遊んでいるシーンなどを今までと変わらず撮っていた。でもビデオは、航平の姿を見ながらテープを回している間に、何だか涙が出そうで、とても撮る気にはなれなかったのだ。

「ビデオレターを作ろうと思っとるんやけど……」

修史や颯大、いとこの貴莉ちゃん、夏(夏帆《なつほ》)ちゃん、他家族は妹が、航平の様子は私が撮って、交換しようというものだった。そうすれば、お互い離れていても、身近に感じられるだろうと。

だが、不安もあった。航平がみんなを見たら、家に帰りたくなったり、恋しくなったりしないだろうか、それに今の姿を撮らせてくれるかなど。

でも、心配は無用だった。航平は、届いたビデオレターを見て大喜び。毎回、工夫が凝らされ、二人で大笑いした。しかも、最後は、必ず何かが届くという設定で、航平は、

「今日は、何が来るんやろう?」

と、楽しみにしていた。届くのは、大好きなウルトラマンや仮面ライダーシリーズ、百五十円のソフビ（ソフトビニール）人形や百円の指人形だった。

薬のこともあったので、ビデオレターと人形が届くのは、苦手なバクタ（これはかなり量があったため、他と混ぜてバレるのを恐れ、単独で飲ませていた）のある月、水、金。薬を飲むと人形が出てくるというようにした。しかも、楽しめるように、毎回違った所から登場させた。それは、薬を飲んで三十分の間をもたせるためでもあった。

「どうぞ」と、貴莉ちゃん、夏ちゃんがビデオに向かって渡すと、タイミングよく航平の所に人形が出てくる。それは、直接目の前に出てきたり、私のポケットから出てきたり、ベッド上のビニールカーテンや、点滴ポンプの上に置いてあったり……と実にさまざま。

航平は、まさかテレビから出てくるわけはないと、不思議に思いながらも、人形を見つけては、ニッコリ微笑み、

「こんなとこに　あった!」

と、まるで宝探し。隠す私は、ビデオが終わるまで見つからないようにと必死。でも、航平の喜ぶ顔見たさに、毎回工夫するのであった。

返信レターを見て、妹たちは航平の姿がわかり、一喜一憂した。元気に遊び、おちゃらけたシー

ンなどは大笑い。修史も、ビデオを楽しみにしていて、私が持って帰ると、

「兄ちゃん　見る」

と、いちばん前に陣取って、ニコニコ見ていた。

ときには薬を飲む姿、ときには熱が出て、えらがっている、がんばっている姿を撮った。修史たちの目にがんばる兄ちゃんが映り、それからは毎日、仏壇に手を合わせ、

「兄ちゃん　がんばります（がんばって！）」

と、自らお祈りするようになったという。そして、私がそばにいないことも、兄ちゃんのためだと納得していたらしい。

──修史、ありがとう！

航平もまた、自分の姿を見るのが楽しいようで、何回もビデオを巻き戻しては見ていた。

──裕美、ありがとう！

ビデオレター、始めてよかった……。


保育園から千羽鶴が届いた。航平の話を聞いて、すぐにみんなで折ってくれたとのことだった。

それからも、妹家族（計四千羽＋ウルトラマンのタペストリー）、友人家族、県はバラバラだが、一人二百五十羽ずつ折って一つにまとめて届けてくれた私の短大時代の友人、紀《のり》ちゃん（義妹）の職場の人……。

どれも気持ちのこもったものばかり。ほんとうにありがたかった。みんな寝る間を惜しんで作っ

てくれたに違いない。そのなかに目を見張るものがあった。それは、妹家族からのものだった。私は後から気づいたのだが、よく見ると一つひとつに何か書かれている。妹にきくと、色紙一枚一枚に、航平の好きなキャラクターとメッセージを書き、深夜、航平を想い、泣きながら折ったという。感無量。言葉より先に涙が出てきた。

——みんな、ありがとう！

抗がん剤投与が終わって一週間後から、脱毛が始まった。それは、薬が効いていることを意味した。すごい抜けよう。航平、気にするかなあ？　あまりに抜けるので、

「航平、コロコロ（粘着テープ）で取ってもいい？」

と聞いてみた。

「なんで？」

「バイキンをやっつけてくれた薬が強いで、航平の髪の毛がいっぱい抜けるの」

と説明すると、へとも思っていないようで、「ゴリゴリ、ゴリゴリ」と言って、わざと布団に頭を擦り付けて毛だらけにした。航平らしいや！　いい感じ。わざと、「コラー！」と言うと、大喜び。余計にあちこちにくっつける。「もーっ！」「こっちも」「あっちも」「やめてー」と遊び感覚で、私もコロコロ、コロコロ。

「ママー　ここも」とニヤリ。

「もー、切りがない。よーし、いっそのこと、航平の頭をコロコロしてやれ！」

ケラケラ笑って逃げて行く航平。はたから見れば、すごくプラス思考で、明るく、楽しく、愉快な親子。確かに、その通りではあるが、実際のところ、脱毛の激しさに薬の強さを感じていた私は、憂鬱《ゆううつ》で、心は病んでいた。

そんな私たち家族を見て、篠田先生は、「横幕家は心のケアはいらんな」と、太鼓判を押してくださった。確かに、こんな状況で笑顔を見せられるのは、すごいことかもしれない。でもそれは、ほかでもない航平のお蔭だ。航平、ありがとう。航平さまさまです。

——笑う門には福来たる！　笑顔！　笑顔！


十二月十二日（木）から空咳が出始めていた。肺炎にならないよう祈るばかり。咳はだんだんひどくなり、熱も出てきた。食欲もない。今のところ、元気はあるので救われるが……。

十二月十七日（火）。熱が三十八度を超え、採血、検尿、検便、のどの粘膜を取り培養検査をした。その結果を見て、抗生剤が決められ、点滴。この病気の子どもたちには、抗生剤が遠慮なしにバンバン使われた。世間では、使い過ぎはよくないと問題になっていたが、使わないと命にかかわる。多いときで、三種類の抗生剤と一種類の抗真菌剤が入った。

この頃の心配ごとは、熱と咳。

熱は一時、三十八度七分まで上がり、十九日（木）には平熱になった。篠田先生がいらっしゃり、

「航平、すごいなあ。自力で熱下げたか。普通、みんな、ここから熱がカーッと上がり、四十度、四十一度と出るんやけど……、航平、えらいなあ。よーし、根性あるわ。このまま、いっとこ！」

四十一度？　聞いてクラーッときた。やめてくれえー。このまま寛解を迎えたいよ。

えらいのか、退屈になってきたのか、ストレスもたまり、やたらと当たり散らす航平。おやんちゃ言い放題。しょうがないとは思うものの、こちらもカチン！　でも、それだけ元気があればいいさ！　そう思うようにした。航平、よくがんばっているから……。かといって、お母さんは、甘やかさないからね。

献血

病院には、サンタさんが三回も来てくれた。病院関係者、ボランティア、そして、ほんとうのサンタさん！

十二月二十四日（火）の朝、すっかり咳も止まり、食欲も出て、元気になった航平。

「お母たん、見て！　サンタさんに　これもらったよ」

と、ご機嫌、ご機嫌。ベッドの上で品評会。調子がいいとすぐにわかる。

「航平だけ、いっぱいもらっていいなあ……」

「だって、航くん　注射とか　お薬とか　がんばっとるもーん。お母たん　がんばってないやん」

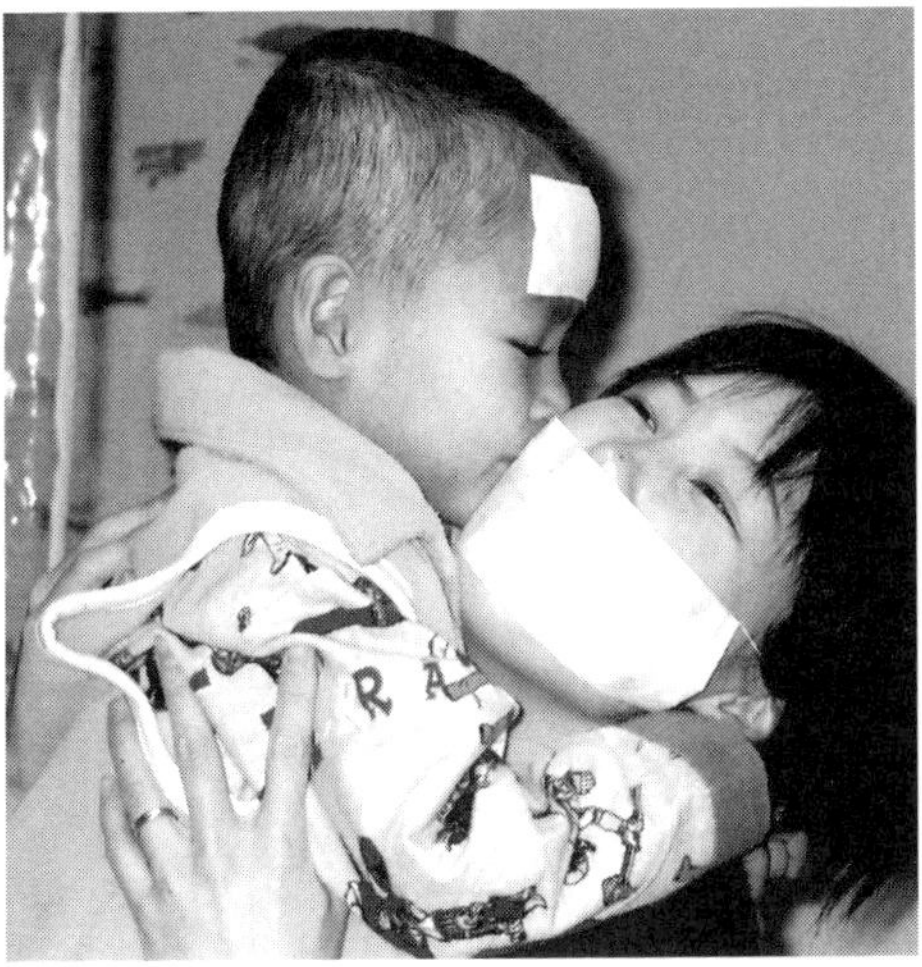
お母さん大好き！お休み前のチュッ！

「そっかあ……」

「いいわ、航くん　これあげる！」

そう言って、お菓子の箱を差し出した。さらに、

「これ（お菓子）、修ちゃんに　あげて」

「これ（マスコット）は、颯ちゃん。歯ないで　お菓子は　ダメやもんねえ」

なんという気の配りよう……。ほかにもセットにして袋に入れ、それぞれの似顔絵を描き、「はい」とくれた。せっかくだから、いつも妹たちがしてくれているように、ビデオレターに収めた。

「修ちゃん、颯ちゃん　はい　どうぞ！」

と、航平のアップ。修史たち、きっと喜ぶよ。

心から優しくて、いつだって弟たちを気遣う航平。やっぱり航平は、我が家の長男だよ。

航平、負けるな！　絶対に治って帰ろうね。航平の代わりはいないのだから！


夜、義父が「保育園の先生からプレゼント」と、いろいろ持って来てくれた。なかには、航平の在園中の写真があり、見て涙が溢れた。ほんとうにかわいい顔をしている。航平、あんたが一番！でも、このとき、えらかったんだよね。アザもいっぱいあるね。なんで、航平が……。どうして……。辛くて辛くて、久々に帰りの車の中で泣いた。でも、絶対あきらめないよ。元気になって、お家に帰ろうね！

この日は、義父が泊まってくれた。便が六日も出ていなくて心配したが、夜、「出たよ」と電話がかかってきた。

次の日行ってみると、記録用のボードに「特大ウンチ、約3 cm×30 cm」と書いてあった。お義父さん、非常にわかりやすいです(笑)。それにしても、航平、よく溜めていたね。

「副作用に下痢はあっても、便秘はないけどなあ……(笑)」

と、篠田先生も首をかしげる。


十二月二十九日(日)から、また熱が出始めた。三十日(月)には、三十八度五分を超え、一度座薬を使った。鼻水、咳もあり。嫌な感じ……。でも、元気はある。

嫌なバクタも、ウルトラマンのお届けもののお蔭で、ほんとうにすんなり飲めている。今日は飲む前から、テレビの上に登場。

「お母たん、もう来とるよ。ほらー!」

「航くんが　おりこうに　飲むと　思ったからじゃないの……」

と、自分で言ってニヤリ。私は、わざと、

「ウルトラマン、見とってよ。航くん、きっと、口開けへんと思うけど」

と言うと、

「一、二、三! あーん」

あっさり一口。きっと、航平はもう何もなくても飲めるだろう。でも、楽しみの一つくらいあってもいいと思う。だから、引き続き、ビデオレターとともにウルトラマンがやって来た。ちなみに、今日までに来たウルトラマンの数は、十一体。もうすぐ、ネタも尽きるらしく、妹は次のネタを考え始めていた。

抗がん剤の副作用の一つに、骨髄抑制がある。治療中、血小板や赤血球が減ってしまうため、頻繁に輸血が必要となる。その輸血用の血液が、年末には帰省などで献血してくれる人が少なくなって不足するので、航平も専属ドナーを探しておくよう言われた。

航平は、日本人のなかでもいちばん少ないと言われているAB型。献血には条件もあり、年齢、体重などで制限されてしまい、誰でもいいというわけではない。幸い、主人の会社の人が三人、名乗り出てくれ安心していた。

しかし、当日になって非常事態に……。頼んでいた人が、それぞれ検査でひっかかってしまったと、あわてて主人から電話がかかってきた。もう、航平そっちのけ。私も、心あたりにあちこち電話してみた。

女友だちは、妊娠中、授乳中、体重が足りなかったりで、パス。実家や親戚に応援を頼んだ。そして、何人かに献血センターに走ってもらった。しかし、血小板が足りなくてダメだったり、アレルギーで塗り薬を使っていたからダメになったり。何、みんな、いったいどうなっているの？　時間が刻一刻と迫る。焦るがどうしようもならない。結局、ギリギリのところで、身内の知り合いの家族やその知り合いに条件をクリアした人が二人見つかり、献血してもらえた。間に合ってよかった。

航平は、治療が終わるまでの間、実に四十回ほどの輸血を必要とした。ふだんは、データを見て、医師が輸血の手配をしてくれていたため、何も心配しなくてよかった。

「航平、血小板が足りないから、明日入れるでね。赤血球を入れるでね」

心配は、輸血による熱やじんま疹などの拒絶反応だけ。

この治療には、輸血が必要不可欠だった。病気自体、骨髄が障害をうけ、正常な白血球、赤血球、血小板が作られなくなる（タイプによって症状もさまざまだが、航平の場合、赤血球が極度に少なく貧血に。そして血小板もひどく不足し、血が止まらない状態になる）ものだ。そのうえ治療で使われる抗がん剤でも、骨髄は著しく障害（骨髄抑制）をうけるため、輸血で不足分を補う必要があった。血液疾患の患者にとって、輸血とは生命の維持そのものだった。

目には見えない親切な人のお蔭で、こうして治療に専念できる。航平は、その人たち一人ひとりに助けてもらっているのだ。今回のドナー探しの件があって、余計にありがたみを感じた。この場を借りて、深くお礼を言いたい。

——心優しい皆さん、我が子にあなたのピースを分けてくださり、ほんとうにありがとうございます。血液という命綱。見知らぬ我が子に、快くプレゼントしてくださったことに頭が下がります。

航平、協力してくれている多くの人のためにも、がんばらないとね。

十二月三十一日（火）大晦日。食欲、元気ともになし。咳もひどい。嘔吐もあり。熱もあって、座薬を使う。

病院で迎えるお正月。家族バラバラのお正月。全然おめでたくない。


燃える！


二〇〇三（平成十五）年一月一日（水）。航平にとっても、私たちにとっても、最悪の年の始まり。だが、結果ＡＬＬ　ＲＩＧＨＴ！　最高の年にしたい。

私は、朝一番で神社に行き、絵馬に「絶対に病気が治りますように……」と大きく書き、航平の似顔絵も添え、木に掛けてきた。勝手なもので、神を信じたり、信じなかったり……。結局は気の持ちようなのだろう。

この日、いったん熱が下がったものの、また三十九度三分まで上がり、航平は昼からはずっと横になったまま。よほどえらいのだろう。顔も真っ赤。

一月二日（木）。座薬を使っても下がらず。ＣＲＰ（炎症反応）の値が一一・六と高い（一般に〇・二〜〇・五mg/dl未満が正常。一〇以上だと重症感染症が疑われる）。抗生剤がいちばん強いものに変わった。

昼頃、航平と二人で、「ウルトラマンティガ&ウルトラマンダイナ～光の星の戦士たち～」のビデオを見た。終盤、ダイナは怪獣に捕まりエネルギーを吸い取られ、やられてしまった。人々は悲しみ落ち込むが、隊員たちは、「絶対にあきらめない」「自分たちだけでもあきらめずに戦おう」などと口々に言い、立ち上がった。ダイナの脳裏に一筋の光が……。そしてその先に、みんなのがんばる姿が映った。だが、もう力は残っていない。もうダメだと思ったとき、違う星からティガが助けに来た。人々一人ひとりの想い、命、光（力）がティガに届き、呼び起こしたのだ。そして、ティガはダイナにエネルギーを分け与えた。みごとにダイナは蘇り、ティガとともに怪獣を攻撃。手ごわい相手を二人でやっつけたのだ。

ふだんなら「たかがアニメじゃん！」と、チラッと見る程度だろうが、今回の私は違った。完全にとりこ。ビデオに釘付けだった。

ダイナが航平。ティガが修史。そして、隊員たちが私ほか家族のようで、とにかく夢中になり、ポローッと泣けてきた。悪ものである怪獣は、やっぱり憎きがん細胞！ティガの助けによりダイナは生き返った。そして、二人のパワーによって怪獣はやっつけられた。そうだ、航平、修史、二人でがん細胞をやっつけちゃえ！

私は燃えた。この作品、最高！　断然、勇気が出てきたよ。

燃えたといえば、航平は熱のせいで火の玉のようだった。咳はとまらず、えらそうで目がうつろ。

私の手をギューッと握っていた。

辛い交代時間。私は身が引き裂かれる思いだった。ほんとうなら、ずっとそばにいてやりたい。えらいときはなおさら。でも、断乳していないため、おっぱいが張って辛く、ここで無理をして乳腺炎にでもなったら大変。ギリギリまで航平に付き、夜は義母にお願いした。

航平は副作用が少なくてありがたいなんて思っていたが、やっぱりそんな簡単にはいかなかった。


一月三日（金）。とにかく咳、咳、咳！　肺炎にでもなるのではないかと心配でしょうがない。ここで、何かに罹ったら命取り。もう気が気ではなかった。

帰り際、嫌がる航平の頭に、冷えピタをペタッ。怒った航平、

「バーカ！」

おっ、調子が出てきたな！　なんか「バーカ！」が嬉しく聞こえるよ。

四日、五日と次第に熱が下がり、六日（月）には平熱になった。しかし、お腹が痛いと大暴れ。どうやら、六日間出ていないウンチのせいらしい。昼、杉本さんに浣腸してもらう。すぐに出るのかと思いきや、「ねむい」と言って、夕方までグーグー眠ってしまった航平。ラクになったのかイビキまでかいている。航平ってただ者ではないな！　目覚め、ご飯をバクバク食べ、「うんこー」。浣腸から実に四時間後のことだった。

週一回の体重測定。約一キログラム痩せ、十三・六キログラムに。もともと細身だったが、なん

だか見ているとかわいそうになる。さあー、これから挽回、挽回！

「症状がひどかった割には、もうCRPが〇・六まで下がっとって、たいしたもんや。白血球はまだ下がり続けとるけど、こんだけの症状ですんどるのはすごいわ」

と篠田先生。細菌やウイルスなどと戦うための白血球が下がっているということは、まだ感染の恐れあり。油断はできない。

航平は、気分がいいようで、みんなとトランプで「神経衰弱」をした。四歳なのにすごい記憶力。大人と対等。こちらは、いつだって真剣だった。

またまた夜から熱が出てきた。嫌な予感。私のこの嫌な予感は当たるから嫌だ。

一月十日（金）。朝、体温が三十六度台だったのに、見る見る上がり、最高三十九度八分。座薬を使っても、三十八度台。

この日は、義母がやっている公文教室の日だったため、義父が泊まる予定だったが、こういうときは、やはり男手では心配で、思い切って私が泊まることにした。

「今日ねえ、お母たんが泊まるんやよ」

と、嬉しそうに看護師さんに話す航平。私も嬉しかった。

夜、横で一緒に寝た。航平のかわいい寝顔を見ると、辛い思いをさせてごめんねと、泣けて泣けて仕方がなかった。

こんな日に、そばにいてやれてよかった。

謎の湿疹と四十度八分の熱

一月十一日（土）。朝から、謎の湿疹が、顔、上半身、腕にある。咳もひどく、何度か咳上げた。座薬は全くといっていいほど効かず。まだ熱が上がりきっていないのに、三十八度五分以上あるからといって座薬を使うと、逆に上がってしまうことを知った。上がりきったと思われるところ（手足が冷たいときは、寒気があり、まだ上がる。チンチンに熱くなったら、上がりきったと思われる）で判断し、慎重に使わなければならなかった。

昼に四十度三分。夕方に四十度五分。最高四十度八分まで上がり、計るのが怖くなるほどだった。咳上げで、もう出るものがなく、胃液が出た。食事、薬ともに中止。

一月十二日（日）。赤い湿疹がマダラになってきた。かゆい様子。CRPが一・二のところをみると、ウイルス系の何かに感染したと考えられる。ウイルスに効く薬はないから、航平にがんばってもらうしかないと篠田先生。航平、辛いね……。見ている私が、涙が出てくるよ。

この日も、次の日も、熱は四十度を超えた。そして、頻繁に咳き上げ。ずいぶんと体力も消耗している。点滴が、カロリーの高いものに変わった。

一月十四日（火）。まだ熱が三十九度近くあるが、四十度からしてみれば、ラクなのだろう。起きて、製作をする。実に五日ぶり。湿疹も治まってきた。

航平が苦しんでいる間、何かできることはないかと考え、100円ショップで買ってきたボールに、航平が大好きなウルトラマンとバルタン星人の顔を描いた。左手は航平につながれたまま、右手だけで一時間もかけて完成させた力作。嘔吐用とは別に、うがいをするときに使った

「航くん　一人えらくて、お母たんとおばあちゃんは、元気でよかったね……」

にっこり微笑む航平。そんな涙の出るようなこと言わないでよ。航平も元気でなければ意味ないんだから……。

やっと、好中球が上がり始めた。それにしても何のウイルス？　どこから拾った？　少し前、ほかのクリーンルームで治療中の子も同じ症状だったことを小耳に挟んだ。ということは、共通している先生か看護師さんが、ウイルスを運んできたということ？　うーん、そういうのは勘弁して……（嘆）。

今日も、私のお泊り。航平、ルンルン！　はたから見てもわかるほど、浮かれていた。

「お母たんと寝ると、お家にいるみたい」

ニッコリ笑い、私の手首をゴリゴリして安心して眠る。

一月十五日（水）。熱がまだ三十八度一分あるが、高いなりに全体に下がってきている。咳上げは相変わらず。今日も五回。また、薬嫌いになった。飲んでも、咳上げてしまう。そうなると、また飲まなければいけないから、完全に億劫になっている。薬を見ると怒って、

「もう、白い薬（バクタ）返してきて。早く　行って！」

イライラして、私の胸を蹴った。カチーン！　よくも、断乳中のパンパンのおっぱいに蹴りを入れたなあ！　航平のために断乳を決意したのに……。

「返してじゃないやろう。大事な薬なんやで。そんなこと言っとると、お家に帰れんくなってまって、ずーっと病院におらなあかんようになってまうわ！」

「いいよ。そしたら　保育園　行かんでもいいんでしょ?」

と、なんだか嬉しそうな航平。

「航くん、病院のほうが　いいで」

「あのねえ……。こっちが嫌やわ」

どうやら航平は、こんな状況にあっても、病院、そして病気をそんなに苦にしていないらしい。いいのだか、悪いのだか……。こちらとしては「お家に帰りたい」と言われるより、マシな気もするが。

一週間近く食事をとっていない航平は、さらに体重が減り、三歳児並の十三・一五キログラムに。栄養失調から、苔舌（舌が白くなる）に。そして、咳のし過ぎで、腹痛（筋肉痛）。熱が高かったせいもあり、目が充血。足の裏はかゆいようで、かゆみ止め（レスタミン）を塗った。まだまだ、熱も三十七度台を行ったり来たり。なかなかスッキリしない。

一月二十日（月）。血小板の下がりが止まり、心なしか白血球が上がった。先生も、「いい方向に向かっている」と。

夜、実家に帰った私は、久々に白血病の本を読んだ。移植前の前処置や拒絶反応、合併症などの移植後の話を目にしたら、怖くなった。最善の方法って何?　途中、死ぬような思いをするのも最善なわけ?　今でも、すごく辛い治療をしているのに、十倍、二十倍の抗がん剤って?　私の横で、健気に笑っている修史のことも考えると、息が詰まった。不安でいっぱいだった。ちゃんと、また、みんなが笑顔で暮らせる日が来るのかなあ。

こんなことを言ったら、みんなに怒られそう。「来るに決まっている！」と。私だって、そう信じたい。

うちだけじゃない！

一月二十一日（火）。義母のメモに、［夜のおしっこの間隔が長くなりました。昨日は、二十二時、三時半、七時半］と時間と間隔も書いてあった。そして、［目覚めてからは早いので、注意してください］と注意書きも。

この義母のメモ書きは大助かり。夜の航平の様子がよくわかった。そして、私も昼の様子を詳しく書き、お互いに引継ぎをスムーズにした。このメモは、ほかの人も読み、航平の様子を知ることができて、一石二鳥だった。

連絡を密にすることで、例の薬に関しても、臨機応変に対応できた。航平が薬をひどく嫌がるときは、ほんとうに調子が悪いとき。無理強いしない。今日はおやんちゃ、気持ちを入れ替えて飲ませようなど。とにかく、ちょっとした航平のサインも見逃さず、務めようと思った。

やっぱり母親が、しっかりわかってやらないとね。

「航くん、薬がんばっとるで、給食のおばちゃんにラーメン頼んできてー」

了解！　あわてて、主人に買ってくるよう頼んだ。航平は、がんばって薬を飲むと、特別に、給食のおばちゃんが作ってくれていると思っている。実は、限られたコンビニに売っている生麺タイプのレンジで作るラーメン。耐熱ガラスに移し、レンジでチンすると、ゼリー状になった物が溶けてスープになり、出来上がる。味は落ちるが、具も付いていて、航平は気に入っていた。

ちょうど、レンジでチンしに行ったとき、新たに入院してきたとみられるお母さん方に出会った。みんな、子どもへの感染防止のためマスクを着用しているから、すぐにクリーンルームのお母さんだとわかった。航平の部屋は、入り口も別で隔離されているので、ほかの病室のことはさっぱりわからない。だが、こういう機会があると、話もできて、孤立した感じはなくなる。話すことで、いろいろな情報も得られ、気持ちのうえでもずいぶんと違った。

二人は、リンパ性白血病、悪性リンパ腫（ともに再発）の子どもを持つ、お母さん方だった。二人とも、私の目には、すごく前向きで頼もしく映った。けっして、くよくよしているようには見えなかった。

「何とかなるって！」

「前向きにがんばるしかないって！」

「うちは、再発。ほかの病院で二年化学療法して、退院して一週間で再発。次は、骨髄移植……」

「うちは、自家移植（がん細胞が消滅したと見られるときに、自分の骨髄液を採取・冷凍保存して、前処置で細胞を全部たたいてから、解凍した自分の骨髄液を移植）したけど、ダメ。骨髄移植のほうが確実だよ」

聞いていて辛い話ではあるが、ドナーが決まっていた我が家としては、なんだか励まされる話だった。私は勇気が湧いた。うちだけではないのだ。みんながんばっているのだと。

一月二十二日(水)。やっと熱も下がり、元気になってきた航平。昨日は、主人のお泊りだった。地震が起きても、グーグー寝ているであろう寝ぼすけの主人(航平は後に「眠っけパパ」と呼んでいた)。そんな主人も、航平のこととなると人が変わった。しっかり夜中も起き、排泄の世話もしてくれた。その分、朝はヘトヘト。たまの休みなのに、ありがとう。

今日もトランプやすごろくで盛り上がった。航平もケラッケラ! 笑い声って、いいな! 笑顔って、いいな!

航平が、「病院イヤ!」と言わない気持ちが、なんとなくわかった。ここは、行動範囲はほんとうに狭い。ベッドの上のみ。まさに籠の中の鳥状態だ。でも、航平の好きな人が必ず誰かいる。保育園は、家族が誰もいなくて不安だったのと、自分が出し切れず、窮屈だったのだろう。今日なんて、主人と私、二人とも航平が独り占め。家にいたら、一緒にいるとは言っても、まだ手のかかる修史や颯大がいるので、航平に付きっ切りというわけにはいかない。病院へは、毎日ばあちゃんも来てくれるし、じいちゃん、朋ちゃん、紀ちゃんも来てくれる。ここの生活は、航平にとって悪いことばかりではないのかもしれない。

航平に容赦なく襲いかかる病気には、やっぱり、この先もずっと腹が立つだろうが、航平がこうなってしまってから、私は、いろいろなこと、いろいろな人に感謝するようになった。治療の方法があること、治療ができることに感謝。航平のそばにいられることに感謝。そして、航平を取り巻く人みんなに感謝している。

人は一人では生きていけないことにも、あらためて気づかされた。当たり前のことなのだが……。

月、木と週二回の採血。今まで、データの低い数字を見て、不安ばかり募ったが、一月二十三日（木）、やっと兆しが見え始めた。白血球一三七〇（正常では一立方ミリの血液あたり三八〇〇～九三〇〇個）、血小板九九〇〇〇（正常では一立方ミリの血液あたり一四万～三四万個）。まだまだ正常値には届かないが、上り調子。今日で、抗生剤も終わり。いよいよ一クール終了か。

ベッドの上の航平は、元気、元気！ 嬉しいくらい元気。清拭《せいしき》（身体を拭いてもらうこと）も自分からパジャマを脱いで、お尻をプリッ。大胆にも四つんばいになって、杉本さんに拭いてとお尻を見せる。ハハハ……。絶好調。

清拭や排便時に必ず思う。まだ、恥じらいのない年齢でよかったなあと。

内緒の話

一月二十七日（月）。朝、前室で着替えていると、部屋の中から、航平の元気な声がする。

「お母たん、内緒の話が　二こあるんだけど……」

きっと、薬が飲めたんだな、と思って、中へ入ると、やっぱり台の上になかった。

「えーっ、何々?」

と、わざと言うと、ニタニタ。さらに航平に目をやると、

「おーっ、点滴がなーい! ルート(点滴の線)もなーい!」

思わず興奮してしまった私。うれしーい。

「航平、すごーい!」

「あーあ、みつかっちゃった。お母たん　早すぎ!」

でも、ルンルン。航平も嬉しいんだね。と思いきや、実際には、線があろうと、なかろうとあまり関係ないらしい。

私が来る前、看護師さんに点滴をはずしてもらい、義母が「線、なくなってよかったね」と言うと、「えーっ、なんで?」と航平(笑)。やっぱり、わかってないらしい。それは、そうだ。まだ四歳だから。でも、みんながすごい!と喜ぶから、嬉しいのだろう。ちなみに先生にも、

「篠田先生、見てみー!　航くん、点滴ないよ」

ハハハ。それ、先生の指示なんだけど。

二人でビデオレターを見た。今日、例の色紙で折ったウルトラマンのタペストリーが届いた。航

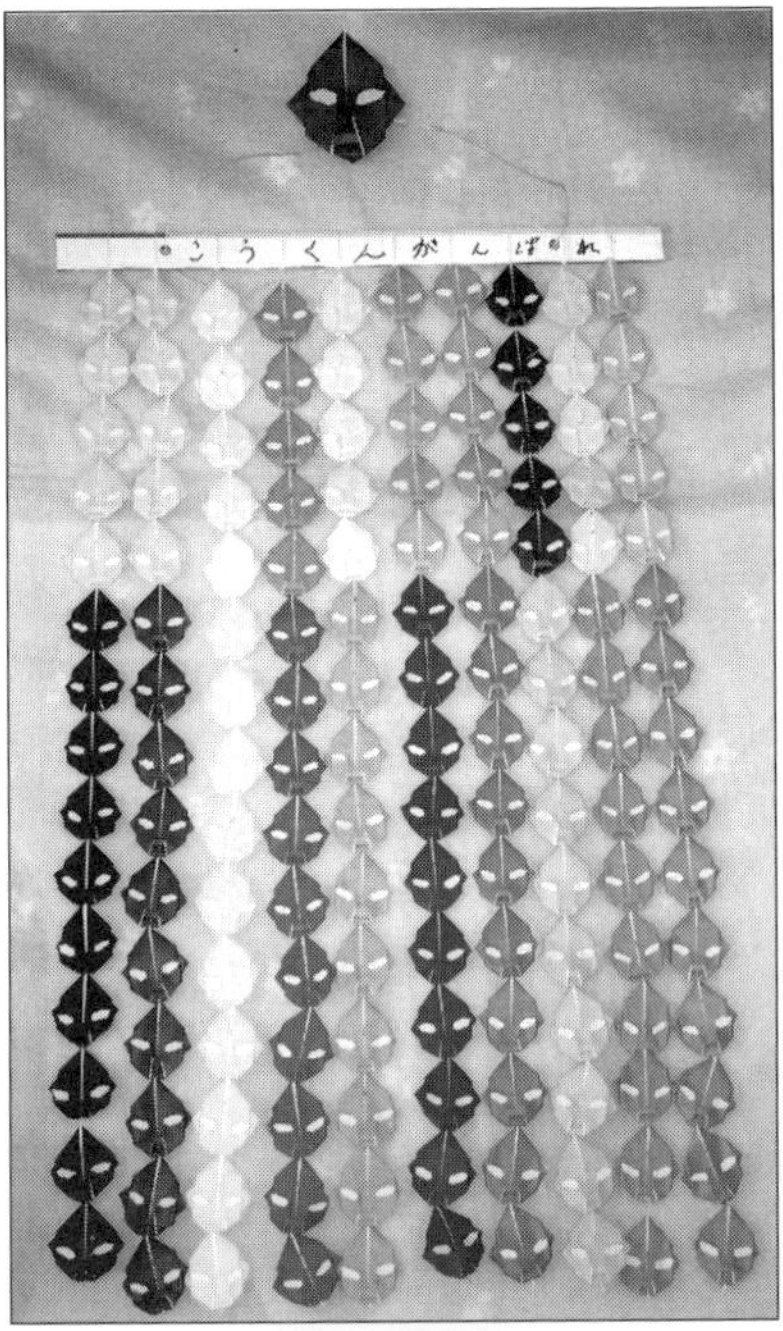

ウルトラマンのタペストリー

ウルトラマンを折る前の色紙の裏には、こんな絵とメッセージが書かれていた

平の好きなウルトラマン。しかも一つひとつメッセージ付きなんて、ほんとうに御利益がありそう。とにかく感激。さっそく、お礼のメールを送り、あとで、お礼ビデオレターを撮った。

颯大がお風呂上がりに、エホエホ手足を動かしている姿を見て、航平はニコニコ、優しいお兄ちゃんの眼差し。

「颯ちゃん、かわいいー。航くん、颯ちゃんに会いたくなってきた」

と、目をキラキラ輝かせる。そして、

「『どうぞ。』って、颯ちゃんも　こっちに届けばいいのに……」

「うーん、それ、いいねえ」

ほんとうにそうなったらいいね。でも、航平、絶妙なタイミング！　もうすぐ外泊許可が出るよ。航平、みんなに会えると知ったら、めちゃくちゃ喜ぶだろうなあ。私も、最近まで知らなかった。治療の合間に外泊できるなんて。だから、聞いたときは、すごく嬉しかった。

ニコニコニコニコ見続ける航平。修史と颯大のお風呂上がりのスッポンポンの姿に大喜び。

「航くん、修ちゃんと颯ちゃんに会いたいなあ」

了解！

篠田先生と三十分会話。

「これで一クール終了かな。白血球一八四〇、血小板一六万二〇〇〇！　今週末には、外泊やね」

やった！　なんか、まるで退院できるときのような喜び。木曜日にもう一回採血して、外泊して、週明けに骨髄検査をする予定らしい。寛解かどうかの検査。ドキドキだー。

今後のことも聞いてみた。治療は、最初と最後がきついらしい。最初はクリアしたから、二、三クールをクリアし、移植。移植は、五〜十倍（ものによっては二〜三倍）の抗がん剤で、一週間たたく（前処置）。移植自体は、輸血と同じだから大変ではないが、入れてから三週間、拒絶反応や合併症ですごく大変。それで、命を落とすこともある。

イヤだ！　絶対に、イヤ！　何が何でもクリアしなければ……。

一クールで寛解に持ち込めたら、白血球を増やす薬も使えるから道は開けると。今、いい感じで来ているから、このままいけるといいなあと先生。同感。今、四分の一クリア。二、三クールで、二分の一クリア、移植で全部クリアの割合。移植は、四月中旬の予定。

夜、航平と一緒に寝た。大好きなしりとりをしていると、なぜか今までした注射の話になった。

「航くん、お尻の注射のとき　横向いとったけど、チラッと先生のほう見たら、こーんなに太い注射　持っとったんやて」

と、手でサイズを表現。すごく感情のこもった説明。大人だって、見ただけで逃げ出したくなるのに、ほんとうによくがんばったね。そして、抗生剤テストの皮内注射について、

「あれ　痛いんやって。キーって」

と、顔をしかめる。痛さが伝わってくるよ。

痛いこと、えらいこと、いっぱいがんばって乗り越え、一クールを終えつつある航平を、私は抱きしめて寝た。

一月三十日（木）。外泊決定。白血球六二〇〇、血小板二一万二〇〇〇。すごい！　完全に正常値。問題は中身。善玉でありますように。

私は、外泊用にヘパフラッシュ（抗凝固剤の注入。点滴の管がつまってしまわないよう、一日三回、注射器で入れ替える）のやり方を看護師さんから教えてもらった。なんだか緊張する。間違いのないよう、しっかりメモした。準備万端。

外泊——家族っていいな！

二月一日（土）。外泊。実家に一泊。ソワソワする私。妙に落ち着いている航平。航平、外泊ってわかってる？

清拭のとき、今日は服にお着替え。だんだん実感が湧いてきたのか、サルみたいにベッドの上を動きまくり、大はしゃぎする。それからは、もう待っていられず、「はやくー！」「いこー！」の連発。せかされ、バタバタ急いで出発！

航平は、実に二か月半ぶりに外の空気を吸った。足腰が弱っているはずなのに問題なし。自分で歩いて車に乗り込む。緊張しているのか、車の中では終始無言。でも、目はキラキラ輝いて見えた。

三十分後、実家に到着。

「ただいま！」

「おかえり！」と、大歓迎。修史が「にーちゃん！」と、叫んで大喜び。二人とも、何の抵抗もなく、さっそく、遊び始めた。さすが兄弟。お互いにビデオレターを見ていたから、久しぶりに会っても、そんな感じがしないのかもしれない。それに、修史は航平のつるつる頭を全然気にする様子もない。見かけが変わろうと、航平は航平、兄ちゃんは兄ちゃんってことだ。

でも、航平は最初はどことなく遠慮気味で、無言だった。顔はニコニコしているが、少し他人行儀？ 慣れてくると、いつものおしゃべり航平にもどった。ほんとうに楽しそう。

やっぱり家族っていいな！ 家っていいな！

航平のリクエスト料理に、本来、私が腕を振るうべきところだが、

「真紀は、航くんを見とってあげて。何かあったらあかんで」

と、母が代わりに作ってくれた。母は、感染防止にと、航平の使う食器はすべて煮沸消毒してくれた。ほんとうに毎回頭が下がります。

今回、航平が頼んだものは、お好み焼き、鍋料理（豚しゃぶ）、チャーハン……。

「おばあちゃん　おかわりちょうだい！」

しっかり食べ、満足そうな航平。今日の「ごちそうさまでした」は、ものすごく気持ちがこもっていた。

昼からは、妹家族も会いに来てくれ、みんなで豆まきをして盛り上がった。まいては拾い、拾ってはまいて……。鬼も交代して、大はしゃぎ！

——航平の身体の中のがん細胞も、出て行け！

颯大を抱っこしたくてたまらなかった航平。念願の抱っこをする。

「かわいいね、颯ちゃん！」

でも、今の航平には、六キログラム以上ある颯大は重いらしく、

「お母たん、もういい。颯ちゃん重い……」

と、すぐに下ろす。ハハハ。でも、とにかくかわいくて仕方ないようで、颯大の相手をいっぱいし、ときにはキスをしていた。

修史とは、部屋の中をかけっこ。二人とも、ケラッケラ！　おーい、楽しそうなのはけっこうだけど、無理しないでよ。

夜、家族五人で川の字になって寝ようと張り切っていた主人。でも、いつものように「二階で寝る」と、修史が上がって行ってしまった。颯大も、夜の授乳で航平が起きてしまうとかわいそうだからと二階へ。結局、ひっそり三人で寝ることになった。

寝る前、三人で思いつくうたをいろいろと歌った。航平の十八番は「明日があるさ」。よくニコ

ニコ楽しそうに口ずさんでいた。意味はわかっていないだろうが。

「明日がある」、ほんとうにいいフレーズだとしみじみ思いながら、私も一緒に歌った。この日の締めの曲は、当時ＣＭで流れていた航平のお気に入りの育毛のうた。

「♪もう、なやみむよう　あなたの　かみ　きっと　はえてくるー♪」

航平は大きな声で、すごく嬉しそうに歌った。丸坊主になる前から、よく修史と歌ってはいたが、今まさに髪の毛がない航平が歌うからおかしい。航平、きっと、生えてくるよ。

この夜の航平の寝顔は、少し微笑み幸せそうに見えた。

このかわいい寝顔を見ていると、私はいつだって幸せな気分になる。でも今は、かわいいだけでは済まなくて、一方でいろいろなことが頭をよぎり、先行き不安になってだんだん悲しい気持ちになり、最後はやっぱり泣いた。

航平……。

夜中、布団から出ていた航平の手がひどく冷たく、ドキッとした。怖くて、心配で、その日は、航平の手をギューッと握って寝た。

この温もりがずーっと、続きますように……。

いっそのこと、このまま時が止まってしまえばいいのに……。

次の日、みんなでそろって写真を撮った。外泊記念写真？　なんだかすごく複雑な気分だった。

顔は笑って、心で泣いて……。絶対にこの写真を最後になんかしない。この先治ったら、いつだって撮れる！と思っている。でも、そう思っていた家族五人の写真だって、突然の入院で撮れなかった。だから、やっぱり撮っておきたかった。

子どもたち三人はてんでバラバラ。まともなのがない（嘆）。かといって、写真屋さんでの撮影は退院するまでお預け。我慢するか！

気がつくと、もう病院に戻る時間になっていた。一泊二日の外泊が終了。ほんとうにあっという間だった。

別れ際、修史が泣き出した。

「いったーあかん（行ったらだめ）」

車に乗り込んだ航平もポロポロ。私もみんなもポロポロ。予想はしていたが、このときがほんとうに辛い。

「よーし、航平、また一か月後に、元気になって帰って来ようね」

航平は何も言わずに、コックリ頷いた。走り出して間もなく、顔に涙の跡をつけたまま航平は眠ってしまった。楽しかった分、後が辛い。みんな同じ気持ちだった。

病院に到着。航平、どうかなあ？

私たちの心配はよそに、元気、元気！　実家でゲットしたおもちゃを広げ、さっそく主人と遊び始めた。よかった……。

さあ、二クール目も航平パワーでクリアするよ！　私も気持ちを新たにした。

二クール目

二月三日（月）。さっそくマルク。検査はすんなり。いさぎよい航平にほんとうに感心する。

でも、検査後、うがいをするために起き上がろうとするが、どうやら刺した跡が痛いようで、ぐずる。あんな太い針であけられては痛いに決まっている。

「航平。修史さあ、腰にもっともっといっぱい穴あけて、血をたくさん採って、航平にあげるんだよ」と言うと、「修ちゃん、痛いの　かわいそうやね」と、自分が体験して痛みをわかっているだけに、修史を気遣う。

航平だって、好きでこんなことをしているわけではないのにね。ただ、私は、修史も航平のためにがんばるから、航平もがんばってということが言いたかった。でも、もう十分がんばっている航平にその言葉は向けられなかった。言わなくても、わかっているだろうから。

夕方、篠田先生から、寛解に入ったと報告を受けた。よかった。第一関門クリア。

明日から、二クール目の抗がん剤投与が始まる。また副作用との闘いだ。負けるな航平！

二クール目は、二月四日（火）から二月八日（土）までの五日間、四種類の抗がん剤が、さまざまな組み合わせで使われた。

二月四日（火）。さっそく髄注による嘔吐。いきなり現実を叩きつけられた感じがした。

副作用は免れないが、せめて精神面だけでもラクになるよう気を配らないと！　ストレスは余計に病気を悪化させそうだから。「お母たんなんか大嫌い」「バカ！」と言っているのも、発散の一つかも。それにしても、あまり言われると、こちらも腹が立ってくる。そして、しまいには喧嘩に……。でも、これでいいのかも。お互い、素のままで。自然体がいちばん！

今回もまた杉本さんに褒められた航平。髄注のときは交代前で、義母が見ていてくれたため、あらためて後から報告してくれた。

「航くん、すごくおりこうでしたよ。ほんとうに感心するくらい。何か心構えができているというか……」

「私がいると、きっと甘えておやんちゃを言うと思うので、交代前のおばあちゃんのほうがいいんです。でも、何をするか言っておかないと不安になるだろうから、昨日の時点で、ちゃんと伝えてあります」

ちなみにがんばると何かもらえることも……。航平はこれを励みにしている。

私は、嘘は大嫌いだったから正直に言った。もちろん、ときには必要な嘘もあるだろうが……。大人は嘘つきだと思われるのが嫌だった。いつだって、お母さんは航平の味方。そう思っていてほしかった。

キロサイドという抗がん剤の大量投与により、目が充血するらしく、予防にと目薬が処方された。

航平はひどく嫌がっていたが、次第に慣れていった。

今回は、吐き気も微熱もすぐにやって来た。でも、意外と元気。食欲もまああった。ほんとうに、この先、副作用がどう出るか読めないところが怖い。

抗がん剤投与終了の日、日記を書いていて、キロサイドの量が前回よりもかなり多いことに気づいた。十五倍？　なにーっ、まさか、治験（治療実験）？　不安で不安で……。篠田先生にほんとうのところを聞きたくて、首を長くして待ったが、なかなかいらっしゃらない。

次の日、やっと先生から話が聞けた。あっさり「十五倍！」と。必要な子には三十倍入れることもあるらしい。三十倍？　もっと驚き。これは、ＪＡＣＬＳで決められている量を入れているだけであって、特別ではないと。それを聞いてホッとした。でも、そんなに入れて大丈夫なわけ？　予後に何も起こらないのがいちばんいいが、今の医学では、大量投与による二次性がんもあって、そこが辛いところ。かといって、それを恐れていたら何も治療できない。そして、ここで止めたら終わりと。そうか……。

「とにかく信じてもらうしかないかな。万が一、特別なことをしたら、首どころか、病院がなくなるでねえ」

と、苦笑いしていらっしゃった。

「もちろん信じます」

私はそう答えた。話をしていて、先生が、子どもたちの命を救うため、病気を治すために懸命であることがよくわかった。

私は勘違いしていた。一クール目がきついというのは、薬の量ではなく、ガン細胞に冒されて身体が弱っている状態から入るから辛い治療になるという意味だった。量は、今回のほうがどう見ても多いが、寛解導入法をクリアしいい状態（正常値）で入れているから、一クール目ほどきつくはないらしい。なるほど！ とはいえ、あっさり終わるわけではないだろうが……。

とにかく気になったこと、疑問に思ったことは聞こう。

航平の白血球は六〇〇。しっかり叩かれていた。

「航平、また明日から、点滴（抗生剤）増えるって」

「だから　なんなの？」

うーん、だからなんでしょう。平然としている航平。抗生剤が増えようと、数値が下がろうと、全く関係ありませーん！といった感じ。病気に前向きというより、病気は病気とわかっているが、事の重大さがわかっていない。それがいいのだろう。大人なら、点滴を見ただけで、吐き気がすると聞いたことがある。

――知らぬが仏。

第二章【相棒】

運命的な出会い

優真くん

二月十一日（火）。篠田先生がいらっしゃって、「明日、部屋移動をするから」と。えーっ、どこへ？　聞くところによれば、新しく入院してくる子が一度に三人いるから、大移動するらしい。しかも、今度は相部屋。さらに、クリーンルームではない。すでに白血球は六〇〇を切り、〇に近い。感染が心配。ほんとうに大丈夫なのかなあ？　もし何かあったら、先生、どうするつもりなの！　でも、みんな助かってほしいから仕方ない。入院当初はいちばん症状が重かった航平が、今は新患の子より軽いということ。喜ばないと。

二月十二日（水）。CVナート（中心静脈カテーテルを留めてある糸が取れてしまったため、縫い直し）。そして、不安な部屋移動（705号室窓側へ）。

移動時間三十分。片付け一時間半。バタバタの二時間になんだかヘトヘト。あれ？　殺菌ロッカーは？　水道もないし、空気清浄機一台でほんとうに大丈夫なの？　今までとのギャップがありすぎ。でも、みんな声をそろえて「大丈夫です」と言う。そっか……。信じよう。

相棒は、優真くんという電車大好きの六歳の男の子。第一印象はクール。新幹線でいうと300系ひかり？　あっさりした顔。口調は早く賢そう。でも、笑うとかわいかった。

二人はなんだか運命的な出会いのようだった。聞けば、優真くんも骨髄性の白血病。この市民病院で、骨髄性白血病で入院してくる子は、年間一、二人。その二人が同時期に、しかも同じ病室で同じ治療をするなんて、すごい確率。

同室になって、私たち親子はすぐに意気投合した。お兄ちゃんのいない航平。弟のいない優真くん（航平と同じ四歳の妹がいる）にとっては、ちょうどいい感じだった。さっそく、気になって、気になって、隣を覗く航平（笑）。

優真くん、今日から一緒に闘おうね！

――二人の病気が治りますように！

次の日、部屋に向かうと、もう一〇メートルほど手前から航平と優真くんの元気な声が聞こえてきた。二人でテレビゲーム（ボンバーマン）をしていた。とはいえ、航平は初めて。でも、辛口優真くんに指導され、もうすでに少しマスターしていた。すごい！

次に、航平が「すごろく遊び」に誘った。でも、乗り気でない優真くん。「やりたくない」とひどく嫌がり背を向ける。航平はショックを受け涙目。見るからに落ち込んでいる。こんな航平を見るのは初めてだった。今までは、家族、先生、看護師など大人相手で、こんなふうに断られるようなこともなく、いつも気持ちが満たされていたからだろう。しばらくして「少しだけね」と、やり始めてくれた優真くんに航平ニッコリ。よかったね。子ども同士のこういう関係はやっぱり必要だと痛感した。

夜、手紙交換。優真くんから、ジャンジャン来る。まだ字は書けない航平だが、読めるようになっていたから、必死に、あいうえお表を見て、優真くんに返事を書こうとしていた。これは、刺激を受けて字が書けるようになるのも早いかもしれない！

それにしても、優真くん、電車の絵がうまい！　さすがは電車マニア。ちなみに、愛読書は時刻表というから驚き。

いろいろな意味で、相部屋になってよかった。優真くんと知り合えてほんとうによかった。優真くんのお母さん（優真っち母ちゃん）も、

「前の部屋のときは、優真、いつも座った状態で一度も立とうとしなかったんやよ。大丈夫かなあって心配した。でも、一緒になってから、航くんが飛び跳ねるのに影響されて、身体を動かしとるし、思いっきり笑って、ほんとうによかった……」

と、胸をなで下ろしていた。

しかし、この日のデータを見て、びっくり。航平の白血球一〇〇（〇みたいなもの）。いつ感染しても不思議ではない。この準クリーンで大丈夫？　それだけが心配だった。お互い、菌を持ち込まないようにしないとね。

夜、四人で、トランプで「ばば抜き」をして盛り上がった。なんだか親子合宿みたいな気分。治ったら、みんなで旅行しようと約束を交わした。航平も私も、ほんとうにいい友だちができてよかった。

二月十五日（土）。抗がん剤投与後七日目。また、あの嫌な咳が出始めた。微熱あり。でも、元気、元気！　清拭のとき、恥ずかしくてカーテンを閉めている優真くんとは対照的に、カーテン全開！　しかも、「チンチンマーン！」とハイテンションの航平。ちゃんと自分で耳を拭いたり、着替えたりするから感心。きっと、気分がいいのだろう。

　頭が乾燥してかゆいらしく、ベビークリームを塗る。

二月十七日（月）。血小板六〇〇〇。恐ろしい数字。どこか怪我でもしたら血が止まらない状態。今日が輸血予定日でよかった。

　部屋移動してから一度も昼寝をしていない航平。眠くて、少しぐずる。でも、とにかく楽しくて、楽しくて、ハイテンション！

「航くんの声は、ナースステーション（十数メートル先）を曲がったところから聞こえてくる！」と、来る人来る人に言われるほど。元気で何より。

二月十九日（水）。バクタの日。朝、十時半に病院に行くと、もう薬が一つも残っていなかった。昨夜からの担当は、主人。聞くと、粉薬を全部シロップに混ぜて飲ませたとのこと。すごーい、チャレンジャー！　量が多いし、混ざるかどうか不安だったのと、バレたときに、また一から薬との闘いになりそうで、私は怖くてできなかった。さすがは父。やるなあ。

二月二十日（木）。下痢に嘔吐に激しい。下痢はオマル二分の一×三回。嘔吐は五回。そのたびに涙目になる。でも、出た後はスッキリするようで元気。微熱あり。

二月二十一日（金）。久々の昼寝。相部屋になって初めて。私と航平、仲良くベッドで寝る。ふと航平を見ると、何かが違う。航平なんだけど航平ではない。？？？　んー？　あれー？　まっ、まっ、睫《まつげ》が数本しかない！　あの一・五センチもあったクリンクリンのかわいい睫がなーい！

「毛という毛は、ぜーんぶ抜けるよ」と先生。そっか……。それだけ、薬がキツイのだ。

微熱は二十四日（月）、下痢は二十五日（火）、嘔吐は二十八日（金）まで、それぞれ続いた。ひどいときは、「おしっこー」「うんこー」「ゲボー」一度に……。ベッドに飛ぶ飛ぶ。手が足りなーい。そんなひどい状態なのに、吐くとスッキリするらしく、「お腹すいたー。なんかちょうだい」

やっぱり、航平はただ者ではない。

眠れない夜

二月二十七日（木）。二回嘔吐した後に、「サンドイッチ食べたい」。来た来た。やめたほうがいいよと言うが、「食べたい！　ゲーしてもいい！　お願い！」。そうまで言うなら、というわけで、パンにチーズとハムを挟み、サンドイッチを作った。

「おいしい。おいしい」と、パクパク食べる航平（笑）。あの笑顔を見ると、ほんとうに幸せになる。ＯＫしてよかった。薬もすんなり飲み、優真くんとレゴ（ブロック）で遊び始めた。でも、一気にゲー！　トホホホ。ＯＫではなかったか。

航平、次は学習しようね。それより、吐き気よ、早く止まれ！　吐く行為は体力が消耗する。さすがの航平も、なんだかだるそうだった。

この日の夜、私はなかなか寝付けなかった。あれこれ脳裏をかすめ、しまいには、よからぬことを考え、気づいたら泣いていた。この先のことを考えると、不安で不安で仕方ない。移植成功するかなあ。合併症、感染症に罹ったらどうしよう。血も吐いたりするんだろうな。死の崖っぷちまでいってしまうのかなあ。航平にとって、この先、辛いことばかりが待っている。それでも、ちゃんと生還できればいい。元気になればいい。でも、もし……。こんなふうに考える自分がイヤでたまらなかった。でも、考えないでおこうと思えば思うほど、考えてしまう。現実逃避したい。どうにかなるくらいなら、このままでいい。そうとも思った。普通ではない暮らしだが、普通ではないなりに楽しんでいる。何よりニッコリ微笑む航平がいる。ただそれだけで、よかった。実際は二重生活で、みんなに迷惑をかけ大変な状態なのだが……。

寝ないと身体がもたないと思うが、ほんとうに眠れない。それならいっそのこと、早く朝が来ればいいのに。そうしたら、航平の笑顔と元気パワーに救われ、不安も吹っ飛ぶのになあ。

二月二十八日（金）。七時半に目覚めた航平はいきなり、

「スパベキー（スパゲティー）食べたい！」

あのね、なんで、気持ち悪いのにそうなるの？

あっさり薬も飲めるのに、吐いてしまうところをみると、ほんとうに気持ちが悪いのだろう。でも、その食欲はいったい何？「お腹すいたー、お腹すいたー」の連発。

「お母たん、魔法使えたらいいのに。そしたら、まずいお給食も　おいしくなるし、スパベキーも出てくるし……」

「そうだね……」

「そしたら、病気だって　すぐに治せてまうよね」

ほんとう、ほんとう！　それはいい！　お母さん、魔法使いになりたいよ。

今日は、優真くんが一足早く、二クール目をクリアし外泊。久々に航平と二人、のんびりと過ごした。

三月一日（土）。朝六時、おしっこをもらして、目覚めた航平。

「お母たん、今、修ちゃんと颯ちゃんの夢見とった」

と、すごく幸せそうに話す。聞いた私も、幸せ！

「また、見て　寝よっと」

すぐにグーグー。毎日、夢の中だけでも会えるといいね。

楽しいセカンドハウス

三月二日（日）。やっと下痢、嘔吐から解放された。朝から食欲旺盛。

夕方、優真くんが外泊を終え、戻ってきた。昨日から、いろいろな人に「優真くんがいなくて、寂しいね」と言われても、航平「なんで？」といった調子だったが、いざ優真くんの顔を見ると、やっぱり嬉しいようで、ニッコニコ。優真くんも「おかえり」と言われ、ニッコリ。外泊は、我が家に帰って大好きな家族に会え、おいしい物も食べられて嬉しいが、その分、病院に戻るのが辛い。でも、個室とは違い、相部屋は戻ってきても待っていてくれる人がいて、寂しさは半減。

二人にとっては第二のお家（セカンドハウス）。もうすっかり、お互い家族の一員になっていた。

先生曰く、髪型（まるっけ）も一緒で、

「お前ら、家族以上やなあ……（笑）」

納得。ちなみに、買ってきたパジャマも偶然同じで、おそろい。顔こそ違うが、ほんとうに双子のよう。

今日もまたボンバーマンをやる二人。航平は、一か月も経たないうちにマスターしていた。相手の動きを読んで爆弾を置き、相手を爆破させるゲーム。技もいろいろあって、頭も使う。キャラクターもかわいくて、ゲームの幅も広く、なかなか面白い。

三月五日（水）。優真くんとベッドの行き来をする。ますます、元気爆発。病人とは思えないほど、ただ今、絶好調。

「早く、薬飲もー！」

なんだか、航平ではないみたい。とにかく調子がいいとみえる。調子のよさは薬の飲み具合で判断できるほど。

優真くんの主治医は女医さん。毎日、若くてかわいい先生が顔を覗かせるたびに、航平は「看護婦たーん！」と呼んだ。女の人＝看護師と思っているらしい。毎度毎度、すみません。

「航くん、看護婦さんになる！」と、日々へパフラッシュの練習をする航平。辛い治療を経験した航平なら、きっと心の痛みがわかるいい看護師さんになれるよ。治って、大きくなったら、同じ病の子を助けてあげないとね。

妹から、メールが届いた。修史がダウン。四、五回嘔吐、下痢もしている。たぶん、胃腸風邪だろうと。幸い主人が休みだったので、交代。実家に帰り、ぐったりしている修史を病院に連れて行った。やはり胃腸風邪だった。

布団に入った修史は、涙目で「ママ、病院？」ときく。「今日は行かないよ」と、言うと手を握ったまま、安心して眠っていった。ごめんね、ふだんそばにいられなくて。心が痛む。

三月十日（月）。本体（点滴）終了。ホッ。でも、白血球の数値は、パッとせず、停滞気味。これが、どうやら航平のペースらしい。立ち上がりが悪い。上がるのを待つのみの今がいちばん気がラクだ。航平、伸び伸び過ごしましょっ！

その頃、絶好調の航平は、よく「あたま　つるん　つるん」「まるっけぼうず」と、自分の頭をなぜていた。みんな大爆笑。その頭、私は好きだな。がんばっている頭という感じがするから。

夕方はお決まりのボンバータイム。この日、航平と優真くんは、二人で協力して敵を爆弾でやっつけていた。

「ボンバー！」と、敵が自爆。

「やったーっ」と、ガッツポーズして大喜びする二人。そして、顔を見合わせ、

「♪勝手に死んだ！　勝手に死んだ！♪」

とハモり、手拍子までして、ケラケラケラ……。ベッドの上で飛び跳ねて、大はしゃぎ。誰が見ても楽しそうな二人。もう誰も止められない状態。

子どもっていいいな。大人なら、この状況で、「死」なんて言葉、とてもとても口にできない。でも、二人は全く気にしていない様子。楽しそうで何よりだが、ゲームとはいえ、それぞれの手持ちキャラクターが滅んだときに、「♪航くん死んだ♪」「♪優真くん死んだ♪」と言うのは、やめて！　聞いているほうが、辛いよ。

次の日、相部屋になっていちばんの大盛り上がり。「的当てゲーム大会」をした。

窓側の航平のベッドから、廊下側に吊り下げた的に向け、紙のボールを思いっきり投げ、「当たりー！」「はずれー！」。

ちょうど入っていらっしゃった篠田先生にも当て、「当たりー！」。キャッキャ、キャッキャ。またまた誰にも止められない状態。先生も、笑っておっしゃった。

「優真も、航平も元気すぎー！　お前らほんとうに病人か？って、入院しとる人たちに言われるぞ」

「いいんですって。楽しいほうが、病状だって軽く済むだろうし、入院生活も楽しい思い出になるのなら、言うことなし！」

この状態に、私は悪いなかにも満足していた。入院当初、こんなにいい状態でいられる日もあるなんて知りもせず、八か月間、ずっとえらくて辛いものだと思っていた。治療を終えたからといって命が保証されるものでもない。それに航平に触れられないと思っていた。だから、泣きながら「連れて帰ります」と私は言った。でも今は、そんなことを口走った自分を恥ずかしく思う。

「一パーセントでも可能性があるならやるよ。俺は絶対にあきらめんで」

と言われた篠田先生。医学はこんなにも進歩していたのだ。みすみす命を落とすことになっていたのだと思うと、ゾッとした。治療方法があること、そして的確な治療が受けられることに、ほんとうに感謝している。世の中には、病名すらわからない、治療方法も見つからない病がまだまだたくさんある。それを思うと、幸せだ。

この先、ひょっとすると危ない橋を渡ることになるかもしれない。でも、今の航平を見ていると、きっと大丈夫。そんな気がする。絶対に治る。治るとも！

三月十三日（木）。採血の検査結果が出て、篠田先生が報告にいらっしゃった。

「航平、白血球一四〇〇やったで、今週末外泊一泊しようか。今、白血球が上がるのを待っているだけでやることないし、一泊して、月曜日に耳鼻科行って、火曜日に歯科行って、水曜日、修ちゃんに来てもらって、採血してリンパ球が合うかどうか調べようか……。それで、また二泊してリフレッシュして、月曜日から治療ってな感じかな」

「やったー！　航平、二回お泊りだよ」

篠田先生が一気に話されたこともあって、航平はよくわかっていない感じ。私は、思わぬ連泊に嬉しいやら、戸惑うやら……。航平の「のんびり白血球」のお蔭だね。

修史から電話（これ内緒）。

「兄ちゃん、こっち　おいでー。○☆※△……」

と、ものすごく大きい声が受話器からもれて聞こえてくる。ハハハ。航平もご機嫌（笑）。この電話で、いつも会えるという実感が湧いてくる。

二度目の外泊

三月十五日（土）。外泊。昼から、神戸《ごうど》のじいちゃんが迎えに来ると知り、ソワソワ、ソワソワ。落ち着かないどころか、完全におちゃらけモード。元気爆発！

前回は、外泊の意味もわからず、帰ること自体、ほんとうに？みたいな感じで、借りてきた猫状態だったが、今回は、しっかりわかっていて、全身から嬉しさがにじみ出ていた。

病院の廊下をタタタタッ……。気づくと、もう影も形もなく、すでにエレベーターの前で待っていた。エレベーターの中でも、グルグルグルグル走り回り、とにかく落ち着かない。壊れたロボットみたい。それだけ嬉しいのだろう。

実家に着くと、また、みんなそろって待っていてくれた。

「おかえり！」

航平はさっそく家に上がり、あちこち動きまわる。修史は広告紙で作った剣を持って、「にーちゃん、にーちゃん」と、航平の後をついてまわる。戦いごっこをすること二時間。その間も、颯大をかまう優しい航平。颯大もニコニコ。離れていても、きっと「兄ちゃん」とわかるのだろう。

今回のリクエスト料理。ばあちゃん特製五目ラーメン。航平は、大好きなラーメンをガツガツ食べる。

夜、主人から電話がかかってきた。

「楽しそうやんかー。今から行きたいけど、もう遅いもんな……」

せめて声だけでも聞きたいと、航平と代わる。修史と剣で盛り上がっている最中なので、

「今、航くん、忙しいんやけど」

と、すぐ終了。

「ショック……。余計にそっちに行きたくなってまったやんか！」

と、受話器の向こうで嘆く主人。また、来週があるさ。

今回は、二階で、じいちゃん、修史、私、航平の四人で布団を並べて寝た。修史は完全に、じいちゃんっ子になっていた。

いつでも、「じいちゃん、じいちゃん」。排泄もじいちゃん。お客さんがいらっしゃっていても、「じいちゃん、うんこ」とお店に言いに来るほど。「勘弁して……」と言いながらもデレデレのじいちゃん。

三月十六日（日）。昨日はしゃぎすぎたのか、航平は足が思うように動かないらしく、フラフラしている。危ないので抱っこして、一階へ降りて行く。

朝のリクエスト料理。ハムとチーズのせトースト、ゆでたまご、フルーツヨーグルト、野菜フルーツジュース。朝からすごい食欲。そして、すぐに遊び始める。今日は、お店屋さんごっこ。部屋一面に本やおもちゃを並べ、お客さんは修史。でも、少し喧嘩モード。

昼のリクエスト料理。焼肉が希望だったが、朝から食べすぎて、あまりお腹がすいていないらしいので、変更。野菜と鶏肉の炒めもの、豆腐とわかめの味噌汁、マカロニサラダ、みかん。

食後、ブロック遊びをして、堪能しているところで、病院に戻る時間になってしまった。

私「航平、もうそろそろ戻ろうか？」

航「えーっ、いややあー」

私「でも、優真くん、四時からボンバーマン始めるよって言ってたよ」

航「あっ、そうだった。帰らないと」

なんて、あっさりしているのでしょう。

航「みんな、また来るね。バイバイ」

と、いそいそと靴を取りに行った。いいような、悪いような……。でも、こう切り替えが早いと、気がラク。やっぱり二人部屋はいいな。いつでも、どこでも待っていてくれる人がいるって、ほんとうに心強いね。今日は、修史も一緒に病院へ。車の中で、眠ってしまった航平と修史。病院に着くと、航平は気分よく目覚め、病室へと向かった。

戸を開けると、

「航くん、おかえりー」

楽しい外泊が終わり憂鬱《ゆううつ》になるところだが、重苦しい雰囲気もなく、病院に戻ってきても、不思議とホッとする。それに、なんてったって、来週も外泊だから。なんだか得した気分！

複雑な思い

三月十七日（月）。移植前の検査。今日は耳鼻咽喉科。まだ一般外来の人もたくさんいる時間帯。
私「航平、帽子どうする？」

航「いー（いらない）！」

もう少し大きい子なら、人前で髪の毛を気にし、帽子をかぶるのだろうが、なんとも思っていないどころか、「まるっけ、まるっけ」と頭をなでて楽しんでいる。航平のいいところ。実に前向き。

私と航平は、まるで病院の中を散歩しているかのように、仲良く手をつないで耳鼻咽喉科へ。途中、ゲホゲホ咳をしている人がいると、ゲゲーッ。マスクをしているとはいえ、菌をもらうかもしれない。とにかく菌は御免なので、

「航平、息止めてー」

と、航平を抱っこして、母ダッシュ！　航平、大喜び。

「もっと、早く、早くー！」

航平、ケラッケラ。うーん。遊んでいるわけではないのだが……。お母さんも楽しいよ！

命にかかわる難病とはいえ、今こうして元気いっぱいの航平。待っている患者さんも航平の頭を見たら、ただ事ではないとすぐに察すると思う。でも、がんばっているこの姿を見て、みなさんも前向きに病気と闘ってください……。なんて思いながら、患者さんの前を通過した。その間も、航平、キャッキャッとはしゃぐ。それにしても、遠い（広い）なあ。

事前に優真くんに何をするのか聞いていた航平。痛いことをするのではないと安心し、いたって落ち着いている。レントゲン撮影も指示される通り一人でやり、診察もすんなり。航平、百点満点！　ほんとうに言うことなし！　合格！　これが退院検査ならどんなにいいことか。なんて、嘆

いている場合ではない。よーし、航平、またダッシュだ。おりこうだった航平に、ご希望通り帰りも母ダッシュ！　ヘトヘトになって病室に戻る。でも、楽しかったあ。

十三日（木）から右のてのひらの薄皮がベロベロめくれてきていた。この日、左手も。副作用？

次の日、歯科口腔外科へ。

「きれいな歯やね」

と先生。上の前歯が少し虫歯になりかけていることを伝えると、

「どうするかな……？　急がなくてもいいけど、おりこうやで、このままやっちゃおうか？」

航平、初めての歯医者さんだが、泣きもせず、暴れもせず、おりこうに治療してもらう。

三月十九日（水）。すごーく気持ちよさそうに、大の字で眠る航平。点滴がないから、朝までおしっこもせず、グースカピー。朝から食欲もあり、いいウンチも出て、実に健康的。とはいえ、病気が治ったわけではないが……。

昼二時、修史がドナー検査（採血）のためにやって来た。自分のために来てくれたのだとわかった航平。がんばれるようにと航平の宝物、カブトライジャーとクワガライジャーの人形を先にあげた。

「先にあげたら、泣かんかもしれんで……」と。

航平のお蔭で、なんとかがんばった修史。でも、それはそれはすごかった。大泣き！　実に修史らしい。航平とは大違いの暴れん坊将軍！　激しかったあ。

でも、よくがんばったね。修史ありがとう。

三月二十日（木）。外泊を目の前にして、三十八度の熱。えーっ、なんで？　外泊見送り？　みんなも楽しみにしていただけにショック。でも、本人は全然気にしていない。そんな航平に、いつも救われるよ。

みんなに話し方がかわいいと言われる航平だが、本人はからかわれているようで嫌なのか、必死に「さしすせそ」を練習する。

「航平、そのままでいいよ。かわいいで」と、篠田先生。看護師さんも、「航くんと話すと癒される」と。確かに。私も、「お母たん」と呼ばれるの好きだな。

「さー、しー、すー、せー、そ！　さー、しー、つー………、たー、ちー、つー、てー、と！　いい？」

よくないけど、航平、いいよ。焦る必要なし。今にスラスラ言えるよ。って、航平、焦った様子ないけどね。

洗い場で、短期入院のお母さんに、「長いんですか？」と、きかれた。「四か月かな」と答えると、「えーっ！」と、返ってきた。それはそうだ。驚くよね。

隣で、子どもがコンコンと咳をした。ゲゲーッ。思わず反応すると、「お子さん、喘息か何か？　四か月って、何の病気？」ときかれ、「白血病です」と答えると、顔色を変え、「ごめんなさい」と返ってきた。ごめんなさいと言われると、すごく複雑な気分になる。「そうなんですか……」ならまだしも、なんだか否定された感じというか……。嫌だ。

障害を持った人の気持ちがわかる気がした。「ごめんなさい」と言われると、余計に傷つく……という話。胸を張って生きているのに、あやまられたり、かわいそうと言われるとみじめになると。言った人は、嫌なことを聞いてごめんなさいなのだろうが……。

堂々と、生きています。胸を張って生きています。そして、きっと治ると信じています。


三月二十一日（金）。今日の優真くんは、父ちゃんが付き添い担当。航平にきつい口調で言った優真くんに言い返す航平。

「おっ、航くんも言い返せるようになったねえ」

と、父ちゃん。そういえば、ちょっとやそっとでは、へこたれなくなった。個室だとこういうこともなく、のほほんと過ごしているから、保育園に戻ったときに抵抗があって、登園拒否になりそうだが、ここで少しもまれてよかったね。

お互い、親に怒られるときは、おとなしいからおかしい。反面教師！　何かと勉強になるね。

三月二十二日（土）。足の指、裏の薄皮もベロベロ。脱皮？　朝一番で先生がいらっしゃって、

「どうや〜、航平？　外泊しようか？」

もう中止だと思っていたから、先生の発言にみんな驚き。

「がいひゃく？」

まだわかっていない航平は、のんびり、優真くんとウルトラマンのクラフト遊びを始める始末。帰る気なし？　服も着替えず、いつものように遊んでいる。

昼二時。神戸《ごうど》のじいちゃんが迎えに来ると、一気に実感が湧き、すぐに着替え、いそいそと靴を履き、「行ってきまーす」

みんな大笑い。なんだ？　この変わりよう。マスクもせず、帽子もかぶらず、外へ行こうとする。

「こらあ！」と、あわてて荷物を持って、出発。廊下に出ると、もうどこにも航平の姿はない。

「航平ー！」

行く前から私の怒鳴り声。と、どこからか、あのかわいい声。

「看護婦たん　行ってきまーす」

ナースステーションでちゃんと挨拶していた（笑）。航平、嬉しそう。許すとするか！

予期せぬ事態

外泊が終わったら、第三クールの治療がすぐに始まると思っていたのに、白血球が二〇〇〇を切っているため、また先延ばしに。これで、三週目。航平にとっては、元気な時期が長くていいが、悪い細胞もジワーッジワーッと増えてきそうでなんだか心配。

優真っち母ちゃん（優真くんのお母さん）と移植の話をした。事前に優真くんと妹のリンパ球を戦わせた結果、妹の骨髄を入れても、特に目立った拒絶反応、合併症は出ないと。一般的なものは免れないが、その程度で治まるらしい。よかったあ。人ごとではないから。

とはいえ、安心はできないのが現実。

「移植すれば治るから、早くしてほしい気もするけど、もし、もしこれで終わりになってしまったら……と思うと、もっと先でもいいような……。すごく複雑……」

と、優真っち母ちゃん。私も全く同じ気持ちだった。先が読めないのが怖い。一種の賭けのようなもの。移植によって、一人の命が左右される。やらなければ助からない。でも、やったからといって一〇〇パーセント助かるという保証はない。化学療法で延命しているうちに、一発で治る薬が開発されたらいちばんいいのに……。でも、それを待っていたら、体力が持たず、薬にやられてしまうかもしれない。うーん。いつもは前向きで、明るい私たちだが、移植の話になると、一気に落ち込んだ。

三月二十七日（木）。白血球が上がり、明日から第三クールに入る。またえらい日が続くと思うと辛い。でも、一つひとつ乗り越えていかないとね。航平、がんばれ！

優真くんと一緒になって、薬があっさり飲めていたこともあって、妹からのビデオレターが一時休みだったが、この日、久々に新しいビデオレターが届いた。指人形を箸に刺して、クルクル回りながら二体が戦う。

「どちらが勝つでしょうか？　勝ったほうが（そっちに）行くよ」

二人は大笑いしながら、「〇〇！」「△△！」。

裕美、あんたはすごいよ。いつも感心する。とにかく楽しい。笑いをありがとう。きっと、いい保育士になる。太鼓判を押すよ。

三月二十八日（金）。マルク。髄注。CVナート。そして、抗がん剤投与（三種類の抗がん剤を三パターンの組み合わせで八日間投与）。

昨日までの楽しさが、一気に辛さに変わった。

髄注が効いて、吐き気がひどい。麻酔から覚め嘔吐する。昼食も食べられず、そのまま寝ること三時間。夕方、少しラクになったようで、優真くんのベッドの上でガンダムのプラモデルで遊び始めた。

あれえ？　航平、髪の毛がいっぱい生えてきている。

三月二十九日（土）。大好きだった杉本さんが結婚退職。残念だー。でも仕方ないか。杉本さん、今までありがとうございました。そして、お幸せに。

三月三十日（日）。

優「ねえねえ、ところで航くんって、なんの病気？」

今頃になってきいてくるところがおかしい。頭を見たらわかると思うけど。

私「一緒の病気だよ」

航「優真くんの頭、つるん　つるん！」

優「航くんの頭も　つるん　つるん！」

と、お互いの頭をなでなで。大受け。子どもって、最高！

抗がん剤（ベプシド）を入れているときは、酔ったように顔が赤くなり、上半身も赤くまだら。元気はあるが、食欲が落ちてきている。おしっこはたくさん出て、一時間おき。一回に一〇〇ミリリットル、一日二リットルコース。いっぱい出して悪い細胞もみんな追い出してしまえ！

三月三十一日（月）。願掛けのタバコ断ちをしていたはずの主人のポケットからタバコ発見。みんなでブーイング。まだ治療中なのに、よく吸う気になったと腹立たしかった。主人にも言い分があるらしかったが、言い訳にしか聞こえなかった。帰った後、主人から電話。私の代わりに出た航平は、

「お母たんは　いませーん！　パパ、タバコ吸うんやったら、もう病院来んといて。タバコ吸う人は嫌でーす」

と、ものすごい大きな声で、しかもケラケラ笑いながら話した。おーっ、何も言っていないのに、母の気持ちがよくわかっているねえ。さすが航平。聞いていた私も、笑いをこらえるのが大変。主人はどうせ、「真紀が言わせとるんやろう」とでも思っているに違いない。

私と航平は一心同体なのさ！　それなら、病気も半分もらってあげたいのだけど……。

二回目の電話も、

航「まだ　いませーん」

主「真紀に代わって！」

航「真紀は　怒ってまーす」

部屋中大爆笑！　パパ、完全に航平にからかわれているよ。自業自得。

今回使っているノバントロンという抗がん剤は、青色。身体に悪そう。でも、おしっこがエメラルドグリーンですごくきれい。「おーっ！」と、みんなで拍手。喜んでいる場合ではないが、何でも笑いに変えられるっていい。看護師さんも、「この点滴は、見ただけで吐く子もいるよ。この部屋の二人は元気でいいねえ……」と、声をかけてくださった。

ほんとうに元気。優真くんも、副作用が少なく調子よさそうだった。自分たちで作ったウルトラマンや怪獣で遊び、大声で笑う二人。抗がん剤もびっくりかも！

こんな笑いの後、笑顔が消えることに……。予期せぬ事態。

篠田先生に呼び出され、処置室へ行った。嫌な予感がした。案の定、予感は的中。航平と修史のＨＬＡ（白血球の型）は六座とも同じなのに、リンパ球を戦わせた結果、全く型の合わない他人と同じ反応が出るとのことだった。それって、移植不可能ってこと？　また奈落の底に突き落とされた感じだった。先生は、何かのミスかもしれないし、ひょっとしたらどこかＤＮＡが一部異常なのかもしれないから、もう一度、検査し直そうと。うーん、どうしてこうなってしまうのだ。いったい航平はどうなってしまうの？　それに、修史はまた痛い思いをしなければいけないの……。風邪をひいて調子が悪くて、病院に連れて行ったばかりなのに……。でも、兄ちゃんを助けるためだ、修史にがんばってもらうしかないか。先生も予期せぬ事態にいろいろ手を打ってくださった。誰もがショックを受けたのは言うまでもない。移植が目の前なのに……。泣けてきた。また、振り出しだ。でも、これって、ひょっとしたら化学療法だけで治りますよ、と知らせてくれているのかもしれない。それならいいが……。

家族のみんなに報告するのが辛かった。優真っち母ちゃんにも話をすると、

「なにー、それ?」

「…………」

いろいろ親身になって聞いてくれた。

「だって、人ごとじゃないもん」

うん。うん。

熱、湿疹、咳

四月一日（火）。夜から熱が出る。三十八度四分。

四月二日（水）。食欲なし。元気なし。頬、腕、足に少し湿疹が出る。三十八度九分まで熱が上がり、この日座薬を二回入れる。えらくて、ずっと横になっている。

四月三日（木）。熱が三十七度台になったのはよかったが、身体のあちこちに赤い湿疹。一クール目を思い出す。うーん嫌だな……。ＣＲＰ三・二九と、高い。何かのばい菌に感染したらしい。昨日から抗生剤も始まったから、ちょっと様子を見るとのこと。いったい何？　先生も首を傾げる。副作用ではないらしい。湿疹がかゆいらしく、かゆみ止めを塗る。

四月四日（金）。修史が採血に来る。病院大嫌い！　注射大嫌い！　先生大嫌い！の修史だが、兄ちゃんに会いたいがためにすんなりやって来る。あんたは、偉いよ！

「修ちゃん！」と嬉しそうな航平。でも、見るからにすごい湿疹。全身密集。また、三十八度を超える熱。食欲（作って持ってきたチャーハンを二分の一、メロン二分の一を食べる）と元気はある。痰のからんだ咳あり。

実家は全員風邪（鼻水と咳）。母までもがダウン。みんな疲れが出てきたのかもしれない。気が張っているうちはいいが……。生身の人間だから、そうそう張ってばかりもいられない。心配だ。

主人に代休を取ってもらい、私は修史を連れて実家に帰り、久々にみんなの食事を作った。私は何が何でも倒れる訳にはいきません。倒れるのは、航平の病気が治ってから！

四月五日（土）。元気なし。湿疹もひどいまま。熱が高く、私の手首をゴリゴリする手が熱い。咳もある。私がトイレに立つと大泣きする。

「マーマー、手、手！」

「航平、ちゃんとそばにいるよ」

義父がインターネットで移植の項目を調べ、プリントして見せてくれた。気になる合併症「GVHD（移植片対宿主病）」とは、ドナーのリンパ球（T細胞）が、患者の身体中を「異物」とみなして、排除すべく働きはじめること。ひどいと命にかかわる、とあった。

朝、先生にきいてみると、航平は拒絶反応の数値は少なく出ているが、問題はやはりGVHDだった。その数値が高すぎる。悪い細胞以外もやっつけてしまうらしい（航平の身体を攻撃し始める）。ある程度GVHDがあったほうが、再発の危険がグッと減るらしいが、その前に命を落としては元も子もない。HLAが一致していても、簡単にはいかないのだ。

「ここまで持ち込めない子もいるから、それを思うと、ここまで来て、しかもHLAが一致しとるなんて、すごく恵まれとるでね。ただ、航平は、治療後の立ち上がりが遅いで、やっぱり移植したほうがいい」

と、先生。

「そうですか……」

移植の線はやっぱり決まりかあ……。それならデータの間違いであってほしい。

四月六日（日）。熱が三十九度五分まで上がる。座薬も二回使う。咳がひどく、咳上げ二回。湿疹は手足が治まり、それ以外はびっしり。かゆくて仕方ないらしい。

毛がいっぱい生えてきた。頭、眉毛、睫。ヒヨコみたい。

航平は自分で体温計を読む。「さんじゅう　はちど　くぶ」。三十八度九分かあ。えらいね……。

四月七日（月）。やっと熱が下がり、ホッ。謎の湿疹も治まってきた。でも採血の結果、CRPは五・一三。今まででいちばん高い数値。それでも、先生に言わせると、低いほうだと……。こんなに苦しんでいたのに……。高い炎症反応に驚かされ、さらに今度は白血球の低さ（七〇）にびっくり！　ヒョエー、やめてー。これ以上航平を痛めつけるのは、ほんとうにやめて（激怒）！

「熱も出ているし、CRPが高いで辛くなるから、今日は白血球を上げる薬（ノイトロジン）を入れるでね」

と、先生。お願いします。

今日は、元気あり。ときどき痰が絡み、のどがイガイガするのか、やたらとイソジンでうがいをしたがる。しかも「うがい飲みたい！」と。それは勘弁して。そして、下痢、下痢、下痢。でも、お腹を痛がる様子なし。「出たー！」とニッコリ。咳により胸を痛がる。

夜中、トイレに蓄尿しに行き、部屋に戻ること二分。航平の重みのある咳。

「コン、コン！　ゴボゴボゲホー……」

飛ぶ飛ぶ。用意していた受け皿では足りず、辺り一面に吐く。眠いのと気持ち悪いのとで手足をバタつかせて泣く航平。パジャマ、シーツを替え、抱きしめると安心してそのまま眠っていった。早く咳よ、止まれ！　それから航平は朝まで熟睡。私はその後、洗濯だの自分のベッドのシーツ替えだので、バタバタ。

航平、がんばれ！　どれだけでも始末するから、任しときー！

四月十日（木）。今日も咳上げ、大量一回。食欲は戻ってきた。体温も平熱。あとは咳のみ。先生から、週明けに、優真くんが移植部屋に移動して、そのあと、四年生の靖《やす》くんが入ってくる話を聞いた。せっかく慣れて、楽しかったのになあ。また一から出直しかあ。でも、靖くんも付き添っている爺ちゃん（靖《やっ》ちゃん爺ちゃん）も、「いい人！」と、誰もが言うからひと安心。

明日はＤＮＡの検査結果が出る。合わなかったことを想像し、私はまた眠れない夜を過ごした。

ＤＮＡの検査結果

四月十一日（金）。朝一番で妹からメールが入ってきた。母と祖母が肺炎に。何！　入院ってこと？　あわてて実家に電話すると、「心配しんでいいで！」と父。医師にすぐに入院と言われたらしいが、事情を話したら、その医師が責任をもってみるから、毎日点滴に通ってとのことだった。ほんとうに大丈夫なの？　心配で心配で……。でも、両親にきけば絶対に「大丈夫！」と、言うに決まっている。ひとまず、航平の状態が落ち着いてきたので、母屋に連絡を取り、明日から一週間ほどお願いすることにした。

問題はもう一つ。今日は、気がかりのＤＮＡの検査結果が出る日。私は落ち着かず、もう心臓バクバク。結局、居ても立ってもいられず、できることをしようと、みんなに連絡を取りスケジュールを組んだ。航平にも事情を話すと、

「寝るとき、大垣おばあちゃんなら　いいよ」と、了解してくれた。航平、ありがとう！　主人は、「日曜日、代休をとるわ」と。日中は、義父や紀ちゃんが入るから心配しないでとのことだった。私は、家のこと全般、そして母と祖母の看護、病院への送迎を担当することになった。颯大は大変だろうからと、妹一家がみてくれるという。今まで以上の協力態勢。みんなで、ほんとうにみんなで助け合って、この場を乗り切りたい。

主人からメール☆結果まだ？　もう気が気じゃねえ……☆

仕事も手付かずの様子。私だって、先生に会うのが怖いくらい。朝から悲報。悪いときって重なるから、嫌だ！（嘆）

用があって、一階に行った。「篠田先生が、探し回っていたよ」と聞き、急いで戻る。

うーっ、結果だ。心臓が破裂しそう……。遠くから、先生が二枚の紙を上に掲げて、

「ちゃんと、一致したよ！」

「よかったあ！」

思わず、叫んだ。ほんとうに、ほんとうによかった。そして、先生は二枚を重ね、透かして見せてくださった。

「ピタッと合うやろ！」

先生も嬉しそうだった。すぐにみんなに報告。優真くんの家族も一緒になって喜んでくれた。心配してくれてありがとう。絶対に移植成功させようね。

四月十三日（日）。朝から、実家で炊事、洗濯、病院の送り迎え、修史の世話、と大忙しの私。そして、時間を見ては、妹のアパートにいる颯大に会いに行った。毎日、母は自分の身体を気遣うことなく、一日中こうしてバタバタ動いてくれていたのだ。夜中も起きて、颯大にミルクをあげてくれていたし……。ほんとうに申し訳なく思った。航平のことがあって、思いっきり甘えていた。ずいぶんと無理をさせていたのだ。これからは、無理なときは「無理」と言ってと、懇々と説得した。こんなことになったのも、我が家のせいなのだが、お互い、無理は禁物。取り返しのつかないことになってしまってからでは遅い。今までゆっくり休養するということがなかった母。今回だけは、しっかり休んでもらいます。

心配で、航平に電話をすると、かわいい声（みんなが認める甘い声）が……。会えないと、余計に会いたくなる。

夕方、今度は航平から電話がかかってきた。

「お母たん、病院来てー!」

甘える航平。横から、「なんで、お父さんじゃ、ダメなんや!」と、主人の嘆き声。航平、ケラッケラ。楽しそう! 安心。やっぱり携帯電話っていいね（って、内緒だった）。

四月十四日（月）。朝、電話すると、少し話しただけで、「もういい」と義母に代わる。航平、今日はやけにつれないなあ。きくと、優真くんは朝一番で部屋移動し、靖くんも来て、もう遊んでもらっていると。なるほど！　そういうことか！　航平の楽しそうな声が聞こえてきた。よかったあ。航平、ＣＲＰ〇・二。白血球はまだ四〇〇〇しかないが、目立った症状なし。このまま、骨髄が回復するよう祈ります。

日に日によくなっていく母と祖母。

主人に病院へ持って行ってもらったビデオレターに、おばあちゃんが、鼻の下が荒れ荒れでイボイボになっている姿で登場。

「航くん、おばあちゃん熱があって、鼻もこんなふうになって、お母さんにご飯作ってもらっているから、病院に行けなくて、ごめんね。おばあちゃんも、点滴して、まずい薬飲んでがんばっているから、航くんもがんばってね！」

と、メッセージ。それを見た航平から、

「おばあちゃんも　まずい薬がんばってるって　言ってたよ。パパも今日、鼻（鼻炎）の薬　まずいけど　飲んでたし、航くんも　薬飲んだよ」

と、電話があった。四歳なのに、この状況を理解し、少しもぐずることなく病院で過ごす航平、やっぱりあんたは偉いよ。金曜日、泊まりに行くからね。待っていてね。

靖くんと爺ちゃん

四月十八日（金）。六日ぶりの再会。元気そうな航平。「お母たん、抱っこー！」と、飛びついてきた。会いたかった。この温もり……。この感触……。私は航平をギューッと抱きしめた。鼻水はよく出るが、元気あり。食欲旺盛。けっこう、けっこう！

この一週間、母屋のみんなには、ほんとうによく看てもらった。そして、私が日記を書いていることを知っていて、しっかりメモ書きを残してくれていた。どんな状況になっても、この家族がいる限り、乗り越えられる。そう思った。

この先も、ずっと、よろしくお願いします。

航平は靖くんに遊んでもらっているという話だったが、どう見ても、からかわれている。

靖「航くん、か・ち・て（貸して）」

かわいいからと、言葉を真似されている。

航「航くん　優真くんのほうが　大好き！」

靖くん、ニッコリ笑う。さすが四年生。ちょっと大人。相手にされていない航平。でも、二人とも楽しそう。なんとも穏やかな空気が流れていた。

このことを優真っち母ちゃんにメール☆航平が靖くんに面と向かって、「優真くんのほうが大好き！」って言っています。ヒヤ～ッ！☆

するど、少し経ってから、☆『ゆうまも　すきだよ』ニヤッと笑って、自分で打ったよ☆と、返事が返ってきた。あんたたち、最高の友だちだね。

さらに航平自作、優真くんのうたを歌う。

♪ゆうまっち、ゆうまっち、げんきになったら　ゆうまっちと　あそびたい！♪

そうだ、そうだ！　二人とも移植を成功させて、また一緒に遊ぼう！

気心知れて調子にのる航平。笑いながら「バカじじいー」「ひげじじいー」の連発。みんな、大受け。ケラッケラ爆笑。靖ちゃん爺ちゃん、ごめんなさい。でも、お腹の底から笑えるっていいことだなあ。ほんとう、病気が身体から出て行きそう。

さらに、靖ちゃん爺ちゃんの着替えを覗き込んだ航平は、

「ねえ、ねえ、オムツパンツじいちゃん！」

と、呼ぶ。大爆笑！

「オムツなんか、はいとらせーへんわ。ガハハハハ。航くんは、面白い子やなあ……」

ほんとうに失礼しました。いい人たちでよかった。わずか一週間足らずで、すっかり家族。航平の早業かもしれないが、かわいがってもらえてよかったね。

そんな元気な靖くんも、悪性リンパ腫で、再発しての入院だった。付き添いが爺ちゃんなのは、靖くんが一歳になるかならないかのとき、若くしてお父さんが病気で亡くなり、一家を支えるためにお母さんが働いているからだった。みんな、事情は違うにせよ、いろいろ抱えているのだと思った。それでも、こうして、みんな元気に生きている。実際のところは、元気に見えるだけかもしれないが……。悲しみ、苦しみを乗り越え、生きている人たちは、みんな強く見えた。そして、優しかった。

面白い会話 一

靖爺「ヒゲ剃って来るわ」

航平、ベッドから立ち上がり、髪の毛の少ない爺ちゃんに向かって、

航平「頭も剃ってきてー」

なんということを……。完全に調子にのっている。

靖爺「ハハハハハ！ 毛なくなってまうわ！（笑） なら、行ってくるでな。えか（ええか）？」

と、ニコニコ陽気な爺ちゃん。

航平「いってらっしゃーい！」

見送った靖くんと航平は、思い出してクスクス。

面白い会話　二
野球大好き、巨人ファンの靖ちゃん爺ちゃん。ちなみに我が家は、みんな中日ファン。
航平「靖ちゃんのおじいちゃんは　何日ファン？」
真面目にきく航平に、またまた大爆笑。
靖爺「なんにちって……」
航平のお蔭で、部屋はパッと明るかった。航平は、まるで太陽のような存在だった。

四月二十一日（月）。今日から、化学療法中の小児の管理マニュアルが変更された。入り口で行っていた身体などへのアルコール噴霧は禁止。アルコールは回収された。手は今までと同じで、しっかり消毒して入る。マスクも着用。殺菌ロッカーは必要ないとのことでクリーンルームから撤去。あれこれ、徹底された。そして、食事に関しても、曖昧《あいまい》だったのが詳しく決められ、A・B・Cランクに分けられた。その子の治療段階に応じて変わるが、一覧表にまとめられ、わかりやすくなった。幅も広がったように思う。

四月二十六日（土）。相変わらず、のんびりしている航平の白血球。レゴをやろうと靖くんのベッドに行く約束。「おっじゃまっしまーす」と、ベッドの柵をまたぎかけた航平。

航「あっ、航くん　行ったらダメだった」

？？？

航「この前に　おらな！」

と、空気清浄機を指差す。そうだった。すっかり忘れていた。白血球が一〇〇〇を切っているときは、空気清浄機が必需品。航平、偉いなあ！　しっかり自覚している。航平があまりに元気なので、私は空気清浄機のことが頭から消えていた。反省……。

やるしかない

四月二十八日（月）。本体、抗生剤終了。航平は自由の身になった。母、祖母も、数日前に点滴が無事終了した。よかった。また、元通り、元気な二人に戻った。

移植はもう目の前。とにかく万全の態勢で臨まないと。みんな無理しないでね。そして、よろしくお願いします。

今日から前処置が始まった優真くん。廊下で会った母ちゃんから、様子を聞いた。とにかく、薬、薬、薬！　一日中薬づけで、大変！と。抗がん剤（マブリン）が一日四回。毎食後に五種類（三回×五袋）、朝晩バクタ（二回×一袋）。何ー？　一日二十一袋も薬を飲まないといけないの？　耳を疑った。もし吐いてしまったら……？　もちろん今まで同様、飲み直し。そんな……。かわいそうすぎる。移植前から変になりそうだよ。でも、逃げるわけにはいかない。この移植前の薬を飲んで悪いものを全部やっつけないことには、前に進めない。今から対策を練らなくては……。考えることばかり（嘆）。

——移植、止められるものなら、止めたい。

「うちは、もう後戻りできないから……」

と、優真っち母ちゃん。いつもの明るい母ちゃんの顔から、笑顔が消えていた。うん。前処置に飲む薬（マブリン）は、悪い細胞だけでなく、いい細胞もみんな死滅させる。そうなると当然、自分では血が作り出せなくなる。ここで止めたら致命的だ。気持ちを察するあまり、涙が出てきそうだった。

マブリンのほかにも点滴（アルケラン）が三日間あって、それがひどい粘膜障害をもたらすという話も聞いた。ほんとうに、たまらん！　あと一か月後にはこれが現実となって押し寄せてくる。薬だけでなく、この先まだまだ、さまざまな試練が待っている。子どもたち本人がいちばん辛い思いをするのだが、その姿を想像、そして実際に苦しんでいる姿を見るのはどうにもこうにも辛い。助かるためには……というが、辛い思いばかりしなければいけないなんて……。どうして親なのに代わってあげられないのだろう。この無力さに腹が立つ。だが、今はただ、拒絶反応や合併症が軽く済むことを祈るしかなかった。

「とにかく、やるしかないよね！」と、二人で心を新たにした。負けないぞ！

病室に戻ると、ケラッケラ楽しそうに笑う無邪気な航平がいた。今、最高に元気。もう何度も思っているとことだが、いっそこのまま時間が止まってしまえばいいのにな。

靖くんと一緒になってから、ベイブレード、ゲームボーイアドバンス（ポケモン）、テレビゲーム（ゴジラ）にハマっている航平。ずいぶんとレベルが高い遊びだが、ちゃんとついていっているからすごい（ポケモンはまだわけわからず。横で見て楽しんでいる）。

人間、何か夢中になれるものがあると、それに神経が集中する。病気の場合なら、気もまぎれ、えらさも半減するだろう。そうだ、いいことを考えた。テレビゲームだ！　今まさにハマっているテレビゲームのとりこにして、なんとか薬を乗り切れないかな？

さっそく、いとこのお姉ちゃんに連絡を取り、大事なテレビゲーム一式を貸してもらうことにした。「航くんのために……」と貸してくれた拓ちゃん、ありがとう。あとは、私の出方次第。航平の性格をしっかり考慮したうえで、対応していこう。


五月七日（水）。優真くんの移植日。祈るような思いだった。昼二時半、無事移植が終わったと、連絡をもらった。優真くんの妹は輸血なしで済んだらしい。そっかー、よかった……。輸血すると、また肝炎など心配ごとが増えるから……。これで一つクリアだね。ホッと胸をなで下ろした。でも、闘いはこれから。優真くん、がんばれ！　乗り切って！

五月九日（金）。修史、再々採血。車の中で、「修ちゃん、どこ行くの？」ときいてみると、「病院！」と、ちゃんとわかっている。「先生に、キック・パンチするの！」。ハハハハハ。やっつけに行くのか。病院に行くことに抵抗がなくて助かるよ。でも、ほんとうは修史なりにドキドキしているのだろう。

病院に着くと、「マスク　ちょうだい」と、必ずマスクをする修史。すごい！　ただただ感心。

病気をうつしても、逆にうつされても嫌だからね。

「航くん！」と、部屋を覗きニッコリ微笑む修史。航平も、「修ちゃん！」と、ニッコリ。その後、

修史は一〇ccほど採血。ものすごく大きい声で泣いていたが、前みたいに暴れなかったよと褒めら

れた。成長したね。何回も兄ちゃんのために来てくれてありがとう。

このリンパ球を戦わせた結果で、移植に踏み切ると思っていた私。しかし、先生は「もう、やる

方向で進めとるよ」と即答。そうなんだ。なんだかすごく複雑……。いよいよか……。

何度も何度も、溜め息がでた。

優真くん情報は、毎日、優真っち母ちゃんから伝えられた。航くんの参考になれば、そして、優

真の様子を知っていてほしいと。私も知りたかった。そして、その情報に一喜一憂した。優真くん

は九日（金）から粘膜がただれ、吐血していた。

そして、五月十一日（日）、あまりにも嘔吐しすぎて血が出るようになり、薬を飲むのに時間が

かかってストレスになっているから、鼻注（鼻から、チューブを通して直接胃へ薬を入れる）になったとメー

ルが届いた。でも、鼻に管を入れるのにひどいパニック状態。なんとか入った鼻注後も休みなく嘔

吐している。かわいそうだが、がんばって乗り切っていくしかないと再度メールが届いた。優真くんの妹は、今日無事に退院して行ったらしい。

航平に優真くんのことを知らせると、自ら携帯電話を手にし、☆ゆうまくん、がんばって　おばちゃん　がんばれ☆と、打ってメールを送信した。航平は航平なりに心配している。小さくても、自分も辛い思いをしているから、人の痛みがわかり気遣うことができるのだろう。クリーンルームにいる子どもたちは、ほんとうに強くて、そして心の優しい子たちばかり。みんな、みんな助かってほしい。

航平は今日も元気、元気。実家で作って持ってきたお吸い物（豆腐、人参、ホウレン草の玉子とじ）をペロリ！　ほんとうに、どこが悪いの？ときたくなるくらい。いまだに病気が信じられない。

五月十二日（月）。心電図を取りに一階に行く。

主人（六月三日〜十一日）と紀ちゃん（六月二日〜六日）から、休みを取ったと連絡が入った。移植予定日は六月四日。ほんとうに目の前だ。

お昼、航平に薬を混ぜているところを見つかってしまった。ヤバイ！

「何しとるの？　それ何？」

「今度、七個飲む薬の一個。練習用だって」（ほんとうは、いつもの薬）

「ふーん。お母たん、七個全部入れればいいのに。そしたらさあ、一ぱーつ（発）！」

と、大張り切り。七個かあ……。入ればいいけどね。至難の業かも。シロップに六袋もネコネコしたら、注射器で吸えなさそう。それにしても、航平、張り切っているなあ。というより、この先、何が待ち構えているのかわかっていないし、今、最高に調子がいいのだろう。

五月十三日（火）。数日前からCVカテーテルが二センチほど飛び出てきていたため、移植前に入れ直そうということで、朝一番で、手術室に入った。「六か月よくもったな」と篠田先生。今回は、航平、終了後もムッ。この半年いろいろ怖い思いをしてきたから、初回とは違い、手術前はすごく警戒。不安がっていた。ごめんね、航平。航平の身体には今までの縫い跡が十か所もあった。なんだか痛々しい……。がんばった跡だね。

昼からは心エコー、レントゲン。検査、検査の一日。

病室に戻ってから、おやつをバクバク食べ、お腹が膨れると、「満足！」といった感じ。いつもの航平に戻ってきた。検査や手術、注射の前は必ず食事抜き。イライラする気持ち、わかるよ。

半年振りの我が家

五月十五日（木）。移植前の外泊許可がおりた。先週も外泊の予定だったが、のんびり白血球（数値が低め）のせいで見送りになっていた。今回、颯大が風邪をひいて、熱もあるため実家には帰れない。となると、ガスの止まっているアパート？　航平、どうする？　久々に我が家に帰ろうか？

どちらにせよ移植前に帰らせてあげたい。もちろん深い意味はない。絶対に元気になって帰ってくるのだから……。航平に相談した。

「どっちでも　いいよ。お母たん自分で考えやあ……」

「あのねえ……。自分で！って、航平のことだよ。航平、自分で考えやあ……」

ただ今、靖くんとベイブレードに夢中。楽しくて、聞く耳持たず。

「よーし、決めた！　航平、アパートに帰ろう！」

「いいよ！」

ニッコリ。なーんだ、ちゃんと聞いているんだ！

仲のよい元保育士仲間の先生から手紙が届いた。子どもが気管支炎、肺炎で入院した……と。手紙にはこうあった。

〜何かが伝わるのか、点滴をした時に「航くん泣いた？」と聞き、「泣かないよ」と言うと、「大ちゃんも泣かないよ」と答えました。不思議ですが、いつもこちらの方が航君からパワーをもらっている気がします〜

航平！　航平ががんばると、みんなもがんばれるなんて、航平の存在はすごいね。航平が楽しいとみんなも楽しい。航平が悲しいと、みんなも悲しい。みんな、みんな、航平のことを想っている。

航平は、ひょっとすると、みんなの心を動かす力があるのかもしれないね。

最後は、みんなで笑いたい。航平とともに、みんなで笑いたい。

五月十六日（金）。外泊。嬉しくて嬉しくて、航平は完全に浮かれている。帰って早々、外には出られないので、部屋の中でボール遊びをする。夕方、実家や妹家族に電話。会話が弾む。貴莉ちゃんとファックスで、クイズの出し合いっこもした。「だ～れだ？」と、妹の描いた絵が送られてきて、航平と「〇〇！」「△△！」。なかには、いったい誰？というおもしろい絵もあった。

今日は航平の外泊日と知って、仕事を早く切り上げて帰ってきた主人。病院にいると、よく喧嘩になる航平と主人だが、ほんとうはめちゃくちゃ仲良し。親子というより、兄弟？みたいな感じ。夕食後、ベイブレード対決をする二人。真剣勝負。なんだか子どもが二人に見える。

夜、親子三人で寝た。布団の中で、航平に移植の話をした。

「航平、修ちゃんから血をもらったあと、熱が出たり、吐いたり、下痢したり、口内炎できたり、血も吐くかもしれんけど、がんばれる？」

「もう　知っとるよ」

と、あっさり。聞いていないようで、航平はいつも話をよく聞いているからなあ。でも、今回は今までとは違うよ。四歳の子に移植の話をするのは辛かった。すると、いきなり、

「がんばったらさあー、みんなで　お弁当持って、ピクニックに行きたいなあ……」

と、天井のほうを見て、目を輝かせて話す航平。

「いいよ。いっぱい行こう！　そのかわり、絶対に治らんといかんね」

航平のほうを見て、私はニッコリ微笑んだ。でもほんとうは、涙がそこまで来ていた。

――航平の前では絶対に泣かない！　泣いたら航平が心配する。

私は泣くのをグッとこらえた。

航平が寝静まった頃、さっき泣くのを我慢していた反動で、ドーッと涙が溢れてきた。たまらなくなり、私は主人の前でありったけの涙を流した。もう、どうしようもないくらい不安で不安でたまらない。先のことを考えると、怖くて仕方がなかった。主人は涙をこらえ、黙ったままだった。

――航平を失いたくない。

思いっきり泣いた後、「弱気になってどうする！　航平をちゃんと守らなきゃ！　自分がしっかりしないと！」と、我が身に言い聞かせた。

次の日の朝、元教え子のダウン症の子のお母さんが、心配して家に来てくださった。話していて、また泣けてきた。病気は違うにせよ、子を持つ親の気持ちは同じ。

「お互いにがんばりましょうね。子どもたちは一生懸命に生きているんだもん。大人だって、がんばらないとね！」

そう互いに約束をした。教え子からも、

～航平君、早く元気になってね。真紀先生もがんばってね～

と、励ましの手紙をもらった。彩ちゃん、ありがとう。がんばるよ。

今日も、朝からすごい食欲。これが本来の航平の姿。さらに三時のおやつに、ただ今解禁のケーキを食べた。紀ちゃんにおいしそうなケーキをいろいろ買ってきてもらったが、選んだのはいちばん安いコルネ。でも、確かにこれはおいしい。出来立てコルネはサクサクしていて、なんともいえない食感。

航平は小さいときからおいしいものはよく知っているからなあ。「おいしい。おいしい」と、パクパク。あっという間に食べてしまった。満足そうに頬張る姿にこちらも満足！

朝は朋ちゃん、紀ちゃん、昼は紀ちゃん、夕方は義母……と遊びに来てくれ、退屈しなかった。でも、やっぱり、修史や貴莉ちゃんと遊びたいらしく、

「修ちゃんたち、いつ来るのー？」

と、催促の電話。明日、遊びに来てもらう約束をした。

「あれ、持ってきてーね！」

航平の言う「あれ」とは、貴莉ちゃんの家にある、音も出て本物みたいな「ままごとセット」。航平が、貴莉ちゃんの誕生日に「プレゼント、これがいいわ」と、決めてあげたもの。航平がワクワクしているのがよくわかった。明日、楽しみだね。

夜、紀ちゃんがＵＮＯ（カードゲーム）をしようと、ドラえもんＵＮＯを持って遊びに来てくれた。初めてだが、ほんとうに飲み込みが早い航平。まるで前から知っていたかのよう。主人も帰ってき

て、四人で盛り上がった。ふだんから私の味方をしてくれる航平だが、今日初めてするUNOでさえも、私が損をしないように配慮しながら遊ぶ。なんて優しいのだろう。航平、ありがとう！　でも大丈夫！　お母さん、UNO強いんだから！（笑）

ケラッケラ。ケラッケラ。気づけば、もう夜十一時。昨日に続き、またもや夜更かし。楽しいと時間が経つのを忘れてしまう。それにしても、今夜のUNOは盛り上がったなあ。久々にお腹の底から笑った。

五月十八日（日）。もうすでにUNOにハマっている航平。朝から、義母、朋ちゃん相手にUNO三昧。しかも、ほとんど航平の一人勝ち。みんな弱ったなあと首をひねる。

その間、私は洗濯に衣替えにと大忙し。篠田先生からも電話があった。また嫌な予感……。今度は何だ？「外泊中だけど、部屋移動をするから」と。「了解です」。電話の後、さっそく先生自ら荷物を運び、お引っ越ししてくれたらしい。ありがとうございます。

昼食が済んだ頃、「こーくーん！」と、外から修史の声。「おもちゃ、忘れずに持ってきたよー」と、貴莉ちゃん。二人とも待ちきれず、中に入る前から会話。航平はめちゃくちゃ嬉しそうに玄関に出て行く。

ままごと遊びに、追いかけっこ、UNO……喧嘩も何回かした（笑）。そんな子どもたちの姿を写真に収めようとするが、航平は嫌がって逃げて行ってしまう。ここ一か月、靖くんの真似をして、写真、ビデオ拒否中。そういう時期もあるか。

妹夫婦が迎えがてら、航平にまたまた千羽鶴を折って持って来てくれた。今回は、巨大千羽鶴！航平の背丈ほどある。「移植前だから、気合を入れて折ったよ。御利益ありますように……」と。いつも、ほんとうにありがとう。

これで、計七千羽。ちょうど、Ｌｕｃｋｙ７。絶対に、いいことありますとも！

後半は修史と喧嘩ばかりしていたのに、みんなが帰っていくと、「修ちゃんは？　もっと遊びたかった……」と、涙目。なんだかかわいそうにも思ったが、「いっぱい遊びたかったら、移植がんばって、病気治さないとね！」と、エールを送った。ほんとうにがんばってよ。お母さん、できることは何でもするから……。絶対にあきらめないから。負けるな、航平！

夕方、眠くなってグズグズ。夕飯前に寝てしまった。夜七時少し前に目覚め、おいしそうに食べている私の姿を見て、「航くんも食べる」と、やって来た。

今夜は義母特製、唐揚げ、ポテトサラダ、おすまし。お子様ランチ風に盛り付けをした。しっかり盛ったのに、「おいしい！」と、ペロリとたいらげてしまった。よかった！

夜七時二十五分、あわてて出発。今回は、門限ギリギリまで満喫！　楽しかった外泊はあっという間に終了した。

病院に着くと、しっかり部屋移動されていた。７０１号室（個室）。前処置はここで行うらしい。

第三章【骨髄移植】お母たんのためにがんばる！

究極の選択

五月十九日（月）。マルク。十分ほどですんなり終了し、今回も先生や看護師さんにベタ褒めされる。航平って、ほんとうにすごい。

一人部屋でも、マイペースの航平。優真くんにボンバーマンを借り、二人で盛り上がった。気づけばもう三時間経っている（驚）。

相変わらず、白血球の立ち上がりが遅い。一五三〇。どうなっているのだ？

夜、篠田先生から最終結果を聞いた。航平と修史のリンパ球を戦わせた結果、やはり前回同様、GVHDの値が高く、他人と同じ値が出たとのことだった。

ただでさえ、稀な白血病。しかも、そのなかでも稀な骨髄性。さらに稀なM7。稀続きに、兄弟でHLAもDNAも全く同じなのにMLC（GVHDの発症しやすさの目安）の値が高い。表面には出ない何らかの染色体異常？　先生も「何でや？」と。

先生からの選択肢は、次の三つ。

一　予定通り移植→もし、GVHDが出たら対応

ひょっとしたらGVHDが出ない、または少なくて済む可能性もある。出た場合、ステロイドで対応。ひどいと命にかかわる。成功すれば、予後も良好。

二　移植は中止→化学療法のみで終了。再発したら移植する

航平の場合、白血球の立ち上がりが遅いため、不向きとみられる。調子の良い状態（立ち上がり待ち）が多いが、その間、悪い細胞も増えている可能性あり。終了しても、結局移植になるなら、体力のことを考えると、今、移植したほうがいい。しかし、確率は低いが、化学療法だけで治ることもある。

三　MTX（商品名メソトレキセート）＋CYA（商品名サンディミュン）→GVHDの予防を強める

移植の際、GVHD予防のために違う種類の薬を加える方法。心機能、腎機能、肝機能など、障害が残る可能性が大きい。以前、移植後に臓器移植になった子がいたらしい。私はテレビで、命は助かったが、肝臓がやられ、皮膚の色がどす黒くまだらになってしまった人を見たことがある。後々、障害が残るのも辛い。

究極の選択。しかも、悩んでいる時間はない。

やっぱり、一が望ましいのかなあ。辛い思いをするのは一度で十分。航平の好きな言葉の「一発クリア！」で、お願いしたいものだ。

病院から、主人に連絡。重い口調で「わかった」と。家族もみんな心配している。

この六か月、山あり谷ありだったが、いくつかの壁にぶつかりながらも乗り越えてきた。いい調子で来ていたのに……。どの選択肢にも問題点はある。どれも、命にかかわってくる。いろいろ考えると、すごく不安だが、航平ならこの先も乗り越えられる気がする。航平はラッキーボーイ。そ

う信じて、移植に臨もう。私の気持ちは固まった。

次の日、主人にどうするかきいてみた。一言「やる」と。気持ちは同じだった。

修史へのリスクは、全身麻酔、跡がしばらく痛い、要輸血。最善の策とはいったい何だろう？

健康な修史もリスクを背負うことになる。

しかし、もう決めたのだ。あれこれ言うのは止めよう。航平のことを思って、考えに考えて出した結論――移植。篠田先生に「やる方向でお願いします」と、告げた。


航平、主人、私の三人で、またまたＵＮＯ対決。子ども相手に手加減していない私たち。それもそのはず、航平はほんとうに強い。手加減をしたらこちらが負けてしまいそう。航平、やっぱりただ者ではない。

明日、いとこのお姉ちゃんがテレビゲームを持って来てくれることを、航平に告げた。

「航平、がんばらないと、返してよ！って、言われるよ」

「知っとるよ」

航平なりに着々と、心構えができているように見えた。夜も、

「もうカーテン（ビニールカーテン）閉まって、ゴリゴリできんのやったら、今いっぱいしとこ！」

と、思いっきり、私の手首の血管をゴリゴリ。痛ーい（泣）。でも、ゴリゴリしてがんばれるのなら、全然かまわないよ（微笑）。

あれこれ話した後、

「航くん、こんど　どこの部屋行くの？」

「……」（なんて言おうかと考えていると）

「大きい部屋に行ったらいいんかあ。そしたら治るんやなあ……」

と、目を輝かせる。三歳の男の子がもうすぐ退院と知って、大部屋＝退院と思っている。航平なりにいろいろ考えていた。大部屋、行こうね。そして、ゴールしようね。

一方で、優真くんの話をするからか、「航くん、えらくなってまうの？」と、きいてきたりもする。不安は厳禁。気をつけて会話をしよう。

靖ちゃん爺ちゃんが、航平のことを気にかけてくれ、ときどき遊びに来ては、航平をかまってくれた。

「なるようにしかならんけど、篠田先生を信じるしかないでなあ。あんまり考えんほうがいいに……」

と、私にも助言してくれた。はい。

その篠田先生、週末、移植治療の名医に会って、航平の移植の相談をしてくると。航平のために、いや、みんなのために、先生は時間を割いて、いつも最善の策を考えてくださっているのだろう。ありがとうございます。なんでも包み隠さず、教えてくださる先生を、みんな信じていた。航平がラッキーなのは、この先生に巡り会えたことかもしれない。

五月二十一日（水）。主人と私は、先生から一時間ほど移植の話を聞いた。そして、その翌日、承諾書を書いて提出した。もう移植は目の前。いよいよだ。

「とにかくあきらめたら終わりやで。やれることはドンドン攻めていくから」

力強い先生の言葉に勇気が湧いた。

○今後の予定

五月二十六日～前処置

二十六日～二十九日　抗がん剤経口（マブリン）一日四回

三十日～六月一日　抗がん剤点滴（アルケラン）

六月二日　修史入院

三日　部屋移動（719号室）

四日　骨髄移植

五月二十二日（木）。色画用紙で、恐竜をいくつもいくつも作る。みんな違うし、どれも立体だから感心する。作った後は、戦わせて遊ぶ。完全に航平ワールド。

五月二十三日（金）。航平の顔がふっくらしてきた。髪の毛も睫も、いっぱい生えてきた。このまま退院だったらいいのに……。

優真くん、白血球が二六〇〇になり、カーテンがオープンに！　よかったあ。空気清浄機も低速になったらしい。でも、熱が三十八度あったり、肝数値が五〇〇を超え、高かったりと、まだまだ辛いけど、また一つクリアしたね。

航「二十何日やったら航くん、えらくなっとる？」
答えに戸惑った。と言うより、答えたくなかった。
私「案外、えらくないかもよ」
航「えらいと思うよ。でも、お母たんのためにがんばるわ」
私「……」
航平、誰のためでもなく、自分のためにがんばれ！　お母さんのために……もう泣けるじゃない。お母さんも航平のために代わってやりたいよ。

薬剤師の水井さんが、いつものように航平の遊ぶ相手をしてくれた。同時に移植時の薬に関しての一覧表を見せてくださった。うひょー！　話には聞いていたが、多すぎ！　飲むときの注意事項などを、一緒に一つひとつチェックしていった。

前処置「四歳やもんなあ。あたまりやなあ」

五月二十六日（日）。前処置が始まった。薬が飲めるか飲めないかで、先に進めるかどうかが変わってくる。飲まなければ始まらない。心配して、篠田先生が何度も何度も足を運んでくださった。薬剤師の水井さんも朝一番でいらっしゃった。

朝九時二十分。最初のマブリンを幼児用オレンジジュース一〇〇ミリリットルで飲み、難なくクリア。先生、看護師さんともに褒めちぎり。

「みんな、航平が、薬、飲めんと思っとったんかなあ……？　飲めるのにねえ」

と、私がわざと言うと、航平は言った。

「四歳やもんなあ。あたまりやなあ」

それを言うなら、当たり前！　でも、格好いい！　男らしいよ。

この調子で四日間いけるといいのになあ。先生も、ひと安心。

「数値的にもいいでねえ。ＣＲＰなんか〇・〇〇。すごいぞ！　前処置にふさわしい数値。幸先よさそう。こういい数値やと、いいねえ」

「航平、薬、どうやって飲んだんや？」

と、知っていてきく。

「普通に！」と、航平は得意気。

「格好ええなあ……」と、先生。

航平、ニッコリ。

しっかり時間配分をして、一日目の七回の薬を無事に終えた。薬のときに飲むジュースだけで、七〇〇ミリリットル。「お腹すいてない」と、食欲なし。それだけ飲んでいたら、満腹機能が働くよね。せっかく食べられる時期なのに残念……。でも、今は薬が第一。


優真くん、肝数値が三〇〇〇を超えた。えーっ、いったいどういうこと？ VOD（肝中心静脈血栓症）？ 肝炎？ GVHD？ 今が山だと……。優真っち母ちゃんは、「もう、ダメかもしれん……」「半分覚悟している」と、今にも倒れそうな感じだった。ここのところ、私は航平の前処置の薬のことで頭がいっぱいだった。優真くんがそんなにひどい状態とは知らず、聞いてショックだった。順調だと思っていたから……。でも、母ちゃん、そんなこと言わないで！

優真くん、がんばれ！ 私には、応援することしかできなかった。大丈夫であってほしいと、しきりに祈った。


五月二十七日（火）。航平、すごく気持ちよさそうに大の字で寝る。朝から、女医さんや看護師さんたちが「航くんの顔を見たい」と、航平の様子を気にして、見に来てくださった。気にかけていただき光栄です。

私の狙い通り、ゲームをやるためにしっかり薬を飲む航平。

航「お母たんには、やらしたらへん」

私「えーっ」

航「ほんなら、薬飲む?」

飲んでもいいが、意味ないし。「ゲームいいなあ」と、わざと言うと、ニコニコご機嫌にドンキーコングで遊び始めた。

今日の水分量九〇〇ミリリットル。オレンジジュースの飲みすぎで、便が柔らかい。夕方から、スポーツドリンクに切り替える。二日目もクリア! あと、一日。でも、少しイヤになってきている。後は、私のがんばりどころ。上手にもっていこう。

五月二十八日(水)。義母が持ってきてくれた、ラーメンを一人前ペロリ。よかった……。

さすがに三日目ともなると、薬を飲むのに躊躇《ちゅうちょ》する。でも、今日もクリア。ただ、夜、一度嘔吐。吐いた後はスッキリしたようで、自ら「マブリン、飲む」と、今日最後のマブリンを飲んだ。航平、偉い!

五月二十九日(木)。昼から薬の後に三回嘔吐。副作用で気持ちが悪くなってきているのかもしれない。マブリンの後は吐くことなし。これで、私が作った、薬を飲めたら時間を書いていく一覧表が全部埋まった。航平、ほんとうによく飲んだね。でも、ほんとうの苦しみはこれから。達成感と同時に、また不安な気持ちが押し寄せてきた。

航平が寝付くまで、手首をゴリゴリされながら、一緒に横になった。気持ちよさそうに眠る航平。ギューッと抱きしめたら、涙がドーッと出てきた。

航平、絶対に、絶対に負けるな！

入院するまで、航平は小心者だなんて思っていたが、実際はすごく根性があるし、がんばり屋さん。負けん気の強い私の子だから、この先も、がんばって乗り切れるはず。

移植からは、朝も昼も夜もずっと航平のそばにいるから……。安心して立ち向かってね。

五月三十日（金）。抗がん剤（アルケラン）を三十分点滴。一日四回のマブリンはなくなったとはいえ、まだ六種類の薬が二回、五種類が一回ある。薬に対し、かなりまいっていて飲むのを拒む航平。得意のシロップがダメになってきている。いっそのこと混ぜるのをやめ、粉のまま飲ませることにした。

航「これ、吐いたらどうなる？」

再投薬を意識。飲むと吐くと思っている？

私「吐いてもいいけど、航平、病気になっちゃうかも……。ほんで、ずーっと、病院におらなあかんかも……」

航「いい」

私「ピクニックにも行けへんよ」

航「いい」

何を言っても、返事は「いい」ばかり。そのくらい嫌になっている。かわいそうだと思いながらも、私も必死。

「もう、そんなこと言っとったら、治らんよ。修史だって助けるに助けれんわ！　痛い思いして、大好きな兄ちゃんに血をくれるんやで！　がんばらんと！　ほんとうに死んじゃったら困る！」

涙が出てきた。航平も、イヤなのと、悲しいのと、眠いのとで涙、涙、涙。

どっちみち吐いてしまうのであれば、最初から飲まなくていい気さえする。吐くのだって、かなり体力が消耗する。この飲み薬さえなかったら、どんなに負担が減ることか……。

その後、航平は何とか薬をクリアし、ふてくされて、夜九時半には寝てしまった。

航平、ごめんね。ほんとうにごめんね。辛い思いばかりさせて、ほんとうにごめんね。

次の日、朝の薬はクリア。昼からは、四回嘔吐。徐々に気持ち悪さが増してきている。それでも、「なんか食べたい。明日、チャーハン食べたい」と、食べる気はある。実に航平らしい。元気もある。

優真くん、みごとに妹の骨髄液が生着（ドナーの骨髄細胞が患者の身体で血液をつくり出すこと）。やったね！　順調な一方で、ＧＶＨＤに悩まされ、皮膚が弱くなって皮がめくれてきたり、唇がただれてきたり、痰は黄色く、まだまだ落ち着かないと。丸一か月食べていないらしい。早く、解放されたいね。

六月一日（日）。前処置（抗がん剤経口、点滴）終了。航平、ずいぶんとえらくなってきたようで、ゴロゴロしている。気持ちが悪くて、「休憩」と、薬の途中で寝てしまった。一時間十五分後、目覚め、ゲーッ（嘔吐）。

「まんだ三十分、経ってなあい？」と、時間を気にする。時計の針がぐるっと一周したことを告げると、うんうんと頷き、「ゲームやろう」と元気を取り戻す。今日は、計五回嘔吐。

前処置の間、ずっと病院に泊まっていた私。明日、修史が入院のため、今夜は、久々に帰宅し、準備などに追われた。

ドナーの修史入院

六月二日（月）。朝、義母から航平がチャーハンを欲しがっていると電話があった。半信半疑で作って持っていくと、一人前ペロリ。この時期、普通はもう絶食だというのに、食べられるなんて、けっこう、けっこう。元気もあり、嬉しく思う。

白血球は四四〇。しっかり叩かれている。今日は二回嘔吐。シロップが完全に苦手になった。でも、摩訶不思議。あんなに嫌がっていたバクタを粉のまま飲む。口が変わったのかも。

修史は航平の隣の７０２号室（個室）。隣にいながら一緒に遊ぶことができないのは、なんともかわいそう。しかも、修史は、来て早々、培養検査、点滴のルート取り。

「がんばったら、ご褒美に」とアバレンジャーのお菓子セットを見せても、「そんなもん、いらん。いらんてー！」と、大泣きし、私の肩をガブッ。痛ーい！　ごめんね、修史。強引に篠田先生に抱かれ、処置室へ。

処置室から、泣きながら「じいちゃーん」の声。さすがはじいちゃん子。送ってきてくれた神戸《ごうど》のじいちゃんは、「たまらんなあ……。帰れんくなってまうやんか……」と、目をつむる。

しばらくして、目を腫らせ、先生に抱かれて戻ってきた。先生は、

「修ちゃんが、アバレンジャーやんかあ！　看護婦さん蹴っとったでねえ」（笑）

修史、ただ今、二歳七か月。家を出るとき、みんなに「修ちゃん、がんばって！」「兄ちゃん助けてあげてね」と言われ、「ハイ！」と、とてもいい返事をしていた。僕の使命と言わんばかりに……。「（今、ハマっている）仮面ライダークウガやアバレンジャーになって助けるんだ」と。まさにヒーロー。頼もしい修史、お願いね。でも、航平と遊ぶこともできず、怒る、怒る。何だかんだ言って、遊びに来たつもりだったのだろう。

夜、興奮してなかなか寝付けないようで、隣の部屋から修史の大きな声が聞こえてきた。

「電気消したらあかん。テレビ消したらあかん」

しまいには大きな声で、♪うみはひろいな〜♪と歌いだしたり、「変身！」と、変身しだしたり……。修史、もう夜十時なんだけど……。でも、お蔭で航平は大笑い！　薬の後の気持ちが悪いのもまぎれたよう（微笑）。

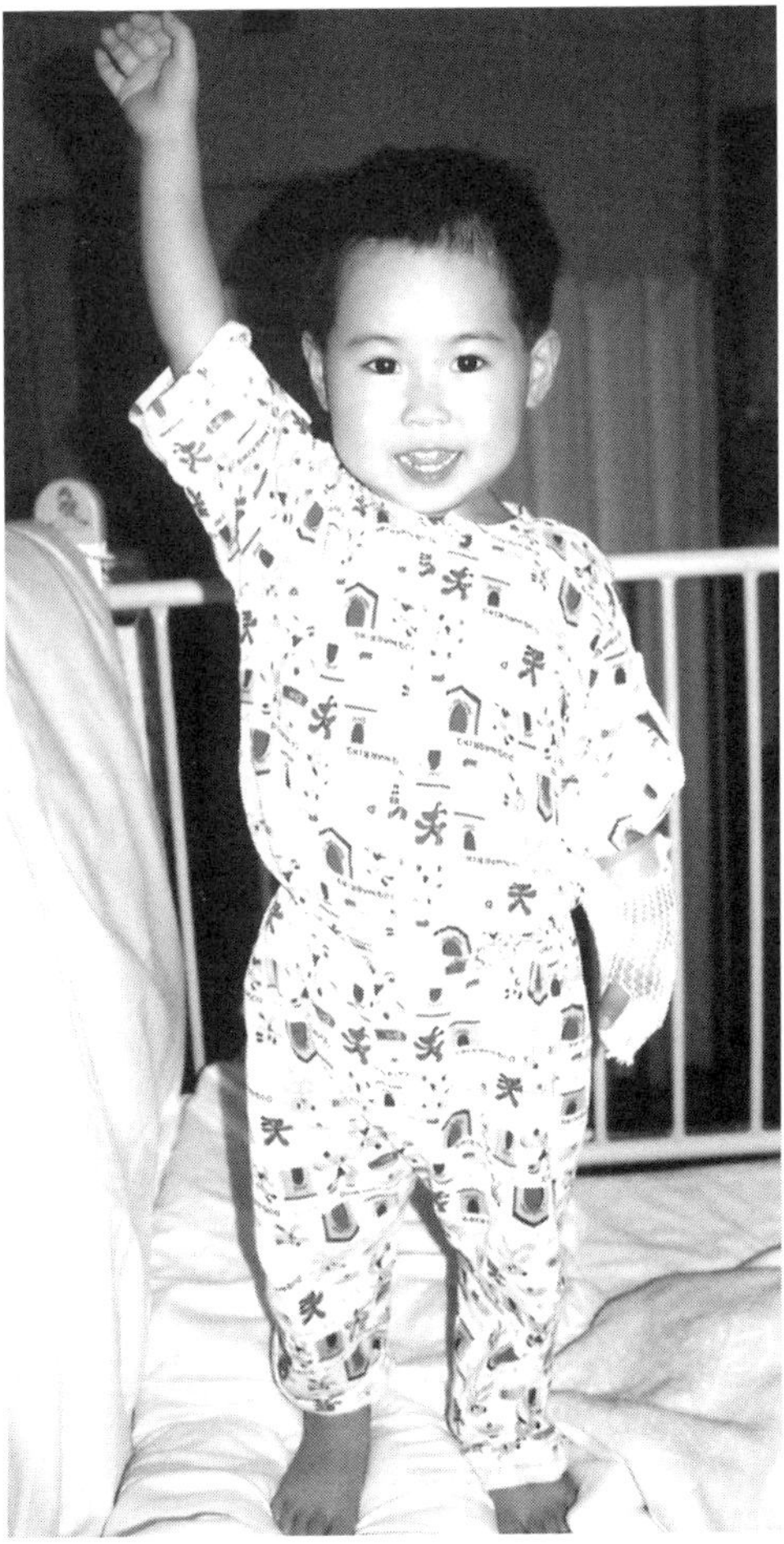

兄ちゃんを助けるために、2歳7か月で
ドナーとなった修史

「兄ちゃん、おつくり（お薬）飲んだ？」

航平を気遣っていたらしい。ありがとう。修史のお蔭で飲めたよ。

この日、寝るときは不安だろうと、私が修史に、義母が航平に付いた。

深夜、修史は狭いベッドの上で落ち着かず、ソワソワ、ソワソワ。ふだん、八畳の部屋であちこち移動して寝ているからなあ。挙げ句の果てに、ルートが痛いと泣き、ナースコール。さらに、「お家帰りたい」の連発。そして、「テレビ切たーあかん」「ウルトラマン見る」「クウガ見る」と付き合うこと数時間。おーい、外が明るいよ。時計の針は四時半を指していた。もう朝？　ドッと疲れが来た。仕方ないよね。元気なのにこんなところに入れられて。五時、やっと子怪獣眠る。


六月三日（火）。航平、７１９号室に移動。ありがたいことに元気がある航平。ＵＮＯをして遊ぶ。ただ、薬の話になると、一気に病人に……。そんななか、「薬を飲むからキウイを食べたい」と条件を出してきた。許可をもらい、約束通り薬を飲んだ後、キウイを食べた。おいしそうに頬張る航平。最後の一カットは、「ウーノ！」と言って、パクッ。航平ってほんとうに面白い。自ら、移植前の緊迫した雰囲気を和らげてくれている。移植前は、みんなくたばっていると言うが……。さらに、食べ終わると、「あがりー」（笑）。いつも救われます。

そんな航平も、今日は六回嘔吐。それでも、今度は「納豆食べる！」と。ハァー？　嬉しい悲鳴。

治療中より、もっと無菌状態を保つため、航平のベッドは足元以外三方をしっかりビニールカーテンで覆われた。空気清浄機は高速。明日からは、ビニール手袋を着用し、しっかり消毒してから航平に接することになる。テレビで見たような隔離（窓越し）ではなく、航平のそばにずっといられる。それは救いだった。航平だって、私がそばにいるのと、いないのとでは気持ちのうえでかなり違うと思う。そばで、しっかり支えていこう。

夕方、主人が来た。吐く航平に、心配で眉間にシワを寄せ暗い眼差し。

「そんな顔して見んといて！」

私は思わず怒鳴ってしまった。暗い顔で見られたら余計に気分が悪くなる。いっそうふさぎ込んでいく。どんなに見るのが辛くても、ドンと構え、気持ちのうえだけでも負担を軽くしてやらないと。

私は、いつも航平の立場に立って考え、接しているつもりだった。「明るく」が基本だが、時と場合によっては、そうはいかないこともある。それでも、私は、どんなときでも航平が頼れる存在でいたかった。だから、怒るときも真剣。それだって優しさだと思うから。

夜、修史と病院の展望風呂に入った。きれいに修史の背中を流し、「がんばって」とお願いした。そして、無事に成功しますように……と。

今夜は私が航平に付き、修史には義母が付いてくれた。

いよいよ明日は移植。不安で眠れないはずなのに、昨日ほとんど寝ていない私は、深い眠りに付いた。

——万事うまくいきますように。

骨髄移植日

六月四日（水）。朝五時半に目覚めた私は、朝日が昇ってくるのを見て、思わず手を合わせ拝んだ。すごく良い天気。いい結果が出そう。

航平は、特にぐったりした様子なし。でも、やっぱりだるいのと気持ちが悪いのとで、ゴロゴロしている。修史は、昨夜、義母とおりこうに寝たとのこと。朝、主人に航平を頼み、私は修史の部屋へ。

朝八時。さっそく、移植準備。修史が暴れないように、あらかじめ眠くなる薬を飲ませておくことになっていた。薬は、修史の大嫌いな注射器に一〇cc入っていた。あちゃー、その容器はマズイでしょう。案の定、「いらん！」と拒む。数分後、渋々半分飲み、怒って容器をポーイ！　しばらくして、あくびを連発し始めた。ホッ。意識はしっかりしていた。そんな修史を抱いて手術室に行った。

怪しげな雰囲気に、「修ちゃん、ここ行かない」と私にギューッとくっつき、大泣き！　お母さんだって、こんなことしたくないよ。でも、修史にかかっている。祈るような思いで看護師さんに預けた。「マーマー」と、手を伸ばし助けを求める修史。「イヤだー！」と、すごい抵抗。ごめんね、修史。胸が締め付けられる思いだった。

母親と強引に引き裂かれた上に、知らない人たちに、知らない場所で、何をされるかもわからないのは、恐怖以外の何ものでもない。少しして「イタタタター」と看護師さん。修史、また噛んだらしい。「元気やなあ……」と、スタッフ。雰囲気が一瞬和んだ。それでも「イヤだー」と、必死にもがく修史。男の人に代わり、担がれて手術室の中へと消えていった。なんだか悪者にでもさらわれていく感じ。たまらない。ほんとうに辛い（嘆）。

こんなときでも、「ごめんね」としか言えない自分が情けない。修史、ごめんね。不安な思い、痛い思いをさせて、ほんとうにごめんね。

昼十二時十五分、航平の部屋に採取し終えたばかりの骨髄液が届いた。航平の部屋は、もうしっかり移植態勢。先生も看護師さんも準備万端。

採取した骨髄液を確認した後、ルートにつなげ、ふだんの点滴の要領で、十二時半、骨髄移植が始まった。

私は、移植が始まったのを見届けてから、手術室へ修史を迎えに行った。頭に保温のためにニットのキャップをはめ、大泣きでストレッチャーに横たわっていた。目も顔もボンボンに腫れ、修史ではないみたい。骨盤（背中側）十一か所から、一五〇ミリリットルの骨髄液を採取したという。修史、よくがんばったね。ゆっくり休んでね。病室に戻ると、すぐに輸血（一三〇ミリリットル）が始まった。修史、できればしてほしくなかった。でも、年齢が低いので、ドナーの健康を考慮してのことだった。一つクリアしたが、また心配事が一つ増えてしまった。二か月後の血液検査で何事もないことを祈るしかない。

右手に輸血。左手に点滴。ほんとうにかわいそう。

「痛いよー、痛いよー。ママ、一緒に寝よ。抱っこー」

抱いてトントンすると、安心して眠っていった。でも、先生や看護師さんの声がした途端、思い出して「痛いよー」と泣き、ますます目がボンボンになった。微熱あり。

航平は終始安定。よかった。入れている最中にも何か起こらないとは限らない。修史も大変だが、航平のほうも心配で気が気ではなかった。

航平、最初はゴロゴロしてビデオを見ていたが、起き出し、主人と少しテレビゲームをする。私は、修史が寝つくと、航平の様子を見に行った。

昼三時半、無事に移植終了。航平、三時から夜七時まで眠る。

昼三時十分、寝たままストローでお茶を飲む修史。五時半、抱っこの状態でアイスクリームを食べる。

後で聞いた話によると、修史は、手術室で麻酔がかかる間際まで泣き、「バーカ！」を連発していたらしい。修史らしいや！　がんばったのだから、そのくらい許されるよ。

「ママ、あっち（航平のところ）、行ったーあかん！　痛いよー」

今日は、痛みがとれず。でも、出血も少ないし、貧血検査もクリア。ひとまず安心。夕方、四時間も寝ていた航平は、目覚めると、「プリン食べたい」。絶食のはずだが、食べられるのであればと、今日限りOKしてもらった。さりげなく「ちゃんと昼の分の薬飲めたらね」と、条件を出す。航平、いとも簡単に飲んだ。何だ？ 飲めるじゃない。

さらに、「ダメって言うやろうなあ……」と、航平。

？？？

目を合わせると、小声で、「カレー食べたい」と言って、ニヤリと笑う。

こんなときにカレーが食べたいなんて言っているのは、全国で航平くらいでしょう。でも、そんなふうに言える状態であることが、ほんとうにありがたかった。こんな感じで、時が過ぎていけばいいのに……。「移植しました。はい、終わりました。治りました」なら、どんなにいいことか……。

夜、航平に、骨髄採取後の修史の様子をビデオに撮ったものを見せた。すると、あんなに嫌がっていた夜の分の薬をぐずらず飲んでいた。自分のためにがんばってくれた修史の姿を見て、私が言わなくても、航平はしっかりと感じたに違いない。次は、自分ががんばる番だ！と。お母さん、とことん付き合うから！ 気合い入れていくよ！ とはいえ、今日はさすがにヘトヘトだ……。

六月五日（木）。移植二日目。夜も何事もなく、朝までぐっすりの航平。目覚めても、元気、元気。ベイブレード、テレビゲームで遊ぶ。清拭のときも、今までと変わらず、一人で立って着替えている。

「航平、すごいなあ。一人ではいとる！　この時期でこんな状態はすごいぞ！　みんなグターッとしとるのに……」

と、篠田先生絶賛。この調子でいってくれたらどんなにいいことか。

航平、朝の薬クリア。シロップ＋ポリミキシン、ウルソ＋バクタ＋ゾビラックスを二回に分けて飲む。

昼、「お母たん、なんで航くんはお給食ないの？」と、ポツリ。

航平には参りました。ほんとうにすごいよ。何でも、異例だが、食欲があるのも異例も異例。どうせなら異例続きで、このまま治ったらいいのに！

移植後から、口にした水分（目盛りのついたコップ）と、尿、便、嘔吐（量り）をしっかり計測し、記録することになった。ちなみに今日は、水分四九五ミリリットル、尿一リットル、便一回（付着程度）、嘔吐四回（三五五グラム＋α）。

昨日、ずっと痛がっていた修史は、夜中、熱が三十七度八分あり、氷枕をしたとのこと。義母が付き添ってくれたが、聞き分けもよくおりこうだったらしい。

部屋に行くと、「マーマー！」と抱きついてきた。

「修ちゃん、がんばったね。痛くない？」

「いたなーい」

と、ニッコリ。よかった。順調に回復している。今日は、時間の許す限り、修史のところで過ごした。夕方、起きて遊んだり、おやつを食べたり、夜には、立って歩けるまでになっていた。夕飯もしっかり食べ、もうすっかりいつもの修史だった。

ほんとうの闘い

六月六日（金）。朝、修史の部屋へ行くと、「マーマー、抱っこー」と、さっそく甘えてきた。どこかへ行こうものなら、「いったーあかん！」（苦笑）。でも、元気で何より！　一昨日、骨髄採取したとは思えないほど。「注射がんばったで、もらった」と、得意そうに変身アイテムを見せ、変身しまくる修史。お礼は、おもちゃでは足りないくらい。

修史、ほんとうにありがとう。お母さん、まだしばらく家には帰れないけど、兄ちゃんとがんばるから、待っていてね。

なぜか、まだ、病院にいると言う修史だったが、神戸《ごうど》のじいちゃん、ばあちゃんが迎えに来ると、嬉しそうに帰って行った。大役を果たしてくれた修史。今まで、ドナーの身に何かあってはいけないと、外にも行けなかったが、これからは、思う存分、羽を伸ばしてね。ここまで持ち込むことができたのは、ほかでもない修史の健康管理に気をつけてくれていた両親のお蔭。ほんとうにありがとう。そして、入院生活を何事もなく終えられたのは、母屋のみんなの協力があったからこそ。心から感謝したい。

ほんとうの闘いは、これから！　今、まさに始まったばかり。

航平！　航平は、もう十分がんばっている。でも、何が何でも、ここで、もうひとがんばりしてもらわないと。これを乗り切ったら、もう痛いことも辛いことも、みんななくなるからね。一緒にがんばろう！

航平は、薬がかなりダメになってきていた。鼻注にしてほしいと篠田先生にお願いするが、細菌の恐れもあるし、嫌で抜いてしまうかもしれないし、鼻を傷つけて鼻血が出るかもしれないし、お仕置きみたいで自分は嫌だと。そうは言っても、今の航平を見ると、薬が引き金で、吐いている気がしないでもない。航平は薬が嫌なのだから、飲まなくて済むなら、たとえ、鼻注が嫌であろうと我慢するだろう。

今日は嘔吐十一回（この日、計五二〇グラム。ときどき、血混じり）。見るに見かねて、主人は前室で「辛すぎる」と泣いていた。

篠田先生に鼻注の話をもちかけると、「諦めが早い」と言われた。諦めではない。こちらも航平のことを思って言っているのだ。薬に関して、また辛い思い……またというより、さらに辛い思いをしなければいけないのかと思うと、気がおかしくなりそう。一見、平静を装っている私だが、それがどんなに大変なことか。泣きたいよ。何に対してかわからないが、ほんとうに腹立たしかった。航平がこんなひどい目に遭い、修史も痛い思いをし、みんなが心を痛め、苦しみ、悲しみ……。でも、いちばん泣きたいのは航平。それに起きたことをどうこう言っても、解決にはならない。とにかく前を向いて、しっかり立ち向かっていくしかない。

航平、ごめんね。弱音なんか吐いていたら、航平を守れないよね。しっかりしなきゃ。

咳が出始めた。舌は白っぽく、ボヨボヨ。昨日、GVHD予防に入れた薬（MTX）の副作用、毒性を予防するために、ロイコボリンを飲んだ。

航平は、どんなときでもイソジンでうがいをするから感心。寝たままストローで吸って、うがいして、ペッ！ 器用だ。

六月七日（土）。朝から咳、嘔吐。篠田先生も朝早くいらっしゃって、「航平、鼻注にしようか？」と。航平、頷く。すぐに準備され、九時十五分、鼻注が入れられることとなった。暴れるといけないからと、看護師さん三人がかりで押さえようとしていたが、その必要全くなし。航平は、グッと我慢し、動かず素直に受け入れ態勢だった。先生も一瞬にして入れてしまい、あっという間に終了。でも、違和感があり辛そう。

「航平、これでお薬、口から飲まなくていいでね。ちょっとだけ変な感じするけど、がんばって！」

と、声をかけた。うんと頷く航平。全くといっていいほど、動かなかった航平に、「こんなにおりこうな子、初めてやわ！」と、篠田先生。みんなも絶賛。よくがんばったね。入れてしばらくは、唾を吐いていたが、一時間後には落ち着く。今日は、水分を一滴も取らず。嘔吐十三回。辛い……。

六月八日（日）。夜中も何回か起き、唾を吐く。「お母たん！」と、大きな声で呼ぶ。寝ても覚めても気持ちが悪いというのは、ほんとうに辛い。六か月間、しかも三人とも同じようにあったつわりを思い出すよ。

今日も嘔吐、嘔吐、嘔吐。十八回（計五三七グラム）。嘔吐もピーク？ ただ、鼻注により薬の心配はなくなった。それだけでも、気分的に違う。でも、入れるときに違和感があるようで、「早く！ 早く！ もう終わった？」と、泣きそうな顔をする。

嘔吐の合間は、隙間から入れた私の手をゴリゴリして、気持ちを落ち着かせていた。添い寝してあげられないのが悔しい。

てのひらと足の裏に少し湿疹あり。

優真くん情報。母ちゃんから、ひどいことになっていると嘆きのメール。皮（皮膚）がめくれ、CVカテーテルもテープが貼れないから、さらしで巻いている。目もくっついて、皮膚もただれて、被爆者みたい……。何がどうなってるんだ！と。

聞いただけで、辛い。

その日の夜、血液疾患の子どもたちの番組をテレビで放送していた。同じ立場に立たされているから見るのは辛かったが、いろいろ知りたくて泣きながら見た。なかには、発病から八年、骨髄性白血病を克服し、元気に学校に通っている子もいた。そういう子を見ると、励まされ勇気づけられる。航平だって、この子みたいに治る！と、自信を持った。

優真くん「七歳なんだから、がんばる！」

六月九日（月）。朝から、体温三十八度。夜は三十九度台まで上がる。肝数値も正常値の十倍。昼、培養検査をし、結果を見た後、抗生剤が次々入れられた。早め早めの対応でうまく乗り切りたいと篠田先生。ここは先生にお任せするしかない。

嘔吐は、一回の量は減ったものの、計十四回（二七七グラム）。まだまだ辛そう。移植後初めて「牛乳、飲みたい」と。吐き気があるため加熱した牛乳を、わずか五ミリリットル口にしただけだったが、その気持ちが嬉しかった。

航平はえらさを紛らわすために、私の手首を握りゴリゴリ。すごい力で痛かったが、その力も嬉しかった。

優真くん情報。CVカテーテルが抜けてしまい、局所麻酔で入れ直しになったと。いつもなら、パニックになる優真くんだが、みんなの前で、

「優真、七歳（六月四日に七歳になったばかり）なんだからがんばる。絶対、治る！」

と、自分で気合いを入れていたらしい。それを聞いて、私は感動して涙が出てきた。わずか七歳なのに……。航平にしろ、優真くんにしろ、こちらが励まされてばかりだ。

六月十日（火）。修史、移植後の血液検査。航平の部屋の前にマスクをしてやってきた。大きい声で、

「航くんと遊ぶー！　航くん、どこにおるー？」

航平が目の前にいるのに会えないと知り、泣く修史。たった壁一枚向こうにいるのに、会えないなんて……。それを病室で聞いていた航平も涙を流していた。辛すぎる！（泣）

修史は採血に異常はなかったが、航平と会えず、泣いて帰って行った。なんとも後味が悪い。

今日は嘔吐二十回（唾液のみ計六三グラム）、寒気がひどい。熱も三十九度を行ったり来たり。座薬を使っても下がらず。次は熱との闘いになりそう。

次の日から、熱に加え下痢も始まった。しかも大量。黄緑色の繊維混じりの下痢便が五回。お腹を痛がる様子はなし。

優真くんに×サイン。どういうこと？「あきらめないけど、何が起きても不思議ではない状態。優真、顔を横に向けようとするだけで、ズルッと皮膚がむける。肝臓もボロボロ……」と。「今の優真を見とると、ダメならダメでいいって思う。やることやって、今、こんなに辛い思いをしているからもういい……」と優真っち母ちゃん。聞けば、優真くん、こんな状態でも、薬のことを気にして、ちゃんと飲んでいるらしい。私は、言葉を失った。こんなにがんばっている子に、これ以上何をがんばれって言うの！　生きようと必死なのに、どうしてこんなことになってしまうわけ？また、涙が出てきた。

「あきらめちゃいかんけど、覚悟しとる……」と母ちゃん。このとき、私は「何言っとるの！」とは言えなかった。もし自分が同じ立場なら、きっと母ちゃんと同じように思うだろうから。子を愛する親だからこそ、辛い状態から早く解放してやりたいと。誰だって助かってほしいに決まっている。可能性がある限り、かけてみたいと思う。でも、なす術《すべ》もなく、我が子の苦しんでいる姿をただ見ているのは、どうにもこうにも辛い。だから、母ちゃんの気持ちは痛いほどわかった。

それでも、私は、やっぱり優真くんにはがんばってほしかった。ここまでがんばっているのだから。これだけがんばっていたら、何とかなる気がする。

六月十二日（木）。熱でうなされる航平。航平にとっての精神安定剤、気持ちを落ち着かせるための私の手首がないため、代わりにナースコールの線や点滴の線、ティッシュの箱などをゴリゴリして眠る。なんとも健気。夜中でも気持ちが悪いのと、寒気がしたり、熱で熱かったりで、眠りが浅く、朝方、やっと大の字で気持ちよさそうに眠った。

朝、下痢をして目覚めた航平。てのひらの薄皮が垢《あか》のようにめくれ、かゆがる。足の裏にも少し湿疹あり。そして、舌（赤っぽく周囲が少し白くボヨボヨ）もかゆがり、手でかこうとする。口内炎がひどくて痛がるより、かゆいほうがまだマシな気もするが、それはそれで辛いと思う。

CVカテーテルを止めてある糸が二か所取れていたため、抜けたら危険と、急きょ縫合することになった。「身体に負担がかかるから、局所麻酔で行う」と、篠田先生。

航平に何をするか説明している途中で、もう準備完了。いいも悪いも、いきなり始まってしまった。麻酔を注射するとき、少し泣いたものの、暴れもせずあっという間に終了。いつもすごいと思う。縫い終わり、下の一か所も取れていることに気づき、追加。終わりだと思って気を抜いた航平、もう一か所もついでに縫われ、さすがに怒っていた。ごめんね。それにしても、航平は辛抱強い。ちっちゃい頃の自分そっくりだ。私は子どもの頃病弱で、よく点滴を受けていた。注射でも治療でも泣かなかったらしい。でも、航平のほうが絶対に上手《うわて》だ。

やっと嘔吐が治まってきた。とはいえ、八回（四八グラム。粘膜が弱り、血混じり）。

縫合の後、久々に、航平のかわいい笑顔が見られた。そして、「紙ちょうだい。ハサミも」と、大好きな製作が始まった。寝ながらだが、何かしようという気持ちが出てきたことが嬉しかった。

優真くん情報。☆皮膚が再生してきたよ。望みをかけてみます☆と母ちゃんから。よかった。優真くん、自力で乗り越えたね。

お母さんの手は魔法の手

六月十三日（金）。夜中、「かゆいよう」「かゆいよう！」「んー！」と、手足をバタつかせ、パニック状態。舌と肛門がかゆいらしい。お尻は湯で洗い、少し落ち着く。舌は、うがいをして紛らわすが、ダメ。口内炎のときに舐めるエレースという薬を溶かして作った氷を口にするが、冷たすぎるようで嫌がる。うーん、どうしようもない。朝、篠田先生がいらっしゃって、

「初めてや！　痛いのは普通やけど、航平、かゆいんかあ？　夜、寝れんのもかわいそうやで、眠り薬みたいなもの使おうか……」

と、この日の夜から、様子を見て、しばらくの間、薬（アタラクスP）を入れてもらうことになった。

今日も熱が続き、おまけにかゆいのとでイライラする航平。気分転換にと、横になったまま、少しだけテレビゲームをやってみる。まだまだ華麗な手さばきには程遠いが、ゲームをする気にまで回復。そして、嘔吐に次いで下痢も治まってきた。いい感じ！

鼻注の入れ替え。

「航平、どうする？　お口から薬飲むか、鼻の管を入れ直して、鼻から入れるか、どっち？」

と、篠田先生にきかれ、「鼻から」と、即答。よほど、飲むのが嫌なのだろう。鼻注は違和感もあるだろうし、細菌の感染などが心配だが、航平も私も気はラク。今の精神的苦痛は、かゆみ。

次の日から、湿疹が増えてきた。顔、腕、足から始まり全身に広がっていった。もしや、GVHD？　時期的に早いという篠田先生。でも、何だって異例はある。現に航平は異例続き。様子を見ることになった。

六月十六日（月）。毎日三十九度前後続いた熱が、やっと下がり始めた。昨夜、座薬を使って寝た航平、夜中、久々に三十六度台も見られ、逆に目を疑った。看護師さんも計測し、やっぱり三十六度四分。顔を見合わせ、喜んだ。やっと先が見えてきた気がした。

一方、航平は、お腹を痛がったり、寒気を訴えたり……。まさかVOD？　不安になる。「マーマー」「マーマー」と、そばにいても叫ぶ。カーテンに仕切られた狭いベッドの上で、身体もえらくて、精神的にかなりまいっているのだろう。情緒不安定。お腹は、三十分ほどさすっていると、治まった。「お母さんの手は魔法の手」と、篠田先生。なるほど！　どうせなら、痛いところ、悪いところ、みんなさすって治ればいいのに！

かゆくて、かゆくて当たり散らす航平。物に当たってもかゆみは止まらないが、四歳だから仕方ない。私は少しでも紛れるようにと、かゆいところを優しくかいた。それにしても、ビニール手袋、邪魔だなあ！

「お母たん、人間ってさあ、いつになったら死ぬの？」

航平、突然のつぶやき。ゲゲー！　何という質問！　目が飛び出てきそうだった。

「赤ちゃんのときに死んじゃう子もいれば、一二〇歳のシワくちゃになるまで、生きている人もいるから、みんなわからないよ。まっ、怪獣とかが来て、やっつけられたら、みーんな、一気に死んじゃうけどね！」

航平、ニコニコ微笑んで聞いていた。どうしてこんな質問をしたのだろう？　私もそれ以上、このことに触れたくなかったから聞かなかったが……。もし、「なんで？」と聞いたら、「なんとなく！」と、航平は笑って言うだろうなあ。

六月十八日（水）。昨日も一日、「かゆい、かゆい」。今日も一日「かゆい、かゆい」。とにかく「かゆい」の連発。薬を塗り、かいてやる。まだ、下痢もあるし、熱も三十八度を行ったり来たりだが、身体がラクになってきたのか、よくしゃべる。

私「航平の体の中、ぜーんぶ、修ちゃんの血やよ。あんまり暴れんように言っといたけど、航平も、言っときーね」

航「『変身！』『変身！』って、航くんも言うかもしれんなあ……」

ほんとうだね（笑）。航平、生まれ変わったんだね。

「白血球一〇〇〇超えたで」と、篠田先生が嬉しそうに報告にいらっしゃった。やったね！　航平。でも、まだまだGVHDのことなどが頭をよぎり、手放しでは、喜べなかった。

「ここまでが、大変なんやで。大きな山を一つ越えたのは大きい」

と、先生。そうだよね、航平、よくがんばったね。喜んでいいんだよね。

しかし、喜び一転。肺炎の引き金となるサイトメガロウイルスの数値が、1だという。治療方法もあるし、たいしたことはないらしいが、数値に出ている以上、嫌だ。一気に憂鬱《ゆううつ》になった。痰のからんだ咳。それに熱もまだ三十八度あるし、気が抜けない。

「航平、大丈夫だよな……」

と、主人。大丈夫に決まってる！　大丈夫でなければ、困る！

六月十九日（木）。また下痢が始まった。熱も三十九度前後。いったい、どうなっているのだ？

カチカチになった唇の皮（分厚い古皮）が、一皮めくれる。痛そうではない。

元気はある。テレビゲームのドンキーコングの腕前も、元気なときの航平に戻って来た。焦らない。焦らない。

久々に優真くんの部屋へ行った。真っ黒だった皮膚が、卵のようにパリパリとヒビが入って、古い皮がめくれ、下から綺麗な皮膚が見えていた。優真くんは気持ちよさそうに眠っていた。何ともかわいらしい寝顔だった。このまま回復しますように……。祈りながら部屋をあとにした。


生着、そして「航くんが死んだら……？」

六月二十日（金）。熱は続いているものの、白血球が一七四〇になり、ビニールカーテンがオー

プンとなった。篠田先生が、

「開けるよ！　いい？」

と、一気にカーテンを開けた。私は、感動の瞬間をしっかりビデオに収めた。とにかく嬉しい。空気清浄機も低速になり、鼻注も抜いた。薬も一気に減った。だが、また薬を口から飲まなくてはいけなくなり、航平は浮かない顔。案の定、たった一袋にウダウダ言うこと三時間。座っていたら身体がえらいだろうから、さっさと飲んで寝たらいいのにと思うが、それがなかなか……。どうやら嗜好が変わったらしく、何を飲んでもまずいと言う。結局、滅菌精製水で飲むことになった。意を決して……。でも、どうにも飲めず、最後は、例のベテラン看護師のTさんがいらっしゃって、

「私、悪者みたいで、嫌やなあ。でも、航ちゃんのため！」

と、実行。嫌がる航平の鼻をつまんで、注射器で数回に分け口に入れた。ゴックン。やったあ、成功！　Tさんは、おっかないようだが、やっぱりいい人。それからも、航平のことを思い、ほんとうによくしてくれた。

今日は下痢六回。食欲が出てきた。おかゆを八さじ食べる。

「明日は味噌汁が食べたいな。お豆腐の入ったやつ」

了解！　義母に連絡すると、次の日、さっそく作って持ってきてくれた。

夜の薬のとき、「さっきは、Tさんのお蔭やったなあ」と航平。なんだか大人みたいなセリフ。荒療治だったが、えらく気に入り、「夜の薬もTさんに入れてもらう！」と、夜勤の看護師さんを

困らせる。

次の日からは、飲ませるのが誰であっても、この方法で嫌々ながらも納得して飲めるようになった。やっぱり、Tさんのお蔭だね。

六月二十二日（日）。続く下痢便。また湿疹も出てきた。咳も頻繁。サチュレーション（血中酸素濃度）一〇〇パーセントに一応安心。薬についても、

「優真くんも、飲んどる？　皮めくれとる？　黒い？」

と、飲まないと症状がひどくなると思っている様子。優真くんの存在は、いろいろな意味で大きい。借りたボンバーマンも、しっかり楽しんでいる。

夜、ポケモンのゲームがやりたいと言う航平。靖くんにお願いすると、快く貸してくれた。まだ、よくわからないながらも、真剣に何やら字を読んでやっている。

航平、気合い十分だ。

六月二十三日（月）。移植後、初マルク。前回の局部麻酔にこり、篠田先生が「マルクするよ」というと、「航くん、マルク嫌やー！」と、大泣き。今までにない怒りよう。泣いて怒っている状態のまま、先生に連れられて行った。こんなことは初めて。きっと、これが普通なのだろう。今まで泣かないで、ほんとうによくがんばった。航平の泣き叫ぶ声が処置室から聞こえ、私も泣きたくなった。

しばらくして戻って来た。怒って、怒って、ふてくされ、手首をゴリゴリして疲れて眠ってしまっ

た。航平、よくがんばったね。

夕方、篠田先生に採血の結果を聞いた。「骨髄の細胞が六万個ある」と。やったぁ！　正常値だ。航平、無事生着したんだね。これで、もうマルクもなし。白血球も三三七〇。血小板も、ヘモグロビンもみんな増えてきている。いつもデータとにらめっこして、溜め息ばかり出て肩を落としていたが、今日はいい！　何度見てもいい！　ほんとうに嬉しい。さらに、抗生剤が全部終了。肝臓の数値が高めなので、それを抑える薬と、サイトメガロウイルスをやっつけるためのデノシンは入れられたが、ピークは脱したようだ。

次の日、いきなり、

「お母たん、航くん死んじゃったらさあ、また赤ちゃん産んだらいいやん！　ほんで、航くんって付けたら、また航くんになるやん」

と、微笑んで言う航平。少し前に、「人っていつ死ぬの？」と、きいてきた航平。まだ四歳だが、死に対して何か抱いている様子。毎回ドキッとするようなことをさらりと言う航平に、度肝を抜かれる。

私「なるほど！って、また航くんが生まれるなら、お母さん産むよ。でも、一回死んじゃうと、もう違う人になっちゃうの。それに、航平は死なないし、お母さん、もう赤ちゃん産まないよ」

航「えーっ、航くん、八匹欲しいのに……」

私「八匹って、犬や猫じゃないんだから（笑）」

航平、ケラッケラ。赤ちゃん、大好きだからね。

次の日の夜中、「かゆい、かゆい」と起こされ、かき続けた。かくのも大変。航平だって、好きでかゆいわけではない。それで、眠れるなら……とかきかき。かき過ぎて、私の手は、熊手のような形のまま指が固まりそう（嘆）。

元気になった航平と、篠田先生とＵＮＯ対決。先生はかなり自信があるらしい。「容赦せんよ。学生時代みんなを泣かせとった」と、たんかを切っていたのに、三人で勝負すると、航平五勝、私三勝、先生二勝。航平、圧勝！　先生、苦笑い。

「航平、参りましたー。それにしても、つえ（強い）ーなあ」

航平、嬉しそう。ニヤニヤ勝ち誇る。それにしても強い。しっかり盛り上がった後、なぜか先生が血圧を測ることになった。「久々やなあ。どうやるんやった？」と、先生。航平、ケラッケラ。先生も「航平、笑うと、余計に測れん」と、笑い出した。それからは二人で顔を見合わせてケラッケラ。こんなに笑ったのはほんとうに久しぶり。航平が、先生とこうしてゆっくり遊ぶ（？）のも、いつ以来だろう。航平、ほんとうに楽しそう。最近、痛いことばかりされていたからね。たとえ痛いことをされても、航平は篠田先生のことが大好きだった。心から先生を信頼していた。口に出したことはないが、見ていてよくわかった。

子どもたちの心、夢

主人と交代し、一か月ぶりに外に出た私は、移植をがんばったら買う約束をしていた、航平のためのゲームボーイアドバンスとポケットモンスターのルビーのカセットを買いに走った。

「これだ！」

航平の喜ぶ顔が目に浮かぶ。

急いで病院に戻り、「高かったんだよー」と言いながら、航平に見せた。がんばった航平にプレゼント！　航平は目を輝かせ、「ありがとう！」とにっこり微笑み、さっそく、箱を開けていた。すごく嬉しそう。欲しくて、欲しくて仕方なかったゲームが自分のものに。これが、航平とポケモンの出会いだった。

その日からはゲーム三昧。朝から晩までポケモンに明け暮れた。これがまた面白いというか、奥が深い。自分はトレーナーで、まず三体のポケモンから一体を選び、一緒に旅に出る。タイプ別に持っている技を使い分け、出会ったポケモンと戦いながら育てていく。強くなると進化。レベルを上げながら先へ先へと進み、ジムリーダーと戦って、メダルをゲットしながら、チャンピオンまで上りつめるというもの。使う技で勝ち負けが決まることもある。しかも、途中、頭を使うゲームが何か所かあったりして実に楽しい。一言では言い尽くせない。やればやるほどゲームの奥深さに驚いた。大人の私もハマってしまった（笑）。これはいいものに出会った。心からそう思った。航平と私、親子一緒になって遊ぶ（同じものに向かって夢中になる）ことで、その時間は病気のことを忘れられたような気がする。

「やったあ！」「イエーイ」「ゲット！」

航平のその拳には力が入っていた。力強かった。それから、毎日のように私と航平は手を取り合って喜んだ。時には、一緒に悔しい思いもしたが、それはいつだって次の喜びに変わっていった。ポケモンのゲームに出会えてよかった……。

六月二十七日（金）。ＣＶカテーテルの消毒テープの下の皮膚が弱くなって、テープにくっついて擦り剝けてしまった。ヒリヒリして痛そう。航平、消毒のとき、絶叫！　それは、染みるでしょう。見るからに痛々しい。軟膏を塗ってもらい、ガーゼをあて、身体ごとネットをはめて、取れないようにしてもらった。ふと優真くんのことが頭をよぎった。少し前まで、優真くん、全身こんな感じだったのだ（絶句）。

私は、優真っち母ちゃんに、航平のことをメールで知らせた。すると、☆優真が、「なんで航くんまで……」と、嘆いていたよ。辛いことは優真だけで十分☆と、返事が返ってきた。優真くん、自分だって大変な状態なのに、航平のことを気にかけてくれて……。ほんとうに、すごいと思った。大人以上だよ。

靖ちゃん爺ちゃんが嬉しそうに話しに来た。

「明日、ジャイアンツの清原に会うんや」と。難病の子どもたちの夢を叶えるためにお手伝いをするボランティア団体（メイク・ア・ウィッシュ・オブ・ジャパン）にお願いしたら、明日、夢を叶えてくれることになったらしい。「清原に会って、野球観戦して……」と、いつも以上にニコニコ顔の爺ちゃん。靖くんより、爺ちゃんのほうがワクワクしていたのでは……(笑)。

この二年、付き添いをがんばってきた爺ちゃんへのご褒美にもなったね！


熱はあるが、落ち着いている航平。明日の夜は義母に航平をお願いし、私は一か月ぶりに実家へ帰ろうと思い、神戸《ごうど》に電話を入れてみた。すると、「無理しんときー。またえらくなったら、大変やで！」と、チンプンカンプンの返事。帰るのは、私だって！

その話を航平にすると、

「航くんのわけないやんかなあ。だって、航くん、まだこの部屋やもん。大きい部屋でゴールやなあ……」

「……」

私は黙って頷いた。ごめん、航平。お母さん、無神経だった。航平は帰りたくても帰れないのに……。自分で言っておいて、胸が痛んだ。航平は、いつだって自分のおかれた状況を理解し、自ら気持ちを整理していたように思う。しばらくして、

「なんで、航くん、お病気になってまったんやろう?」

と、ポツリ。航平、前にもこのセリフを言ったことがあった。ほんとうに、なんで? なんで? なんで? お母さんにもさっぱりわからない。一生かかっても、誰にもわからない。まったく、納得がいかない話だ(激怒)。

六月二十八日(土)。一か月ぶりの帰宅。修史が「おかえりー」と、飛びついてきた。大歓迎。会いたかったよー。そして、お風呂上がりの颯大。「颯ちゃん!」と、顔を覗かせると、ジーっと見て、ニヤリ。かわいいー! 覚えていてくれたのだ。よかった。内心、忘れられていないかドキドキしていた。颯大はハイハイが上手になっていた。そして、ニコニコ笑って、何度も何度も首を縦に振る。喜びの表現? 今日が初めてらしい。子どもの成長はほんとうに早い。今夜は、寝るのも惜しんで、遊んだ。やっぱり、早く元の生活に戻りたい。航平、あと一息だ! がんばろうね。

六月三十日(月)。一度治まった湿疹が、また増えてきた。しかも、前とは種類が違う感じ。いよいよGVHDの始まり? 相変わらず、三十八度前後の熱が続いている。咳もよく出る。唇も荒れ荒れ。肝数値も急に二〇〇を超えた。またデータとにらめっこ。

航平に七夕の短冊を渡した。

航「『ちゅ』ってどうやって書くの?」

私「『ちゅ』? 何て書くの?」

航「ちゅうちゃんに会いたい。あと、そうちゃんに会いたいって書こうと思ったけど、ママ書いて!」

航平、自分で書こうと思ったが、どうやら、まだ長い文を調べて書くまでの元気はないらしい。航平の願いを込め、私は短冊に丁寧に書いた。ほんとうに会いたいね。私は、「航平の病気が完治し、また皆で幸せに暮らせますように……」と書いた。みんなの願いが叶いますように……。

靖ちゃん爺ちゃんが「どうや?」と、様子を見に来てくれた。少し前、靖くんも抗がん剤の副作用でひどい状態が続き、爺ちゃんは心配で心配でまったく元気がなかった。しょんぼりとした後ろ姿はなんとも寂しげで、一回り小さく見え、声をかけるのも気が引けるほどだった。でも、しっかり回復した靖くん、念願の清原選手に会うこともできて、ガッツとパワーをもらい、いちだんと元気になったように思う。爺ちゃん、「みんなでがんばろうな! みんなで励ましあってがんばろうな!」と。そんな爺ちゃんから、私も元気をもらったような気がする。

大袈裟だと言われるかもしれないが、クリーンルームの人たちはみんな家族のように思えた。いい人たちに恵まれ、幸せだ。

七月三日(木)。優真くん情報。二日前からカビによる肺炎とのこと。今が山だと言っていた。山って……。もう山だらけ。この病気は、治療や移植の途中、白血球がグッと下がり、免疫力が落ちるため、自分が本来持っているカビやウイルスが暴れだすことがある。健康な人なら、白血球が退治してくれるから問題ないだろうが、闘病中で免疫力が低下しているから、一度暴れだしたら厄介だ。

優真くんとの永遠の別れ

七月四日（金）。朝五時四十五分、急に目が覚めた私は、のどがイガイガする気がして、イソジンを持って洗面所へと向かった。部長先生が、スーツ姿で廊下を駆けて行った。こんなに朝早く何だろう？　うがいをして、何かに引きつけられるかのように、いつもと反対方向の小児病棟側の廊下に出た。逆光でよくわからないが、廊下の奥の方に人影が四、五人。一人はデイルームの壁に頭を付け伏せていた。何かあったのかなあ？　廊下の奥の方から、誰かがこちらに近づいてきた。場所としては優真くんの部屋のあたり。まさか！　まさか違うよね。でも、シルエットは優真っち母ちゃんだった。しかも、首を横に振っている。嘘でしょ？　嘘だよね。何も言わなくても、何を意味するのかがわかり、ドーッと涙が出てきた。そして、ナースステーションの前で、二人で倒れこむように抱き合って、オーオー泣いた。

「優真、最期までウダウダ言っていたけど、『よくがんばったで……』って言うと、スーって、そのまま息を引き取った。いい最期やったと思う」

私は、信じられないのと、ショックで言葉も出ず、泣きながら頷くしかなかった。

「優真の分まで、航くんがんばってよ。応援しとるで」

母ちゃんは、しっかりしていた。

「何もしてあげられず、ごめんね……」

私の精いっぱいの気持ちだった。優真くんは、きっと、さようならをするために私を呼んだのだと思い、また涙が出てきた。知り合って数か月だったが、優真くんのことは家族のように思っていたから、我が子のことのように辛くて辛くて仕方ない。あんなにがんばっていたのに……。治ると信じていたのに……。

優真くんに会って声をかけたかったが、後の処置をしているからと、私は優真くんに会わずに、泣きながら重い足取りで病室へと戻った。

優真くん、今までほんとうにありがとう。でも、やっぱり一緒でなければ意味ないよ。航平と二人で、この先も生きていこうって約束したのに……。優真くんがいたからこそ、ここまでがんばれたのに……。

この日の日記は、涙で手元が見えず、グチャグチャの字だった。

朝、航平が目覚めたら、何て言おう。どう伝えたらいいのか、いろいろ悩んだ。

「航平、悲しい知らせがあるんだけど」

「なに?」

「優真くんね、お空に行っちゃったよ……」

しばらく、目をつぶる航平。どう捉えたのかは私にはわからない。顔を見に来てくれた義父母たちに、

「優真くんね、お空に行ったんやと」

と、説明していた。死というものが、わかっているような、わからないような感じなのだろう。

優真くん、航平がんばるから、空から見守っていてね。

天国は、幸せだらけのいいところだと信じている。天国は、がんばった人だけが行ける楽園だって……。

航平、白血球は正常値。血小板もしっかり増えてきている。だが、増えてはいけない、肝臓の数値も三九〇と非常に高い。足の裏にも怪しい湿疹。おそらくＧＶＨＤだろうと、急きょ皮膚生検をすることとなった。皮膚科の先生が、お腹と足の裏の皮膚の一部を五ミリほど取り、傷跡を縫った。航平は、生検前から大泣き、大暴れ。完全に処置恐怖症になっていた。それはそうだ！　航平にとって、移植後は痛いことばかりになってしまったから。航平、ほんとうにごめんね。

夕方、寝の体勢で、航平と私はポケモンのチャンピオン戦に挑んだ。攻略本片手に、わずか一週間でここ（最終戦）までたどり着いた。が、さすがに最終戦ともなると今までとは比べものにならないくらい相手は強い。負けそうになり、「もう、ダメやー」と、航平。

「何言っとんの！　大丈夫。お母さんを信じなさーい」

私は真剣に考え、十五体を相手に、手持ちポケモン一体で勝ち抜いた。

「やったー！　勝ったー！」

「ほんとうや、すごーい！」

ベッドの上で、私と航平は叫んだ。そして、二人で顔を見合わせて大喜びした。

「航平、何でもがんばらんとね！」

ゲームなのにほんとうに嬉しかった。こんな形でがんばることを教えるのはどうかと思うが、何でも最後まであきらめないことを知らせたかった。がんばったら、がんばっただけの成果は出ると。

七月五日（土）。優真くんのことがあって全然眠れず。夜中の三時半、夜勤だったAさんと語った。そして、また一緒に泣いた。

航平も、生検の痕《あと》が痛いのと湿疹がかゆいのとで眠りが浅い。朝四時、航平は私の手を握って顔にくっつけ、やっと安心して眠っていった。

今日の航平は、最悪のコンディションだった。熱、咳、鼻水、かゆみ……。

「確定じゃないけど、GVHDかもしれんで、少量のステロイド（プレドニン）を使うのがいいかな。MTXは、肝臓をやられるから止めて、様子見ることにするで」

と、篠田先生。航平、頼むよー。先生も優真くんのことで、かなりまいっていらっしゃるようだった。恐るべし、GVHD、お願いだから、軽く済んで！

夜、義母に航平を頼み、主人と二人で優真くんのお別れ（お通夜）に行った。気丈な母ちゃん。いつものニコニコ笑顔も見られた。久々に見る優真くん。七か月ぶりにお風呂に（湯かん）入ってきれいにしてもらったよと。棺に入った優真くんは、私には気持ちよさそうに寝ているようにしか見えなかった。そして、今にも「おはよう」と、起きてきそうだった。

優真くんは、闘病中いつも持っていた大好きな新幹線のぬいぐるみを抱えていた。

「優真くん、よくがんばったね。もう、がんばらなくてもいいからね。ゆっくり休んでね」

「今まで、ほんとうにありがとう。航平がんばるから、見守っていてね」

そう声をかけた途端、涙が一気に溢れ出た。優真っち父ちゃんがやって来て、

「航くんと知り合えて、ほんとうによかった……。楽しい一時があってよかった。つまらん病院生活の中で、ほんと、あんなふうに楽しめたんやで……」

と言った。たった二か月かもしれないが、合宿みたいで、ほんとうに楽しかった。できることなら、二人とも元気になって、生涯の友だちであってほしかった。苦しみも痛みもわかりあえる「真の友だち」。

優真くんの存在は、私たち家族にとってどれほど心強かったことか……。残念でならない。

次の日、主人と義父母は優真くんの葬儀に出席した。昼の二時、主人から電話がかかってきた。でも、悲しみのあまり声にならず、すぐに電話が切れてしまった。辛い気持ちが痛いほど伝わってきた。そして、一時間後、気を取り直し、またかかってきた。

「なんか、航平とダブって、たまらんかった……」と。そして、話の最後に、「俺は、絶対に（葬式を）あげんよ」と、言って電話はブチッと切れた。当たり前やん！　死なせてたまりますか！

優真くん、七歳一か月。
――絶対に忘れないよ。

急性GVHD

七月七日（月）。GOT四八五（正常値八～三八）、GPT四九四（正常値四～四三）、ALP二〇九一（正常値一〇四～三三八）。桁外れの数値に、目が飛び出そうだった。かなり、肝臓がやられている？　先生曰く「今のところ、症状としては皮膚に出ているだけで、肝臓は大丈夫」と。頼むから、そこで止まってくれー。熱も続く。かゆみもひどい。体力を消耗するからと、夜はアタラクスPを使う。

今日の夕飯は、七夕メニューで、巻き寿司、エビフライ、ウインナーにコンソメスープ。さくらんぼ、メロン、りんご……と、豪華。「おいしそう」と、航平も食欲が湧く。

夕方には雨も上がり、夜はすっきりと晴れていた。織り姫と彦星が、一年に一度会える日に、晴れてよかった。うーん、いいことありそう！　どうか、願いごとが叶いますように……。

今夜も主人が仕事帰りにやって来た。「今日の航平、どう？」と。移植してからというもの、心配で、心配で、毎日顔を出す主人。深夜一時であろうと、必ず病院にやって来る。そして、小窓から覗き、航平の様子を伺う。中に入りたくてたまらないのだろうが、菌を持ち込んではダメだと我慢。ときには、もっとよく見たいと、前室のヒーターの上に登り、背伸びして、ドアの上のガラス窓から、「航平！」と覗く。寝ているときは、私が記録している航平日記に目を通してから、「航平のこと頼むね」と言って、静かに帰って行った。

七月八日（火）。ビリルビン（黄疸の数値）が高めのため色の濃い尿が出る。腕や足、身体にびっしりできた湿疹は、前回できたものとは明らかに違っていた。前回の麻疹みたいな細かくて、こげ茶っぽい湿疹は古くなり表皮がめくれ始めていた。そして、下にはきれいな皮膚が……。よかった。でも、皮が薄いから要注意！　今日担当の若い看護師さんは、皮膚がめくれないようにと、丁寧に丁寧に一時間かけて、清拭、消毒をしてくれた。

とにかく、かゆくて居ても立ってもいられないようで、航平はイライラ、八つ当たりしていた。

七月九日（水）。皮膚生検の結果、予想通りＧＶＨＤだった。パーセントとしてはまだ五〇。とにかく早めの対応で乗り切りたいという篠田先生の判断で、プレドニンを二回投与することとなった。また、結膜炎になり、点眼することになった。目薬を嫌がることなく、「やって！」と航平。寝て目を閉じ、そこへ、ポトン、ポトンと落としてやると、薄目にして開けたり閉じたり……。同時に口もパクパクするから、おかしい。手は固まったまま。なんともかわいい姿！

今日の昼食は、神戸《ごうど》のばあちゃん特製具だくさんおじや。航平、パクパクと二〇〇グラム食べる。夕飯は、母屋のばあちゃん特製味噌汁。少しずつ、食欲が出てきている。

「少しでも早く誕生日プレゼント渡したい」と、義妹たちが航平にポケモンのゲームのサファイアをくれた。嬉しくて、嬉しくて、さっそく遊ぼうとする航平。

「航くん、もらってる場合じゃないよ。今日は、朋ちゃんの誕生日だったー」と言うと、航平、携帯電話を片手に、必死に☆ありがとう&指輪マーク（航平なりの気配り。朋ちゃんへプレゼント）☆を打って送信。紀ちゃんには☆ハートの目をしたニコちゃんマーク☆を送信した。ひと仕事終えると、もちろんゲームタイム。大興奮の航平。えらいのもかゆいのも、すっかり忘れている（笑）。

それからしばらくは、相変わらずかゆみがひどく、毎日何時間か、かくはめに……（その間、私は何にもできない）。でも、少しずつ熱も下がり始め、元気も戻ってきた。

「パパ小僧」「真紀！」「おい、紀！」「ひげじじい」……。

調子がよくなってきた証し？　うーん、喜んでいいのか、悪いのか。口達者！　とはいえ、以前の航平に戻りつつあり、やっぱり嬉しい。

抜糸の日、皮膚科の先生に向かって、「バーカッ！」と、ものすごい抵抗。まるで修史だ。たしかに航平の体の中は、紛れもなく修史の血だらけだから……。ハハハ。きっと、今までがおりこうすぎたのだ。我慢しすぎると、いつか爆発するから、それでいいよ。

食欲が出てきたのは、どうやらプレドニンという薬の影響らしい。食べるのはいいが、航平、また下痢、軟便が始まった。しかも多いときは七、八回。いったい、航平の身体の中は今、どういう状態なの？　次から次へと症状が出てくる。ちっとも落ち着かない。

久々に神戸《ごうど》に電話をしてみることにした（当然内緒！）。心配していた父母は、航平の元気そうな声を聞き、ホッとしているようだった。そして、「にーちゃーん！」「しゅうちゃーん！」と、兄弟で呼び合い、ご機嫌の二人。航平は、修史の話をニコニコして聞いていた。さらに、颯大と代わって、かわいらしい声を聞き、航平はすっかりデレデレの兄ちゃん顔になっていた。

七月十四日（月）。

私「篠田先生、航平もうすぐ誕生日なんだけど、ケーキいいですか？」

先「白血球しっかりあるし、木曜日の採血の結果を見て決めようか。まずは新鮮かどうか味見してあげるで、ＯＫなら食べるってことで（笑）」

航平、きっと喜ぶだろうな……。でも、今日も下痢、下痢、下痢。なのに、「牛乳、飲みたい。早く、買ってきて！」と、ぐずりまくり。看護師さんに言われようが、薬剤師さんに言われようが、「飲みたい」の一点張り！　下痢なのに牛乳？　しかも、ときどきお腹が痛いというくせに……。

「まあいいわ、飲めば！　でも、お腹が痛い痛いって言わんといてよ」

こちらもカチーン！　篠田先生に「温めて飲むんやよ」と言われ、嬉しそうに「はい！」と返事。航平は、先生に言われると、いつも素直。一〇〇ミリリットルほど飲む。またすぐに下痢。それでも、飲めて満足そうに眠る航平。寝てから一時間後、ブフォー、グルグル、ブリューッ……。もしや！　見るとやっぱり、下痢。しかも、ものすごい量。ヒョエー！　なんて言っていられない。毎度のことで、私も慣れたもの。後始末もずいぶんと手早くなったものだ（苦笑）。

七月十六日（水）。昨日、妹から「航くん、誕生日プレゼント何が欲しい？」と聞かれ、航平自らメールを打ち、☆つけもん☆　ハハハ。おもちゃではなく漬物とは、実に航平らしい。先生に尋ねると、許可が出た。ついでに、航平、ケーキも食べたくなったらしい。ナイスタイミング！　十九日は、丸いケーキでお祝いしようね。

航平、ただ今、二割ほど脱皮。布団に付く残骸（？）はすごい。かゆみもすごい。ビリルビンが下がったのか、尿の色が落ち着いてきた。

目が充血？　ひょっとして、ゲームのやりすぎ？

その日、再生不良性貧血で入院している小学校五年生の男の子のお母さんと、たまたま蓄尿場で会い、話をした。

「もともと、うちは劇症肝炎で入院。そのときは、肝数値が二七〇〇、ビリルビンも一〇とかだったよ。皮膚は一皮半めくれたかな」

ほんとうに驚くような数字。恐い！　でも、嬉しいことに、治療がもうすぐ終了し、この夏、退院することが決まったらしい。乗り越えたのだ。その子は、賢くて、将来、篠田先生のような医者になると言っていた。辛い闘病生活をみごとに乗り切った経験者。ぜひ、ぜひ、そういう子に医者になってもらいたい。きっと、病気も心も救ってくれる、いい医者になるに違いない。

昼以降、主人と交代した。お互いにストレスがたまっているから、気分転換。航平だって、たまには違う人がいいだろう。私は、誕生日に向け、いろいろと買い出しに出かけた。そして、久々に、修史や颯大とスキンシップ。

夜、主人から電話がかかってきた。熱も下痢もないし、落ち着いているが、またサイトメガロウイルスの数値が1。ＧＶＨＤ予防の薬を入れているため、免疫が抑制され、暴れ出やすいとのことだった。一難去って、また一難。トホホ。というか、二難？　三難？

第四章 【五歳】大部屋でゴール！

航平、五歳の誕生日

七月十八日（金）。部屋移動して707号室（クリーンルーム）へ。引っ越しのたびに、荷物が多すぎると思う。でも、何だかんだいって、いるものばかり。仕方ない。ここが家なのだから……。

何度も「お腹が痛い」と言う航平。見ると、パンパン。今にも破裂しそう。先生は、「ガスがたまっている」と。それだけ？　異常なお腹に不安になる。

夜、実家に電話をする航平。出たのは修史。もう十時だというのに目が爛々で、毎日、兄ちゃんから電話がかかってこないかと待っているらしい。何という健気さ。今日の修史、明日は航平の誕生日だと知っていて、おもちゃのバースデーケーキを並べ、ろうそくを立てていたらしい。かわいいね。弟思いの航平。兄ちゃん思いの修史。離れていても、気持ちはしっかり通じ合っている。

七月十九日（土）。ハッピーバースデー　航平！

今日は、航平の五歳の誕生日。ほんとうに記念すべき誕生日。新しい命をもらい、生まれ変わった航平は、移植日の六月四日も誕生日。でも、やっぱり今日という日が迎えられたのは、嬉しくてたまらない。航平が生まれてから、誕生日にはケーキとプレゼントを用意し、毎年お祝いしていた。航平が病気になる前までは、当たり前のように、毎年この日がやって来ると思っていた。でも、命にかかわる病気になったことで、ほんとうの意味で、誕生日のめでたさを知った気がした。誕生日を迎えられたこと、いや、今日一日生きていることにありがたいと思うようになった。

この先も、毎年お祝いしたい。ずーっと、ずーっと、お祝いしたい。

主役の航平、なんと、昼の十二時までグーグー寝ていた。その間、何人かの看護師さんが「おめでとう」を言いに来てくれたが、ピクリともせず、熟睡。眠れるのはけっこうなことだが、調子が悪いのかと心配になる。

やっと目覚めた航平に、プレゼントの山。そして、看護師さんたちが、ハッピーバースデーのうたを歌いに来てくれた。照れる航平。はにかむ航平。

ケーキを目の前に、

「航くん、食べてもいいの？」

「いいよ！」

大好きな、フルーツいっぱいのタルト。さっそく、おいしそうに頬張る。なんとも嬉しそうな表情。私まで嬉しくなる。

今日は、航平にとって、記念すべき五歳の誕生日となった。


〜こうへい！　ごさいの　たんじょうび　おめでとう！〜

こうへいは、たんじょうびが　2こに　なったね。6がつ4にちと、7がつ19にち！

これからも、ずーっと、ずーっと、おいわい　するからね。

よく　がんばったね。ほんとうに　こうへいは　つよいこです。そして、やさしくて、かっこよくて、おかあさんは、こうへいのことが　だいすきです。

おかあさんより

七月二十日（日）。昼から、下痢、下痢、下痢（卵スープのような下痢便）、十四回。一日のトータル量一一三〇グラム。食べた後、お腹がパンパンになって痛がるが、元気もあるし、とにかく食欲旺盛。しっかり食べ、しっかり出す。そんな航平のことを、看護師さんのひとりは「人間ところてん！」と言っていた。うまい！　私は、トイレとの往復。こんな状態でも、先生は「大きな問題なし。ガスと便が出れば、大丈夫！」と。でも、夜あまりに頻繁に出るので、下痢止めをもらった。出ると、すっきりするらしく、

「お母たん、明日のお給食は何？」

「パパ、また牛丼買ってきて！」

航平の頭のなかは食べることだらけ！　やっぱりただ者ではない。とはいえ、この食欲もプレドニンの副作用なのだろう。

嬉しいことに、入院してから、あまり口にしなかった野菜や豆もガツガツ食べるようになった。生まれ変わった航平は、修史の野菜好きがうつったかな？　けっこう、けっこう。

それはそうと、どうして下痢がこんなにも続くのだろう？　謎。航平の身体の中で、何かが起き

ていることは確か。うーっ、心配だー。

七月二十三日（水）。点滴の本体がいちばん軽いのに代わった。急性ＧＶＨＤのピークを脱したということ。でも、まだ、薬で抑える必要がある。プレドニンは量を減らし継続することになった。レントゲンも異常なし。体温も、すっかり平熱になった。

一週間ぶりに実家へ帰った私は、颯大に泣かれ、ショックを受けた。主人も泣かれたと言っていた。きっと、航平は、もうすぐ退院だろうから、少しずつ慣れていかないとね。

修史はご機嫌、ご機嫌。航平からのおもちゃのプレゼントに大満足。ますます航平が好きになったに違いない。毎日仏壇に手を合わせ、いまだにちょっと言葉は変だが、「兄ちゃん、病院がんばりました」と、お祈りしているらしい。修史、ありがとう。

七月二十四日（木）。今日もすごい食欲。そして、一リットルを超えるすごい下痢。

夜、「ダメって言うやろうなあ……」と、航平がポツリ。きっと、お腹が空いたのだ。「歯磨きしたしなあ……」とボソボソ。「やっぱり、なんか、食べたいー！」と、絶叫。ベッドを降り、冷蔵庫を覗く。食べたいときに食べたいものを食べたらいいが、さっきまで、お腹が痛いと苦しんでいただけに、どうかと思う。しかし、便とガスが出たので、すっきりしてお腹が減ったらしい。とはいえ、もう就寝時間。「明日まで、お腹休めようよ。お腹も、えらい、えらいって言っとるよ。やめとこ」と言っても、眠いのもあって、「ほんなら、朝まで起きとるよ」と、グズグズ言い出した。こういうときは……！「航平、抱っこ！」と、私はベッドの上に座り、両手を広げた。すると、嬉しそうにベッタリとくっついて来た。久々の抱っこ。たまにはこういうのもいい。十分後には、スヤスヤ夢の中。

航平、おやすみ。

花火大会

七月二十六日（土）。発見！　航平の頭に、うっすら短い毛が生えてきた。感動！　毛だ！

今夜は長良川の花火大会。当然、部屋から出られないだろうと思っていたが、先生方の配慮で、夜、クリーンルームの子どもたちをナースステーションに集めて、観賞するはこびとなった。やったー！　でも、ただ今、待ったなしの下痢便症状あり。航平、行けるかなあ？

案の定、花火が始まってからも、大量の下痢便二回。後始末でバタバタし、なかなか行けない。当の本人は、花火は特別見なくてもいいといった感じで、のんびりしている。夜八時、看護師さんが誘いに来てくださった。

「航くん、靖くんが『航くんの場所！』って、イスを並べて指定席確保しとるよ」

「『航くん、まだ？　早く呼んできてー』って、靖くん、航くんに会いたくて仕方ないみたい」

みんなに会えると知った航平は、行く気満々になった。チャンスとばかりに、大好きなポケモンの話をしようと、ポケモン図鑑持参で行く。抜かりなし。

靖くんから、「航くん、航くん」と、話を聞かされていた大部屋の大ちゃん（六歳）も、航平に会うのを楽しみにしてくれていた。

夜八時十分。まだふらつく航平を抱いて、点滴をいっぱいぶら下げて、オマル持参で登場。ナースステーションに行くと、ワイワイガヤガヤ。五組の家族が集まり、賑わっていた。

「あっ、航くんやー」「早く、ここおいで！」と、靖くんと大ちゃん。

「よく来たねー」と、みんな歓迎してくれた。まるで生還を祝ってくれているかのようだった。

「ようがんばったなあ」と、靖ちゃん爺ちゃん。ほかの人も、感心。みんな花火そっちのけ！嬉しい歓迎だった。その後、子どもたちは、花火よりポケモンの話で盛り上がる。

「○○ゲットした？」「このポケモン、どこにおる？」「○☆※△……」

毎年、堤防まで見に行っていた花火。今年は小さめだが、こうして、みんなと見ることができて嬉しい。夜空を彩る花火。その音が「どうだ！」といわんばかりに心臓に響いてくる。そのひとつひとつは、わずか数秒で終わってしまうが、次から次へと上がる花火は、みんなを思いっきり魅了した。時折、拍手！　終わってからも余韻に浸っていた。と、いうのは表向き。ほんとうのところ、私は、花火より友だちと楽しそうに話している航平を見ているほうが楽しかった（微笑）。

航平、来年は大きい花火を見ようね。花火大会をきっかけに、みんなと会い、楽しい一時を過ごせたのは何より。機会を設けてくださった先生方、どうもありがとうございました。

七月二十八日（月）。大部屋にいる靖くん、そして再生不良性貧血の小五のお兄ちゃんと、ポケモンゲームでつながった航平は大満足。私はゲーム機片手に情報をききに、行ったり来たり。なかなかゲットできなかったポケモンも、大部屋に持って行くと、「やったるわ！」と、お兄ちゃんたちが手に入れてくれた。さすが！

「こうやってやるといいよ」と、コツを教えてもらってからというもの、航平もすごいものをゲットするようになった。やるな！　このゲーム、やればやるほど奥深さに驚く。頭も使うし、腕もよくないとできない。花火大会以来、ますます親子でハマり、盛り上がっていった。ポケモンのお蔭で、気も紛れているし、航平、カタカナもしっかりマスター。

航平、お兄ちゃんたちとゲーム機をケーブルでつないで、自分の持っているポケモンを戦わせる通信バトルがしたくて、大部屋に行きたがる。その気持ち、とても大事だと思う。聞くところによれば、どうやら八月半ばには大部屋に行けそう。た・の・し・み。

夕飯をしっかり食べたのに、寝る前になって、

「お母たんの　作ったカレーライス食べたーい！　作ってきてー」

来た、来た。今日も、「お腹空いたー」が始まった。しばらくして、

「やっぱり、おばあちゃんに作ってもらってー」

？・？・？

「だって、お母たんが作るってことは、帰るってことやで……。お母たんが泊まってー」

なるほど！　航平にとって、カレーを誰が作るかということは、一大事なのだ。

「あ、でも、お母たんが作ったの食べたいなあ……。あれもこれもおいしいでなあ」

一人でボソボソ。そんな航平がたまらなくかわいかった。それに嬉しい発言！　退院したら、いくらでも作ってあげるから、もう少し、がんばれ！


八月一日(金)。サイトメガロウイルスが陰性になってホッとした。でも、それも束の間。今度は、白血球が一四八一〇。病的数値。先生も首をひねっていらっしゃる。考えられるのは、薬による副作用。白血球の中身はいいらしい。ほんとうに、この病気は謎だらけだ。

今日は、朝から「お腹が痛い」の連発。湯たんぽで温め、下痢のし過ぎで、粘膜がやられ、血混じりの便を二回して、落ち着く。それにしても、食べては出し、食べては出しているから、全然身にならず、ガリガリ。十二・六キログラム。早く、下痢が止まるといいのに……。

以前は自分のしたい遊びを見つけ、次々遊んでいたのに、「何して遊ぶ？」とこちらから問いかけることが多くなった。「○○しようか？」と言うと、「いやや！」。「じゃあ、△△は？」と言っても、「えーっ」。ゲーム以外に完全に興味がなくなっている。大問題！　それに、ゲームのやり過ぎなのか、目つきが鋭くなったし、光を嫌がり目をしかめるようになった。これもGVHDの影響？

夜、久々に修史と颯大のビデオを見た航平。ニコニコご機嫌。

航「颯ちゃん、元気でよかった！　だってさー、一歳で入院したら、かわいそうやもんなあ」
私「ほんとうやね。何歳でもかわいそうやけど、赤ちゃんは、何にも言えへんし、余計にかわいそうやね。今さあ、心配なのは、修史の血（このとき、移植した頃に、肝炎に罹っている人の血が輸血用として使われていたことが発覚し、問題になっていた）。航平に血をあげた後、修ちゃんの血が足りなくなって、輸血したんやけど、その血がいい血じゃなかったら、大変なことになるの……。だから、今度また、検査しに来るよ」
航「あんな痛い思いして、また、薬とか、飲まなあかんかったら、かわいそうやなあ……」
ほんとう、航平の言う通り！　助けたほうの身に何かあったら、それこそやりきれない。そんなことあって、たまりますか。いい血だと信じている。
移植の日、修史が「痛い。痛い」と大泣きして、航平のためにがんばった姿をビデオで見たから、航平なりに、いろいろ気遣ってくれているのだろう。誰が悪くなっても、ほんとうに嫌だよ。みんな、みんな元気であってほしい。

待ちに待った大部屋

八月四日（月）。何日ぶりだろう？　航平の形ある良いウンチに感激。白血球も正常値に戻った。しかし、今度は肝数値が異常。GOT二九六、GPT三三一、ALP二二六八、γ—GTP九一二。

いったいどういうこと？　これもＧＶＨＤ？　ただ今不在の篠田先生に代わり、部長先生が回診。この異常数値にも特に驚かれた様子なし。よくあるパターンなのかなあ。こちらは、一つひとつ驚くよ。

爪に異変。前回もＧＶＨＤが出る前におかしくなった。爪の先の方から、ピンク、白の横線、白っぽいピンク、そして、付け根に軟らかいフニャッとした薄いピンクの爪が生えていた。よく爪を見れば健康状態がわかると言うが、これは何を意味するのだろう？

八月五日（火）。毎日、母屋のばあちゃん特製具だくさんおじやをペロリ。二五〇グラムほど食べる。

何かと、「ママー、何やる？」ときいてくる。自分から何かをやろうという気にはなれないらしい。そして、暇さえあれば、「お食事、遅いなあ……」って、航平、まだ昼の三時だよ。とにかく、ガツガツ食べる。けっこうなのだが、どこかおかしい。

航平に大部屋の話が持ち上がった。いよいよだ。

「航平、ここの部屋がいいか、大部屋がいいか？」

「そりゃあ、大部屋に決まっとるやん。やっちゃん（靖くん）おるし」

そうだよね。きくまでもない。それに、航平、大部屋でゴールだからね！　ここまで、ほんとうによくがんばったね。あと一息。さあ、ゴールめざして突っ走れ。

八月七日（木）。昨日、久々に実家に帰った私。あまりの暑さにバテそうだった。病院はいい所ではないが、一定温度に保たれているという面においては快適。航平は、ちょうど涼しくなってから退院できそうだから、よかった。今なら、暑さでやられてしまいそう。

明日から、点滴の本体は終了することになった。朝、晩のプレドニンと、強ミノ（肝臓を守る薬）のみ。航平、すごいよ！　やったね！　さらに、念願の大部屋にお引っ越し決定。おめでとう！　着々と退院に向かっている。もう、目尻が垂れるよ。嬉しーい！

廊下に出ていた大ちゃんに、明日の引っ越しを告げると、「やったー」と、大喜び。大部屋にも報告に行くと、靖くんや五年生のお兄ちゃんも、「明日、航くん来るの？」「早く、来やー」と、心待ちにしてくれていた。航平、こんなに歓迎してもらえて幸せだね。

夜、神戸《ごうど》に電話。

「航くんねえ、明日、大部屋行くんやてー」

航平、ニッコニコ。親子ともども、明日が退院？と思わせるような喜びようだった。

八月八日（金）。部屋移動で７０８号室（四人部屋）へ。

朝、目覚めるなり「早く、大部屋行こっ！」と、行く気満々の航平。待ちきれない様子。私は、荷作りでバタバタ。隣といえども、移動はやっぱり大変だー。

とにかくルンルンの航平。あんなに嬉しそうな顔を見るのは久しぶり。

大部屋に行くと、「航くん、航くん」と大歓迎。とにかく楽しそう。

夜、「お母たん、やっぱり四人部屋は楽しいわ」と航平。うんうん。でも、ちょっと残念なことに、週末はみんな外泊予定らしい。まあいいか、これから楽しいことがいっぱい待っているから。月曜日から、パーッといきましょう！

義父がインターネットでGVHDについて調べてくれた。こんなものだと思っていた急性GVHD。航平の場合、下痢便の量の多さ、ビリルビンの数値から、かなり重症だったことを知った。症状がひどいと、優真くんのように命にかかわることもある。航平は、幸い薬が効いていい方向に向かっていた。そのGVHD、急性の後に、慢性もあるという。そして、この慢性の症状の一つに、体重減少があった。航平の体重減少も、きっと慢性GVHDなのだろう。ごく稀とは書いてあったが……。航平、稀続きだからなあ。肝臓疾患が主だが、ほかにもいくつか症状が出ることがあり、なかには命にかかわるようなものもあった。とにかく、出ないことを祈るしかない。出ても、軽く済んで！

恐るべし、GVHD。

楽しいまるっけ軍団

大部屋になってから、航平はみるみる元気になり、実に生き生きとしていた。体調も気分もいいようで、とっても陽気！うたを歌ってみんなを楽しい気分にしたり、スリッパを履いて部屋中あちこち探索したり、みんなは、「航平を見ているだけで、楽しい」と笑って言っていた。慣れてくると、「航くん、こっちに来《こ》やあー」と呼ばれ、お兄ちゃんたちのベッドにお邪魔したり、来てもらったり……。航平も、見るからに楽しい！といった様子。そんな航平を、みんなはほんとうにかわいがってくれ、あたたかい眼差しで見守ってくれた。ここに来て、今までの苦労が一気に吹っ飛んだような気がした。

「大輝、薬飲むよ！」と、大ちゃんママが言うと、「航くんも、飲もーっと！」おーっ、すごーい！　普通に座って薬を飲む航平。ずいぶんと成長したものだ。子どもは子どものなかで育つ。病院とはいえ、やっぱり大事なことだと痛感した。

「航くんのビデオレター、面白いんやてー！」と靖くん。「見たい！」「見たい！」とみんな。結果、四家族が一か所に集まって、ビデオ鑑賞会が始まった。みんなが押し寄せ、狭ーい。でも、その窮屈さが、またいい。妙に親近感が湧く。この日は、みんなで思いっきり笑った。移植前後は、誰にとっても辛いシーンになるだろうからと早送り。

妹家族が作った千羽鶴が映り、一枚一枚にお願いごとが書いてあると知ったみんなは、「ほりゃあー、御利益あるわあ」と、声をそろえた。そうですとも！

「航くん、絶対によくなるに！　家族みんな一生懸命やで、大丈夫や。ええ、家族や」と、靖ちゃん爺ちゃん。ニッコリ笑い、しみじみ語っていた。

家族、そして航平を取り囲む人たちみんなには、表現の仕様がないほど感謝している。どれだけ、お礼を言っても足りないだろう。航平が治ると信じて、みんな待っていてくれている。航平も、その気持ちに十分応えていると思う。退院して、元気になったら言うことなし。航平は、みんなに守られているのだ。

その日は、どの家族も、あたたかい気分のままぐっすりと眠りについたように思う。

五年生のお兄ちゃんが退院し、入れ替わりに四年生の達ちゃんが、新メンバーで入ってきた。入院するまで、小児がんなんて、ごく稀なことで、ドラマの世界のことと思っていたが、こうひっきりなしに入院してくるとは……。

達ちゃんは、あどけなくて優しい顔だが、なんとなく大人びていてクールに見えた。誰だって、入院してきた頃は、緊張と不安で元気がなくて当然。達ちゃんも慣れるまで、少々時間がかかりそうだが、主《ぬし》の三人は、そんなことはお構いなし。この部屋に来た時点で、もう「みんな友だち！」なのだ。といっても、けっこうシャイな航平。ニタニタしながら出方を考えている様子。見ていて航平なりに気を遣っているのがよくわかった。

いちばん年下の航平だが、みんなのなかにしっかりと溶け込んでいた。それもそのはず、テレビゲームなどは、お兄ちゃんたちにはとうてい敵わないが、UNOやパズルをやらせたらピカイチ。「すげーえ」とみんな感心。航平、だから楽しいんだろうな。

「お邪魔しまーす」「お邪魔しました」「ありがとう」と、みんなの元気な声が飛び交う。お互いのベッドを行き来するとき、どの子もしっかり挨拶をし、実に礼儀正しい。今まで恥ずかしがって「お母たんが言って!」なんて言っていた航平も、照れながらも驚くほど大きな声で言えるようになった。

まるっけ軍団、今日も楽しそう(笑)。

八月十六日(土)。昨日から、靖くんと大ちゃんの抗がん剤治療が始まった。フルコース。点滴を見るのも辛い。副作用が……と考えただけで、気がめいる。付き添うほうも、毎回、覚悟する。でも、一つひとつ乗り越えるしかない。

航平、もう二度とこんなのごめんだよね。このまま元気になろうね。みんな、絶対に元気になりますように……。

この日、外泊の私。たまには!と、美容部員の大ちゃんママにお化粧をしてもらった。ここにいると、オシャレに気を遣っているようなゆとりはないが、こうしてお化粧をしてもらうと、久々に女性に戻ったというか、なんだかいい感じ。病院でも、子どもの体調がいいときは、こういう楽しみがあってもいいかもしれない。

「お母たん」と呼んでいた航平。みんなに「航くんのしゃべり方かわいいー」と、真似をされ、さ行を指摘されるのが嫌なのか「ママ」に戻ってしまった。私としては、あの甘いかわいい声で

「お母たん」と呼ばれるのが好きだったのに。残念!

八月十八日(月)。すばらしいウンチが出た。感動して、私は思わず写真まで撮ってしまった。「何、何、見せてー」と靖くんと大ちゃん。普通なら、便なんて見たくないし、臭くて嫌がられるのに、「すごい!」と、顔を見合わせる。ここでは大盛ウンチをすると褒められる(笑)。ほのぼの。

「航平、全体に数値が下がってきとるで、もうすぐ退院やな」と、篠田先生。

退院。夢にまでみた退院。航平が、家族が、みんなが待ち望んでいた退院。予定では九月下旬、夢が現実に変わる。やったー! でも、なぜか航平も私もピンとこない。今が楽しいからだろうか? それとも、GVHDをかかえているからだろうか?

途中、途中、半分覚悟しながら、ここまでやって来た。五分五分といわれた命。それがいつからか、絶対に助かると信じるようになっていた。あと数週間、油断せずに、航平のそばに付いていよう! 今の航平は、肝数値が高いのと体重が増えない(ほんとうに心配になるほどの異常な痩せで、ただ今十一・九五キログラム=二歳児並み)以外は、元気、元気! かえって、修史と颯大を見てくれている実家のほうがバタバタで、申し訳ない。

大部屋に来てからの航平は、寝ても覚めても、ポケモン、ポケモン、ポケモン。そのうち、航平もポケットモンスターの一種になりそう。ここまで来ると、本物だ。

靖くんが、「またやるの?」と、覗き込んできた。すると、航平、ビックリするほど大きな声で泣いた。靖くんはまったく悪気なし。でも、航平は「ダメ」と受け取ったのかもしれない。目を休めたほうがいいのだが……。みんな「よっぽど好きなんやね……」と、ただただ感心。靖くんは、ひどく気にして「ごめんね」と何度も謝る。いいよ、ほんとうに「またやるの?」なんだから……。

そんな靖くんは、航平がかわいくてかわいくて仕方ないらしい。ベッドが隣同士だから、柵をまたいで、しょっちゅうやって来る。二人兄弟の二男の靖くん。「弟が欲しい」と言っていた。

私「いいよ。航平のこと弟だと思ってくれて!」

靖「えーっ、いいの?」

私「航平、お兄ちゃんがいないから、靖くんのこと、お兄ちゃんみたいに思ってるよ」

靖くん、照れ笑い。いつだったか、この二人、一緒に寝ようと約束していたこともあった。靖くんが、航平にバスタオルをかけてくれて……。手をつないで……。微笑ましい。しっかり義兄弟だ。

ビデオレターで修史と颯大を見ていた靖くんと大ちゃん、「かわいいー。欲しいなあ」と、ポッリ。「あげへーん!」と航平(微笑)。面白い三人。

ビデオ鑑賞会の後は、ビデオ撮影会。修史たちに問題提供。

「この頭は誰の頭でしょうか?」

ケラッケラッケラ。映す前から笑っている。三人を映した後、とりに半まるっけ登場。今回特別出演。さあ、答えは!

「靖ちゃん爺ちゃーん」

みんなハモり、大爆笑。爺ちゃん、「勘弁してくれー」と。ご協力ありがとうございました。

ほんとうに笑いの絶えない大部屋。みんなの笑顔は最高！　この笑顔がずーっと続きますように……。

修史、ただ今二歳十か月

八月二十一日（木）。今日は病院デー。朝は颯大を三種混合の予防接種に連れて行き、昼からは修史の採血。

「修ちゃん、病院行かない」

とにかく病院は懲り懲りという修史。でも、どうしても行ってもらわないと困る。義父が迎えに来てくれると、お出かけと思って、ご機嫌に車に乗り込む。ほんとうのことを言っておかないと……。何を言っても、「病院行かない」の一点張り。そうだよね。

篠田先生を見るなり、大泣きする。「だっこー」と、ずっと抱っこ。

私「修史、一個ブッチっと注射するのがいいか、ブチブチブチーといっぱいがいいか？」

修「ブチブチ嫌だー」

私「じゃあ、動いちゃダメだよ。動かなかったら、ブッチ！　ハイ終わり。動くと、あれ？　あれ？　刺せないって、いっぱいブチブチされるよ」

かたまって、じーっと考えている。そうこうするうちに、看護師さんに、大泣き状態のまま連れて行かれた。修史の泣き声が廊下まで聞こえる。でも、あっという間に戻って来た。修史、動かなかったのだ。私は思いっきり抱きしめた。涙が出てきそうだった。

終わった途端、「兄ちゃんとこ、行こ!」と、えらく切り替えの早い修史。そこが修史のいいところ! エレベーターの前で、「兄ちゃんのとこ行くで、マスクするわ」と。修史! 我が子ながら感心。最高だよ。あんたたちは、ほんとうに最高の兄弟だね。

いざ、航平に会うと恥ずかしいのか、手を握ってそのまま会話なし。採血をがんばったからと、航平からお菓子とおもちゃをもらい、大喜びしていた。せっかく私と一緒にいられると思っていた修史だが、私は義母と交代して見送った。なんだか腑に落ちない感じで、ずっと振り返って私のほうを見ていたが、そのままぐずらず帰って行った。それを見ていたクリーンルームのお母さん方、「小さいのにすごいね」「わかっているんだろうね」と。ビデオレターで航平の姿を見て、修史も航平のことを理解しているからだろうな。兄ちゃん、がんばっているって。とはいえ、まだ二歳。ほんとうに感心。修史、ありがとう。

八月二十五日(月)。夕飯時、「唇が痛い」と言う航平。下唇をめくって見ると、何だ、何だー? 赤橙色したブツブツがいっぱい! すぐさま、篠田先生に見てもらう。

「ヘルペスとは違うみたいやけど……。様子みとこかあ」

またまた謎。ほんとうに謎に包まれている。

痛いと言いながらも、カレーうどんを食べる航平。摩訶不思議。やっぱり慢性ＧＶＨＤ？

今日も、楽しそうな子どもたち。みんな治療中だが、笑うことで症状も軽くなっている気がする。

笑うっていいことだなあ。

八月二十八日（木）。修史、採血の結果、異常なし。

航平は朝昼絶食で、夕方四時、最終マルクをする。同時に、唇を生検し三針縫う。前の局所麻酔から、完全に恐怖症になっているので、する前から大泣き！　今日は点滴で麻酔薬を入れ、眠らせることになった。あっという間に検査を終え、戻ってきた航平は、すぐにケロッ。でも、痛いことをする篠田先生のことを、しばらく怒っていた。

朝昼食事抜きだった航平は、お腹が空いて待ちきれず、夕方五時から食事タイム。手作り弁当をパクパクおいしそうに食べる。縫った唇も痛がらず、ホッ。ごちそうさまをした後、定時にまたみんなと食べる。すごい食欲。食べ溜め？

篠田先生に、慢性ＧＶＨＤについて聞いてみた。急性と違い、口腔内疾患、目の疾患、体重減少などがあるらしい。まさにそうではないか。二週間ほど早いから、何ともいえないらしいが、急性も早めだったし、航平は何でも異例。だから、きっと今回も……。

嫌だー（嘆）。慢性はＱＯＬ（生活の質）が下がるというから。うーん、考えたくないが、移行しつつある気がする。

慢性に備え、ネオーラルという薬（免疫抑制剤）を内服することになりそう。さっそく、薬剤師の水井さんが、薬の説明を書いた用紙を持って来てくださった。軟カプセルで、大きさ直径八・九ミリ／短径六・七ミリとあった。無理！　これを五粒×二回飲むなんて、絶対に無理。水井さんも「シロップのほうがいいね」と、あっさり変更。よかった。

幸せ♪

八月三十日（土）。うがいの際、唇を痛がる。口の中にも炎症。今のところ症状は軽い気がするが……。慢性というからには、ずっと引きずっていくのだろう。再発率はグッと下がったが……。うーっ、あれこれ考えるのは止めよう！　止めよう！　航平、今こうして元気に生きているのだから。ガリガリの骨骨くん（体重十一・六五キログラム）だが、元気いっぱい。しっかり歩けるし、食べられるし、口達者だし（笑）……。上等だよ！

達ちゃんも、すっかり仲間入り。まるっけ四人組、キャッキャと笑いながら遊ぶ姿に、私たち親は目を細めた。悪いことばかりではない。ここで知り合った子は、永遠の友だち。手にしたくても、簡単には手にできない、ほんとうに素敵な関係。

♪幸せなら手をたたこう♪　（まるっけ　作詞）

「♪幸せなら　頭たたこう、ペチペチ♪」

それぞれ自分の頭をたたく。そして、いつものケラッケラッケラ。

「幸せなら　態度で示そうよ　ほら　みんなで　頭たたこ　ペチペチ♪」

まるっけならではの替えうた。楽しそうで何より。航平はニッコリ笑って、

「航くん、保育園より病院のほうがいい！」

私も納得できた。病院は決していいところではないが、もう辛い治療もないし、壮絶な移植もクリアしたし、楽しいばかりの今の生活。友だちも最高、航平にとって、いいことばかり。とはいっても、問題は抱えていたのだった。

この生活ともあと一か月でお別れ。九か月半。長かったようで短かった。終わりよければすべてよし。

入院当初、毎日泣いて過ごした私だが、今こうして、みんなと笑っている。航平に携わった人みんなのお蔭。ひょっとすると、航平はこの先も、GVHDを抱えて生きていかなければいけないかもしれないが、決して不幸だとは思わない。助かったのだから。それに、航平は幸運ではないかもしれないが、強運の持ち主だと思うから、この先も、きっと乗り越えていける。もし、挫折しそうになったら、この日記を見せよう。航平、自分の凄さに、きっと驚くだろうな。すぐに立ち直るよ（微笑）。

♪幸せなら　頭たたこう、ペチペチ♪　不幸なら、こんなうた歌わない。と、思いきや、「とこ

ろで、幸せって何?」と、航平。またまた大爆笑。「航くん知らずに歌っとったの?」と、靖くん、大ウケ。航平らしいや！　幸せって、そうして笑えることかもしれない。

九月二日（火）。今日から、飲み薬がなくなった。夢みたい。ただ、生検の結果次第でネオーラルがプラスされる。あちこちで、看護師さんたちに「航くん、あと少しだね」と、声をかけられる。嬉しくて、このところ目尻が垂れっぱなし。

調子がいい靖くんは、ひばり学級（院内学級）に出かける。そこは、病室からかなり離れていて、まず七階から二階に降り、長い通路を渡って西病棟へ行き、その六階へ。今日は、卓球をするらしい。運動大好きの靖くんは大張り切り。航平も、球技大好きだから、できたら楽しいだろうなあ。でも、学童ではないし……。無理を承知で、篠田先生にきいてみた。すると「リハビリがてら行ってみるか！」と、嬉しい返事。やったー！　でも、当の本人、卓球＝検査だと思って、「嫌やー！」「行かない」と拒否。ハハハ。意味のわからない航平にとっては笑いごとではないよね。心配で看護師さんや女医さん、来る人来る人に確認する。

「卓球って、注射?」

用心深い。でも、運動とわかり行く気満々になった。少々熱があるが、元気だからと許可が出た。航平、ご機嫌。女医さんと手をつないで行く。けっこう遠い。ほんとうにリハビリだ。航平、初めて握るラケットだが、見よう見真似で少しずつ球に当たるようになった。主人も私も久々に燃える。

こんな日が来るなんて……。感激。

満足して部屋に戻ってきた私たち。でも、そこで待っていたのは、ドライアイの検査。篠田先生と眼科の先生がいらっしゃった。

目にリトマス紙のようなものを挟み、検査するため、直接だと痛くてできないからと、麻酔薬入りの目薬を差す。「ママなら、いい」と、航平はすんなり受け入れる。みんなも心配そうに見守る。ペーパーを挟むこと五分。普通、涙で一センチほど色が変わるところ、航平はその半分の五ミリ。ドライアイ確定。ということで、慢性ＧＶＨＤの可能性が大になってきた。お願い！　この程度で済んで。明日から、目薬を差すことになった。

夜、子どもたちの前で、エプロンシアター（手作りエプロンに仕掛けがしてあって、そこで人形劇をする）と紙芝居を披露した。子どもたちは、「もう一回やって！」と、大喜び。かつて、保育園でやっていたものだが、新鮮だったようで、日替わりでほかにも披露した。私の持っているもので、子どもたちが喜んでくれるのであれば、今後もいろいろとやってみたい。活かせるものは活かさないと！


絶対に死なせへん！

九月四日（木）。昨日、検査の結果、慢性ＧＶＨＤだと聞かされた。まだまだ落ち着かない。でも、元気だから大丈夫！

昨夜、付き添いを交代する際、義母に、朝からネオーラルという新しい薬があることを伝えておいた。量、そして、飲む前に、一度水井さんに確認してくださいと。それがよかった。看護師さんが勘違いして、夜の分の薬も入れて持ってきたらしく、量が多いのに気づいた義母が対応してくれたとのこと。連絡を密にすることは、ほんとうに大事だと思った。先生も、「厳重に注意しておいたで」と、謝りにいらっしゃった。まったくだ！　事なきを得て、よかった。

このネオーラル。なかなか難しい薬らしい（グレープフルーツは血中濃度が上がるため厳禁）。飲まないと、GVHDが治まらないが、飲んでいる間、他の薬との併用が難しくなるらしい。今のところ併用がないから、気はラクだが……。それにしても薬は怖い。間違った使い方をすると、命取りになることもあるから。ここでは、先生と薬剤師さんが連係して、患者に接してくれているから、安心はしているが……。みなさん、頼みます！

九月五日（金）。手も足も爪が割れ、少し血も出る。先日、手の親指の二枚爪の上一枚がポロッとはがれた。今日は、足の爪がポロッ。ベッドに落ちているから、ビックリ！　取れた爪の下には、不健康そうなヒカヒカでボソボソの爪が生えてきていた。記念にという訳ではないが、日記帳に、取れた爪を貼る。

咳が多い。出始めると咳込む。のどもドライ気味で、出やすいのかもしれない。

夜、子どもたちが遊んでいるかたわら、大ちゃんママと私は巨大病院救命最前線のテレビ番組を見て、二人で泣いた。

骨肉腫の十四歳の男の子の話は、あまりにも身近で、治療の辛さ、親の気持ち、子どもの気持ち、みんなみんな手に取るようにわかった。

「絶対に死なせへん！……」「なんで、あんなにいい子が……」

その子のお母さんの言葉を聞いた途端、航平と重なって泣けてきた。まったくその通りだ。私だって、「航平を絶対に死なせへん！」。

まだ、この先、何が起きるかわからないが、いつだってそう思っている。

「死なせてたまりますか！」

番組の最後に、数か月後の男の子の姿が映った。元気そうだった。よかった。心からそう思った。

大ちゃんママと二人、ホッと胸をなで下ろし、テレビを消した。


九月六日（土）。看護師さんが、「航くん、お風呂、ＯＫになったで！」と、言いに来てくれた。みんな、「すごーい！」と、拍手。それだけ、回復しているということ。嬉しーい。航平も、ニターッ。でも、大きくなってからの航平は、特にお風呂好きではないから、今すぐにでも入りたいというようには見えなかった。「航平、明日でいい？」ときくと、「明日でいいわ」と、あっさり。やっぱり。

――でも、明日が楽しみ！

九月七日（日）。久々も久々。実に十か月ぶりのお風呂。ＣＶカテーテルのところに水が入らないよう、しっかりテープで貼ってもらい、いざお風呂場へ。航平、チャピチャピ、嬉しそう。「ママの裸ー」と、喜んでいる。皮膚が弱っているから、長湯は身体に応えるかもしれないと思い、二、三分ほどで出る。航平も、それで満足そう。ＣＶカテーテルのテープを貼ったり剝がしたりするのも、皮膚がかぶれたりしそうだし、体力を消耗するから、お風呂は週に二、三回というところ。航平は、お風呂から出て、とっとと着替え、一人で処置室へ。処置してもらいながら、看護師さんと話すのが楽しいらしく、ご機嫌。

まるっけ新聞

九月九日（火）。プレドニンの点滴が終了し、内服薬に変わった。一錠がなかなか飲めず、四苦八苦。薬を意識して、水が口からダダー。そして、ペッペッ。失敗。結局、水で溶いて、注射器で吸って、いつものように、あれこれ言って、一時間後にやっと飲めた。先が思いやられる。少し前、やっと薬がなくなったと思っていたのに……。トホホ。

薬は増えたが、点滴がすべて終了。看護師さんたちも、

「点滴、終わりやねえ。航くん、よくがんばったね。もう、退院かな」

と、ニッコリ。みなさんのお蔭です。感謝、感謝。でも、当の本人、

「航くん、ここのほうがいいなあ。だって、退院したら、学校行かなあかんのやろ?」

???　まだ、保育園だけど……。とにかく、航平にとっては、ここの生活が楽しいということなのだ。でも、それって、すごいことだと思う。辛いことをいっぱいしてきたのに、「ここがいい」と言えるのだから。でも、お母さんは、もう、ごめんだよ。病院って、やっぱり嫌なところだから。

航平のほうが大人に見えるよ!

しかし、事実、辛いことばかりではなく、楽しい思い出もいっぱいできた。家族をはじめ、人のあたたかさをたくさん感じ、こんな状況でも幸せとさえ思った。航平も五歳にして、親友が何人もできた。ここに来てから、お金では買えないものを、いっぱい、いっぱい手にした気がする。それらは、何にも代えがたい財産だと思う。皮肉だが、病気のお蔭かな?　とはいえ、病気に「お蔭」なんて、言いたくはない。

九月十日(水)。お兄ちゃんたちのところに勉強を教えにいらっしゃる、ひばり学級の南谷佳代子《みなたにかよこ》先生は、学童ではない航平にも、いつもよくしてくださった。紙に「(薬)のんだよ　よこまくこうへい」と、書いて先生に見せると、先生は丸をうったり、直したり、「ていねいにかけました」と、がんばったねシールを貼ってくださったりした。卓球も、パソコンも、図工も、いろいろ体験させてくださった。先生は、暑い日も寒い日も、毎日、毎日、一キロほど離れた小学校から、子どもたちのために来てくださっていた。とても心が広く、子ども一人ひとりの性格を考慮し、指導に当たるいい先生だ。私たち親子が南谷先生と知り合ったのは、靖くんと二人部屋だった頃。それからというもの、航平のこともいろいろと気にかけてくださった。

この日、子どもたちの教材である「〇〇新聞」を、私もなんとなく書いてみたくなり、先生に用紙を一枚いただいた。新聞（通信）を書くのは保育士以来。なんだかワクワクした。「どうやって書くの？　わからん」と、首をひねる子どもたち。「ようし、私が、お手本を見せてあげよう」なんて、たんかを切ってしまった。書くからには、私も真剣。そして、二日後、素敵な新聞が出来上がった。その名も「まるっけ新聞」（号外）。一言でいえば、大部屋のメンバーを紹介したもの。同じ境遇の人が読んで、元気になってくれたら……との思いを込めて書いた。大ちゃんママ、達ちゃんママも協力してくれた。

好評だった「まるっけ新聞」は、このあと約一年後、再開。新しく入院してきた家族へのメッセージ&情報通信として、号外のまま続き、さらに一年後、立派な新聞として誕生した。

九月十三日（土）。篠田先生の知り合いの中学生が、大部屋に手品をしにやって来た。助手に選ばれた航平。なんだか不思議そう。差し出した手の上で、玉が増え、えっ？　驚きで眉毛がキュッと上がる。少し難しい内容になると、今、何が起きているのかがわからず、逆にリアクションなし。何だ？　あれ？　ん？

わずか三十分ほどだったが、不思議な空間に入り込み、先生も大人も子どもも楽しい一時を過ごすことができた。病気であることを一瞬忘れていたように思う。

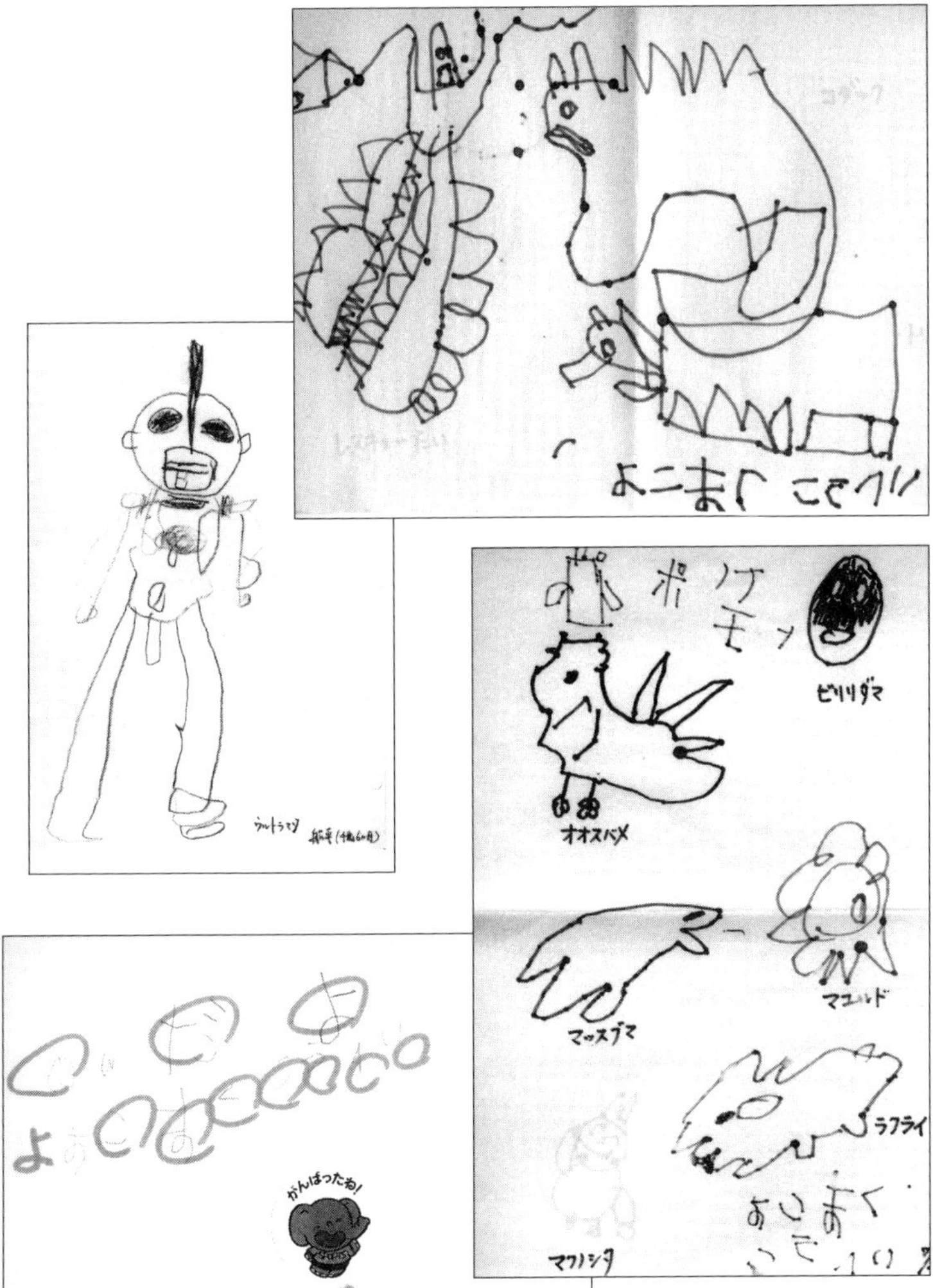

病院で書いた航平の作品

九月十四日（日）。とにかく、咳がよく出る。それにこの咳、なんだか普通でない気がする。心配で篠田先生に相談する。

「ＧＶＨＤの症状なら、呼吸困難になるで……。こんなもんじゃないよ」

レントゲンも、異常なし。問題なければいいが……。

体重が十一キログラムしかない航平は、骨と皮。咳をするとポキッと折れそうな感じ。身に応えている様子。

前回、三十八度のお風呂が熱いといった航平。ひょっとしたら、慢性ＧＶＨＤの症状の一つ、皮膚疾患？

今日は、ぬるま湯に、抱っこをしてゆったりとつかる。お湯を流すとき、「怖い！」「早く出よー」「吸い込まれそう……」と、航平。半分冗談だろうが、確かに、今の航平はガリガリだから、勢いで排水溝に吸い込まれてしまいそう。

募る不安

九月十七日（水）。久々の末梢血検査。痛いのを我慢して採血を受ける。検査結果は正常。やったね。肝数値はまだまだ高めだが、下がり傾向。黄疸数値も減。でも、ネオーラルの副作用として、ＢＵＮ（尿素窒素）が増。あちらが減れば、こちらが増える。フーッ。溜め息がでる。

昨日から、胸の音がヒューヒューいっているらしく、飲み薬と吸入がプラスされた。やっぱり、ただの咳ではないのだ。でも、薬をもらったし、これで治まるかな。

咳でえらいうえに吸入とあって、余計にむせる。航平イヤイヤ。

「航くん、鼻つまんで、面白ーい！　全然平気やよ」と靖くん。「あーん！」と大きい口を開けて、斜め前から指導してくれる。私より靖くんのほうがいいかもしれない。靖くんと交代。靖くんが吸入器を持つと、渋っていた航平が素直に「あーん」(微笑)。不・思・議！

一人部屋なら、ぐずるところだろうが、みんなが応援してくれているから、がんばれる。ほんとうに大部屋さまさま。そして、いい仲間。

またまた、サイトメガロウイルスが1。終わったと喜んでいたのに点滴が再開された。でも、残念がっているのは親ばかり。航平は何とも思っていない様子。ここまで来たら、一か月も二か月も同じこと！　しっかり治って、しっかり体力つけて、万全になって退院したい。自宅療養よりここのほうが絶対に楽しいだろうし……。

夜、なんとも悲しい出来事があった。がんの末期で自宅で過ごしていた二歳のYちゃんが、昨日の夕方再入院し、息を引き取った。航平が入院してから、三人目。現実の厳しさを叩き付けられているようで、胸が締め付けられる。航平は、大丈夫！　そう自分に言い聞かせているが、確信はない。それどころか、症状が出ているから、不安は募るばかり。

今夜は、実家に帰る予定だったため、義母と交代し、気が沈んだまま病院をあとにした。ハンドルを握ると、途端に涙が出てきた。たまらない。

このことを優真っち母ちゃんにも知らせようと、泣きながらメールを打ち始めた。しばらくして、「航くんには、優真がついている……」と言った言葉を思い出し、我に返った。そうだ！　優真くんが守ってくれている。それに退院話だって出ているのだ。前向きにならないと！　悪いことばかり考えていたら、がんばっている航平に失礼だ。ここまで乗り切ってきたのだ。航平なら大丈夫！　信じよう。まったく、私らしくないや。


Yちゃん、安らかに……。


九月十八日（木）。「何かあったら電話してください」と、昨夜義母にお願いし、交代した私。連絡がないところをみると、航平は落ち着いているのだとホッとし、昼過ぎ、病院へ向かった。でも、行ってビックリ。また呼吸が荒く、今さっき、レントゲンを撮ったと。結果は異常なし。くもり一つない。よかった。でも、安心はできない。原因がわからない。それも嫌なものだ。咳はトータル三か月になる。絶対に何かあるとしか思えない。

義母は、航平の異常に気づき、すぐ看護師さんに連絡し、レントゲンを撮ってもらったらしい。

サチュレーションは九〇〜九二パーセント。しっかりメモも取っていてくれた。ほんとうに頭が下がります。

寝る前、のどを触り「んー、んー」と、少し苦しそう。

「航平、お茶飲む?」ときくと、「飲む」と答えた。飲んだ後、スーッと眠っていく。

このところ心配で、私は、ずっと航平のベッドで一緒に寝ている。なんだか呼吸が荒い。肩で息をしている。あれこれ気になって、深夜まで寝られず。

第五章【悪夢】私の腕の中で……

呼吸困難

九月十九日（金）。これまでの入院生活で、もっとも悲惨な一日となった。篠田先生は、昼から航平にかかりきり。それもそのはず、航平は呼吸困難に陥り危険な事態。

正午、「おしっこー」と、いつもの航平。「うんこもー」と、そこまではよかった。みんなに「うんこやとー」と冷やかされ、いつもなら、お尻を見せて笑う航平が、怒って咳込み、そのまま変な呼吸になった。口をとんがらせたり、引っ込めたり、顔をしかめたり、鼻をひくひくさせたり……。その繰り返し。

「普通に息してみー。はい、吸ってー」と言った瞬間、興奮してパニックになり、ベッドを蹴って「これが普通なの！」と、激怒。明らかにおかしい。すごく苦しそうで、精いっぱい息をしようとしている。とにかく普通ではない。すぐに先生を呼ばなければ。大ちゃんママが「一大事だ！」と、先生を呼びに走ってくれる。

その場に居合わせた看護師さんが、さっそく酸素吸入してくれ、処置室へと移動した。緊迫した雰囲気。サチュレーション（血中酸素濃度、SpO_2以下「S」と略）八三パーセント。酸素が吸えていない。肩で息をして、胸も大きく出たり引っ込んだり。動きがはっきりわかる。呼吸が荒い。脈拍数一八一。

どう考えても、えらい。えらすぎる。

駆けつけた篠田先生は、段取りよく呼吸器の先生と耳鼻咽喉科の先生に連絡。酸素吸入をして呼吸が少し落ち着いてから、ファイバースコープで鼻やのどなどを検査。痛いだろうに、苦しいだろうに、航平はよくがんばった。なんだか見ている私のほうが涙目。レントゲンも異常なし。とってもきれいだった。航平の身に、いったい何が起きているのだろう。間違いなく、何かが起きている。

「とりあえず、個室に移ろうか。何かあったとき、大部屋じゃ、機械も人も入れないから……」

と、篠田先生。航平は、「いやや—、大部屋がいい!」と、大泣きする。

「すぐ戻れるで……。航平用に部屋確保しとくでな」と、篠田先生。ポロポロ涙を流す航平に、かわいそうなのと心配なのとで、私も泣けそうだった。心配していた大部屋のみなさんに話をすると、すぐに引っ越しの手伝いをしてくれた。「航くん、待っとるでな」と。ほんとうにありがとうございます。

どうして、こんなことに? 個室に移動した航平は線だらけ。足にも胸にもモニターが付けられた。

「たんぱく質の数値が下がったのと、サイトメガロウイルスがあってデノシンが始まったのとで、外泊ができなくなったから、航平、夕方から高カロリーの点滴をするでね」

そうだったのか、篠田先生、外泊を考えてくださっていたのだ。こちらは、咳もあるし、外も暑く、あわてなくてもしっかり治ってからでいいと思っていたが……。聞いた途端、あと少しだったのに……と残念に思った。でも、これを乗り越えれば、外泊も何も退院できるのだ。航平、もうしばらくの辛抱だよ。

少し前、私は、航平の体重減を気にして、高カロリー点滴にしてくださいとお願いをしに行ったが、「今の状態では必要ない」とすぐに断られてしまった。なんだか納得いかなかったが、外泊の話を聞き、謎が解けた。航平は体重減少があるが元気だったので、できるだけ口から栄養を取ってほしかったのと、一度高カロリー点滴をすると、すぐには止められず、低血糖になりやすく、危ないことになるから、外泊も見送りとなってしまう。だから、極力したくなかったとのことだった。

「航平、外泊させてやりたかったなあ……」

と、篠田先生がポツリ。先生、治すだけでなく、航平のことを思って、いろいろと考えてくださっていたのだ。嬉しい限りです。

この日、篠田先生は、心配して、頻繁に様子を見に来てくださった。

「呼吸器系は、正直怖いでねえ。命取りになるで……。今、考えられるのは、閉塞性細気管支炎。でも、現状、レントゲンきれいやし、悪い病気やったら、悪いまま。航平、ふだん元気やでねえ……」

でも、原因追及のため、さらに細かく調べようと、ストレッチャーに乗ってCTを撮りに行った。

夕方、心配して、飛んできた主人。仕事どころではなかっただろう。CT検査の結果が出て、二人で説明を聞いた。やはり、異常なし。呼吸器系のベテラン先生もOKサインだったとのこと。ますますわからない。原因不明。だとすると、精神的？　パニック症候群？

「そう考えてしまうと、大きな病気が潜んでいても、精神的と片付けてしまい危険」

と、篠田先生。納得です。今のところ、とりあえず安心？　でも、スッキリしないなあ……。

「命は助かっても、呼吸障害があると、ほんとうに辛いから、それだけは避けたい」

もちろんです。どこへ行くのも、酸素ボンベが必要だったり、もっとひどいと、家から出られなかったり……。いろいろ考えると、ほんとうに辛い。でも、命を救うために一生懸命の先生方だから、きっと航平を助けてくださる。そう思った。

落ち着いた航平に、家族みんな、ホッとした。

「とにかく、航くんに付いとったって。こっちはいいで」

「真紀が帰ってきたほうが大変やで」

なんて、両親に言われてしまった。それも、優しさゆえ。家族には、迷惑、心配のかけ通しで、申し訳ない気持ちでいっぱいだった。何としてでも元気になって、帰らないと。それが、恩返しだよね。

夜、航平の病状を聞いた他の先生方、看護師さんたちが心配して見に来てくださった。ほんとうにありがたいです。

落ち着いた航平だが、どうやら立ったとき、呼吸が乱れる様子。そして、興奮したときに、あの変な息遣い、表情になり、苦しそう。手足をギューッと硬直させ、顔は険しい。

夜寝るとき、「航くん、歩けなくなったら大変やね……」と、何気なく言うと、「いいやん。お母たん、抱っこしてくれるで」だって！　のんきな航平。そんなふうに考えられるのが、航平のいいところなのだが。主人にメールすると、☆俺は、肩車したる。何かあったら、いつでも呼んで。航平と離れたくない☆と返事がきた。うん。航平のためになら、何だってできる。二人ともそんな気持ちでいた。


次の日も、その次の日も、呼吸のたびに肩と胸が大きく動く。一生懸命息をしているといった感じ。寝ているときも、熟睡しているようだが、決してスヤスヤとはいえない。S九四前後。脈拍は落ち着いている。

日中、興奮すると例の変な顔つきになり、呼吸が乱れると、S九〇を切る。落ち着いていると、何事もなかったかのよう。

回診にいらっしゃった部長先生、じっくり胸の音を聞き、様子をうかがう。

「何でしょねえ？」

特に何か問題があるといった感じではないらしい。でも、しっかり症状が出ている。やっぱり、謎。考え込む部長先生に、航平は、

「何だかんだときかれたら、答えてあげるが世の情け。世界の平和を守るため、世界の……」

と、ポケモンに出てくる、ロケット団のセリフを言い、先生を笑わせる。

「大丈夫ですね！」

と、部長先生は航平と顔を見合わせ、ニッコリ。そう祈っています。

夜、とっとと仕事を片付け、やって来た主人。咳をするたびに「えーか？　大丈夫か？」と、心配してきくので、航平、憎まれ口をたたく。元気だったら、「その言い方なんや！」と、怒るのだろうが、反抗できるほど元気な航平に、主人は喜んでいた。

実家も母屋も妹家族もみんな心配している。

「いるものあったら、言いよ。食べたいもんあったら、持ってくで。近いもんやで」

「また、千羽鶴折ろうか。今日も、日吉神社にお参りに行って来たよ」

みんな、ありがとう。航平、がんばっているよ。


「大丈夫！　大丈夫！　♪航くんは元気マーン♪」

九月二十二日（月）。今日は元気も食欲もなし。何回か咳込み、えらそう。昼からは血圧が高くなり（一四〇／一一〇）、薬や今後の治療方法を変えることになった。篠田先生は、「ＪＡＣＬＳのメンバーで日本でも移植で一位、二位の実績のある病院のベテラン先生に相談したんやけど、そこで移植を始めて以来、慢性ＧＶＨＤで呼吸器系にきたのは知る限りでは三件ほどらしい。航平は違うことを祈るけど、もし、呼吸器系の障害なら、今から見切り発車で大量ステロイド剤を投与しようと思っている。でも、肺がきれいなのと、あと、血圧が高いと脳にくるから、ちょっと考え中。とりあえず、プレドニンを飲み始めてから悪化した気がするから、内服をやめ、点滴にするから」

と。ネオーラルの量も減らされた。なんだか、頭の中、ごちゃごちゃ。副作用だらけ。こっちがよくなれば、あっちが悪くなる。いたちごっご（嘆）。

とにかく、航平への負担を軽くしてやってほしい。

血圧は、利尿作用のある薬（ラシックス）を入れ、尿をいっぱい出し、下げることになった。どうか、うまくいきますように。今までだって、悪いなかにも、いいふうに、いいふうに乗り越えてきたのだ。今回だって、きっと大丈夫。航平、がんばれ！

夕方、血圧が下がり始め、ラクになったようで、ハイテンションの航平。篠田先生の前でもよくしゃべる。

私「先生も心配しとるんやで……」

航「大丈夫！　大丈夫！　♪航くんは元気マーン♪」

なんだか、こちらが励まされている感じ？　大丈夫ならいいが……。航平、えらいときは「えらい」と言っていいんだからね。

先「航平、夜、泊まりに来るで（夜勤）」

航「えーっ、先生と寝るの？」

すっとんきょうな航平。かわいい！　心が和むよ。

夜、航平、修史と颯大と電話で話す。ケラケラ、ケラケラ楽しそう。

「修ちゃーん！」「兄ちゃーん！」と、大声の出し合い。

「えーえーえーえー」と、颯大も参加。兄弟って、いいな！


夜中、そして朝方、おしっこで起きた航平はパニック。「おしっこー」「早く！」。手足にものすごい力が入る。ギューッ。苦しくて、苦しくて仕方がないのだろう。自分の手を握ったり、柵を握ったり……。ひきつけみたい。

その日の昼からは、何もしなくても、ひきつけのような症状になり、勝手に、手がビビビ……と上にあがってしまう。顔も引きつっている。

夕方、脳のCTを撮りに行く。航平一人で、指示通りにおりこうに受ける。ほんとうに感心する。

「終わったら、みんなの部屋覗いて来てもいい？」

大部屋のみんなに会いたくて仕方ない航平。

「いいよ」と、看護師さんからOKが出た。

個室に移動してからというもの、みんなも気にして「航くん、いつ戻ってくる？」と、先生や家族に頻繁にきいているらしい。ほんとうにいい友だちだ。

ストレッチャーに乗ったまま大部屋に行く。「航くん、大丈夫?」というみんなの問いに、私は思わず泣けてきそうだった。航平、早く大部屋に戻りたいね。航平も嬉しいというより、切ないのだろう。口を開かず、みんなを見つめていた。私はそんな航平を見るのが辛かった。たまらないよ。

「航平、また、大部屋覗きに来ようね」

涙をこらえるのに必死だった。

けいれんのような症状がいったん出始めると、十秒に一回の割合で、クーッと力が入り、しばらく続く。咳も、痰が絡んだ重たい咳。呼吸が乱れると、多呼吸になる。パニックになると、S九〇を切る。脈拍も一五〇。身体がカーッと熱くなるようで、氷枕を欲しがる。

こんな大変な思いをしているのは、航平だけではなかった。別室で二歳のかれんちゃんもまた、闘っていた。急に様子がおかしくなり、体温は三十三度。危険な状態……と。とにかく体温確保。エアコンをつけて病室を温め、かれんちゃんに着せられるだけ着せ、電気毛布をかけたり、お父さんとお母さんと交代で温めたりしていると。廊下で会ったお父さんは、首をうなだれ、とっても落ち込んでいた。

――お互い、がんばろう!

今は、それしかない。

航平とかれんちゃんの担当医である篠田先生は、この日、二人のために泊り込んでくださった。

不安だらけ、そして心配で眠れない。また呼吸困難になったら、と考えると怖い。一つも症状を見逃さず、早く解決策を見つけてあげないと……。横でスースー眠る航平。なんともかわいい寝顔。この寝顔を見ると、ほんとうに幸せになる。

——絶対に、守らなければ……。何が何でも守らなければ……。

「しーっ！」

九月二十五日（木）。

夜、「マーマー、航くん、またえらくなるのかな……」と、航平がきいてくる。「ならないよ。大丈夫。お母さん、守ってあげるから。航平も、咳き込んで、そのあと、おしっこだの氷枕だの、あーじゃ、こーじゃ、一度に言わないようにね。お母さん、早くやるから……。あれもこれもって急ぐで、ゲホゲホ咳が出て、苦しくなるんやで」と答えると、航平もわかっているようで、頷く。

とにかく航平を不安がらせてはダメ！　そう思った。私が心配していると、航平だって不安になる。大丈夫とは言い切れないが、心のケアだけはしっかりしてあげないと……。

「航平、大丈夫。気にしない。気にしない！」

どうか、何事も起きませんように。

この部屋に来て、航平を抱きしめることが増えた。手を握ることが頻繁になった。航平が苦しくなったら、そばでゆっくり呼吸し、気を落ち着かせ、一緒に呼吸を整えるようにしていった。フーッ、フーッ（お産のときのように……）。

祈っていた通り、何事もなく次の日の朝を迎えた。一週間ぶりの静かな朝。昨日、自信も根拠もなかったが、ただ、航平の気を落ち着かせるために、「大丈夫！」と言った言葉が、現実になった。よかった。

朝の回診で胸の音を聴いた看護師さんと篠田先生は、

「最後のほう、あれ？と思うこともあるけど、（音が）きれいになったね。すごくいい呼吸しとるねえ。だいぶ落ち着いてきた気がするけど……」

と。みんなで胸をなで下ろす。

しかし、いい状態は続かなかった。落ち着いていた朝とは裏腹に、昼近くから、けいれんのような発作が、五分～二十分と、計五回。苦しくなると、ヒーヒー言い、周りがうっとうしくなり、「しーっ（静かに）」と、人差し指を口に当てる。そして、もっと苦しくなると、「篠田先生、呼んできて！」と、早口で必死に叫び、さらに酸素マスクの方を指差し、酸素をちょうだい……と要求。けいれんのような症状が出て、勝手に右手が上がりそうになると、左手で押さえたり、頭をペッチっと叩いたりして紛らわそうとする航平。

「いいよ。ビビーってなっても」と言うと、押さえないでなすがままに……。航平なりに気にしているのがよくわかった。

二十分間呼吸が乱れたときは、居ても立ってもいられないくらい、ほんとうに苦しそう。全身にすごい力が入っている。咳込んで苦しいのではなく、息ができない感じがする。

この日を境に、発作が数回。そのたびに、S九〇を切る。胸の音もゼーゼー言い始めたので、薬を喘息対応のものに切り替えることになった。


九月三十日（火）。咳をするたびに胸やお腹に力が入る。体力も使うし、何にも集中できない。咳のしすぎで腹筋が鍛えられ、お腹が割れてきた気がする。すごすぎる。

今日も、呼吸が乱れ、S八三まで下がる。酸素吸入は、マスクがうっとうしくなり、途中ではずしてしまう。そのあとも、自分で必死に呼吸を整えようとするのがわかった。

「吸ってーとか言って！」と航平。勝手にしゃべると怒るのに、言わないと呼吸が乱れそうになるのだろう。「フーッ、フーッ」と声をそろえて言うと、落ち着いていく。十五分後、「ママー」と言ので、心配して「どうした？」ときくと、「あのたー、今、二十一やけど、あといくつ育てれば、二十四になる？」と、ポケモンのレベルの話。航平、呼吸困難で、苦しくても、ポケモンのことを考えているのだ。大したものだ！　感心するしかない。将来、大物になりそう。

血液検査も、レントゲンも異常なし。喜んでいいのかなあ。

昼、大部屋の靖くん、大ちゃんと大ちゃんママ、達ちゃん、そして、南谷先生、それぞれが書いた手紙を受け取った。どれも、航平を励ましてくれ、心あたたまるものばかりで嬉しかった。みんな、航平の好きなポケモンの絵も描いてくれていた。「待っているよ」と。用があって、大部屋に行ったときも、声をそろえて「航くん、いつ帰ってくる?」「早く戻ってきて……」。靖くんや大ちゃんなんて、「航くんがおらんと、つまらん」だって! 爺ちゃんも「心配で、心配で……」

嬉しいね。幸せだね、航平。いい人たちに出会ったね。病院にいて、幸せを感じることができるのだから。

颯大、一歳の誕生日

もうすぐ、颯大の一歳の誕生日。身体を起こすのが精いっぱいの航平が、座って、震える手で、荒い息遣いで、必死にお誕生日のメッセージと絵を書いた。

そうちゃん　たんじょうび　おめでとう
こうへい

颯大、喜ぶよ。颯大は、最高の兄ちゃんを持ったよ。こんなにえらいのに……。

航平が震える手で書いた颯大へのメッセージ

颯大、兄ちゃん、がんばっているから、もうちょっと、待っていてね。

夜、私と主人は久々に喧嘩をした。「一歳の誕生日は特別！　颯大の誕生日祝いをしてあげたい。数時間でいいから帰りたい」と私。「また、来年も来るんやで。毎年来るんやで……航平のそばにおったり！」と主人。もちろん、航平のそばにいたい。心配で仕方ない。でも、初めての誕生日くらい、顔を見てお祝いしたい。それに、航平が病気になって、先のことより、今のこと、今を大事にしたいと思うようになった。やるべきことは、そのときやっておかないと、後悔する気がした。

しかし、この思いは、すぐに消された。次の日の航平は、絶不調。こんな状態の航平を置いて帰れない。熱も出てきた。咳込みも十分～二十分と長い。多呼吸。S八〇台を四回も。血圧も高い。

颯大への思いは、ビデオレターに収め、主人に実家に持って行ってもらうことにした。


十月二日（木）。就寝中の脈拍も一一五と早い。航平と同じように呼吸してみたが、大人と子どもと違うにせよ、かなり体力を使う。えらいだろうな……。寝ていても、走っている感じだろう。

でも、今日の航平は朝から落ち着いていて、ポケモンのゲームをする。なんとも嬉しい姿。身体がえらいときは、ゲームどころではない。ゲームをするかしないかで、航平の調子がわかるほどだった。これは、颯大に会いに行けるかも……。まだ、望みをつなぐ私であった。

ところが、妹に、「姉ちゃん、航くんのそばにおったり！　精神的に来るのかもしれんし……。こっちはいいで、颯大の誕生会しっかりやったるで！　まだ、小さいでわからへんし……。姉ちゃんにとっては、初めてやで……っていう気持ちもあるやろうけど、帰ってこんでいいで！」と、キッパリ言われた。私は思わず泣いた。妹の優しさはもちろんわかる。でも、この気持ちは、母親にしかわからない！　そう思った。颯大が生まれて、一か月足らずで実家に預け、母親らしいことを少しもしてやれず、せめて、誕生日くらい……そんな気持ちだった。実家で、しっかりみてもらい、スクスクと何不自由なく育ててもらっているから、救われているが……。

ごめんねという気持ちでいっぱいだった。

しかし、十時四十分、もう迷う気持ちはなくなった。

航平は、また咳込み多呼吸。このままそばに付いていよう。ずっと治るまでここにいよう。命にかかわるなどとは思っていないが、これを乗り切らないことには、みんなで生活できない。この場を大事にしなければ。苦しんでいる航平を置いて行くわけにはいかない。颯大だって、言葉を話せたら「兄ちゃんに付いとって」と、言ってくれるだろう。そういう兄弟だから。相手を思いやる兄弟だから……。

ちょうど部長先生の回診があった。「吸うときに音がするのと、多呼吸でえらいですね」と言われたが、午後からの航平は元気。食欲はないし、横になったままだが、よくしゃべるし、洗い物やトイレで席をはずしても怒らない。私が実家に帰らないと知って、安心したのかもしれない。それとも、酸素（マスクはしないが）がつけっぱなしになって、安心したのかな。何はともあれ、調子がいいのはいい！　大ちゃんも遊びに来てくれ、ご機嫌。写真も撮る。ピース！　航平、ニッコリ！

夜、主人が颯大の誕生会のビデオと神戸《ごうど》のばあちゃん特製手料理を持って来てくれた。妹中心にあたたかい誕生会を開いてくれ感激した。ありがとうの気持ちでいっぱい。颯大よかったね。航平も嬉しそうに見る。航平、早く脱出しようね。がんばろうね。あとひと息だ！　ここで負けてたまるか！

「航くんは死ぬんやろ？」

十月三日（金）。夜中、クークー寝息をたてて寝ている。二時五十分、身体がかゆくて目覚め、咳込む。痰がすごく絡んでいる。偶然、朝早く（五時四十五分）篠田先生がいらっしゃった。胸の音が良くないからと、吸入することになった。

でも、吸入後いきなり咳込み、呼吸が乱れS八七に……。とにかく辛そうな航平。この日、痰の絡んだ咳に悩まされる。ヒューヒュー音もする。咳が頻繁でさらに体力が消耗しそう。それに、ボキッと骨が折れてしまいそう。

最近、ますます顔色が黒っぽくなってきた。トレードマークの前髪五本も抜け、今度は新しい毛がわんさか生えてきた。おっと、ヒゲも？　プレドニンとネオーラルの副作用らしい。

「もし、このまま免疫抑制剤を減らしても大丈夫なら問題ないけど、悪化するようであれば、大量ステロイドを使うこともあるから。でも、今の状態にそれを使うと命にかかわってくることもある」と、篠田先生から説明を受けた。勘弁して。まったく！　慢性GVHDに激怒。ここまできたのだから、クリアしないと。いちばん恐れていた呼吸器系にくるとは……（嘆）。退院どころか、外泊どころか、大部屋さえ戻れない。大部屋は後が詰まっているらしく、航平のスペースの確保が難しくなってきた。それを聞いた大部屋の子どもたちは「もう少し待って！」と、先生に抗議したらしい。みんな、ありがとう。涙が出てくるよ。このところ、泣いてばかりの私。泣きたいのは、航平なのに……。面目ない。

昼食も夜食も、食べるのはたったの五口。「もういい」と言う航平に、「もー、食べんと死んでまうよ！」と、こちらも必死。心を鬼にして言った。「いいよー」と、ニッコリ。はぁー？　そんなことを言う私も私だが、航平も航平だ。あんまりだ。みんながどんな思いをして、航平を助けようとしているのか、わかってなーい！

「死ぬって、わかるの？」

「うん」と、航平は目を閉じ、「こうなるんやろ！」

「寝とるんと違うよ。お母さんにも会えへんし、お父さんにも会えへんし……。みんなに会えんくなってまうんやで」

「知っとるよ。ほんで、航くんは死ぬんやろ」と、また、ニッコリ。

何だと！　死んでたまるか。それに、笑って言うことではなーい！　とっても冷静な航平。それはわかっていないから？　それとも、何かを感じて？　どちらにせよ、すごい会話。

夜、主人と私と航平とでUNO対決。航平、身体がえらいのに強い。病気にも勝ってよ！

十月四日（土）。朝方、呼吸困難。苦しくて苦しくて、酸素マスクも逆に圧迫されるようで嫌なのか、とってしまう。片手は私の手首、もう片手はベッドの柵をギューッと力いっぱい握って、呼吸を整えようと必死の航平。今までで、いちばん長い二十七分の発作。さらにその後、十分。航平、目を白黒させる。このときばかりは、ほんとうに焦った。呼吸困難がこれほど頻繁になると、悪いことばかり考えてしまう。優真っち母ちゃんではないが、こんなに苦しい思いをするくらいなら……いっそ……。考えてはいけないが、考えてしまう。涙が出てきた。でも、辛いのは航平なのだ。ちゃんと、支えてやらなければ……。悪い方向へと決まったわけではないのだから。

航平はあまりの苦しさに、急に起き上がったり、バタッと寝たり……激しい。身の置き場がないのだろう。めったに弱音をはかない航平が、「えらい、えらい」を連発する。よほど、えらいのだろう。見ているのが辛い。どこも悪くない私も、息ができないほど。胸が締め付けられる。

夜の楽しみで、内緒でかけていた電話。でも、今日は修史が出ても、「いい」と、携帯電話すら握らない。向こうから「兄ちゃんに代わって」と、修史の大きな声が聞こえてくるが、出る元気もない。「兄ちゃん、えらいって」と、代わりに言うと、「兄ちゃん、がんばってね！」と、修史。涙ものです。修史、ありがとう。兄ちゃん、がんばっているから……。

十月五日（日）。深夜〇時、S九三、脈拍一三三。血圧一一〇／九〇（上下の差がない、脈圧が低い）。

準夜勤の主任看護師のNさんが、「この時間なら、先生まだ起きてみえるだろうから、連絡しておくね」と。そして、「お母さんも、ゆっくり休んでね。この後、Yさん（ベテラン看護師）だし、ちょくちょく見に行くから」

安心して、休んで！という意味であろう。ありがとうございます。

二時、何度かサチュレーションが下がり、九〇に設定してあったモニターが鳴る。呼吸にムラがある。深く息をしているかなと思いきや、えーっ、息してる？　何てことも。「ん！　ん！」と、声が出たり、「クークー」と、言ったり。Yさんも、心配でそばについていてくださる。なんとか落ち着いている状態に、私も安心して深い眠りについた。いつ以来だろう。朝まで、ぐっすり眠ったのは……。

日曜日だというのに、航平を心配して、篠田先生は朝も早くから、診に来てくださった。

「やっぱり、慢性GVHDの呼吸器障害と考えられる。一時、よくなったでいいかなと思ったけど、ここ二日、最初の悪くなったときと同じ感じやねえ。明日、CT撮って、所見臨床判断して、ATG（馬の血清／ショック死の恐れあり）を使うか、パルス（大量ステロイド／高血圧になり脳梗塞などの恐れがある。また、免疫抑制され、サイトメガロウイルスなどの肺炎になりやすい）を使うか決めようと思う。どちらにせよ、リスクは背負うけど、呼吸器系の場合、やらんことには、命にかかわってくるで……」

一気に沈んだ。

「やっても、命にかかわるんですよね？」

口にしたくない質問だった。

「治ったっていう例もあるけど、六割は何らかの感染で亡くなり、あと四割は寝たきりになってしまうのが現状……」

話している篠田先生も辛そうだった。思わず、涙が出てきた。どちらにせよ厳しいってこと？ここまで、治ると信じてがんばってきたのに？　望みは？　もう、何がなんだかわからない。

数日前、航平が「死ぬんやろ」と言った話をした。すると、篠田先生は、ちょうど目覚めた航平に、「航平、何言っとる。そんな弱気になってどうするんや！」と、足をペチッ。航平、また、笑っていた。きっと、弱気で言ったのではない、そう思った。まだ五歳。「死」というものがよくわかっていなくて、恐怖心もないのだろう。

でも、航平は、私たちに会えなくなってしまうことをちゃんと知っていた。なのに、「いいよ」って、何がいいのだ。全然よくないよ（怒）。航平はよく、「お母たんがいないと、泣く！」なんて言っていたのに……。お母さんだって、航平がいないと泣くよ！

それに、最近、就寝時に天井を見て、「航くん、みんなのこと、ちゃんと空から見とるでいいよ！」と、言ったこともあった。また「いいよ」だ。しかも「空から……」って、何？　まさか、航平、「死」を感じ、万が一のときに、みんなを悲しませないために言っているの？　そんなことって……。でも、人のことを思いやる、気遣いの航平なら考えられなくもない。

でも、嫌だ！　考えただけで涙が止まらない。


気持ちよさそうに横でクークー眠る航平。今のうちに昼食をと思うが、食欲がない。昼過ぎに義父母が来て、状況を話した。そして、またみんなで泣いた。今日は、やたらと涙腺がゆるむ日だ。プレドニンを再開したせいか、航平はいつもより落ち着いているように思う。何回か咳込むが、すぐに治まる。いい感じなのだが……。

夜、主人がやって来て、日記を読み塞ぎ込む。眉間にシワを寄せ、険しい顔つきで航平を見ていた。「そんな顔で見ないの！」と、またまた怒ってしまった。これで、三度目？　暗くなるし、航平が心配するよ。

「ん！　ん！」と、あごで指示をする航平。違うと泣いて怒る航平に私が怒ると、「怒らないの！」と主人。私は、今までと変わらず接するから。今日の航平を見ていると、ちゃんと治りそうな気がするから……。大丈夫！　きっと、大丈夫！

めずらしく、航平から「UNOしよ！」と言ってきた。いいとも！

夜、洋画を見た後、寝ようとすると、「修ちゃんに電話する！」と。ええー！　もう十一時と思ったが、せっかく航平がかけようと言い出したのだからと、電話してみることにした。遅いのに、修史も電話を待っていたらしく、「兄ちゃーん！」と、嬉しそう。十分近く話をし、満足して切った。

両親も航平の元気そうな声に安心。

その後、妹からメールがあった。航平の病状がよくないと聞いて、居ても立ってもおられんから、また千羽鶴を折りだしたよと。みんなありがとう。がんばらないとね。

ダメと決まったわけではない。稀なら稀なりに、稀に治ればいいのだ。前向きにいこう！


「航くんも赤ちゃん抱っこしたいなぁ」


十月六日（月）。朝までぐっすり。落ち着いている。寝ているときは、S九四、脈拍一一〇。

大好きなポケモンを再開。一〇〇レベルを八体も持っていた（知っている人なら、「すごい」と驚くと思う）。よく育てたものだ。根気よく、大事に大事に育てていた。航平はもう立派なトレーナーだ。

昼三時、病院に来てくれた父母に見送られ、航平はCT室へと向かった。今日も指示に従って、おりこうに受ける。CT室に行く前、また咳込み「ブルブルする」と、航平。例の変な表情と手が勝手に上がってしまう症状に、先生も頭をかかえる。いったい何の現象？　誰にもわからない。

夕方四時、呼吸困難になり、S八〇まで落ちる。急に座り、すごい力で私の手首や柵を握り、目を白黒させ、苦しそうに息をする。がんばれ航平！　十二分後治まり、その後は元気、元気！　胸の音はきれいらしい。

今日は食欲もある。両家からの差し入れに箸をつける。しかも、座って、一人で！　嬉しい！

いい感じ（微笑）。

夜、テレビに赤ちゃんが映った。「航くんも赤ちゃん抱っこしたいなあ」と、ポツリ。

私「颯大おるでいいやん。早く元気になって退院しんと、大きくなってまうよ」

航「えーっ、航くん退院できるの？」

私「何言っとるの。退院できんと思っとったの？　この前だって、退院の話出とったんやよ。でも、咳が出て、帰れんくなったんやで……」

航平、ニッコリ嬉しそうに頷く。病は気から！　航平、退院して颯大をいっぱい抱っこしようね。

十月七日（火）。落ち着いている航平だが、どうやら吸入すると霧がのどに入ってむせるのか、逆効果なので、打ち切ることになった。ATGもパルス治療も中止。というか保留。やらないで済むなら、やりたくない。

ポケモンのゲームをやりながら、

「『ダマ』ってたー、だまーみろのダマだよなあ？」

？？？

ダマとはポケットモンスターの一種でかわいいアザラシ（ほんとうはタマザラシという名前だが、航平は、「ダマ」と親しみを込め、呼んでいた）のこと。

「『ざまーみろ！』のこと？」

「うん、そうそう。だまーみろやろ？」

ハハハハハ。航平は笑わしてくれるね。相変わらず、さしすせそがヘン。でも、「さしすせそを言ってみ」と言うと、ちゃんと言えるようになっている。

昼、篠田先生からCTの検査結果を聞いた。

「悪くなったようには見えん。呼吸器の専門の先生にも他の先生にも見てもらったけど、縦隔に少し空気が入っているから、咳をするたびに痛むのかも。吸うときにえらいのもそこに空気がいってしまうから。でも、これは咳が止まれば、治っていく……」

二日前の航平を見たら、もう悪いふうにしかとれなかったが、また症状が良くなってきている。どうやら嬉しいことに、航平は、まだ呼吸器の合併症として確定されたわけでなく、その気があるといった段階であって、早めに処置すれば治る!と。芽が出る前につぶせということらしい。ただ、航平の身体への負担などを考えると、やらなくていいのであればやりたくないと、先生もおっしゃっていた。なんとかプレドニンだけで、治まってほしい。

主人に、そのことをメールすると、「航平が治るんだったら、何でもいいし、何でもやる」と、メールに電話。きっと、心配で心配で、仕事も手付かずなのだろう。

大ピンチ

十月八日(水)。朝の四時半、「おしりが、かゆい」とポリポリ。おしっこが出てしまい、それでかゆかったらしい。そして、咳込み。「頭、熱くない！」？？？　アイスノン（氷枕）が冷たくないということなのだろう。冷えたものに交換。なんだか、興奮気味で、痰を必死に出そうとしている。そして、急に起き上がり、呼吸が怪しくなった。いつもの多呼吸。酸素が吸えていない。様子を見ること二、三分。これはいつもより長くなりそうと、ナースコールを押した。

予感はみごとに的中。こんなことが当たってもちっとも嬉しくないが、早めに対処ができる。酸素マスクを口へ持っていくが嫌がり、放す。全身にすごい力が入っている。ときどき起きたり、バタッと寝たり……忙しい。航平、苦しくてだんだんと意識が朦朧《もうろう》としてきた感じ。目も白黒させている。「航平、お母さんわかる？」と、ギュッと航平を抱き、きくと、パッチと目を開け、私を見た。大丈夫だ！　でも、サチュレーションは五八。恐ろしい数値。意識がなくても不思議ではない。このまま呼吸が止まっても不思議ではない状態だった。血圧一六〇。大ピンチらしく、看護師さんが急いで篠田先生に電話をかけに行く。S九〇になるまでに、四十分もかかった。死にもの狂いとは、こういうことをいうのだと思う。航平、さぞかし苦しかっただろうな。苦しいなんてものではないだろう。見ているこちらも息ができないくらいだった。

今日という日は、真剣に焦った。しかし、「航平、大丈夫だからね。ゆっくり息をして……」と、私は落ち着いていた。母の直感で、航平はこのまま、どうこうなる子ではない、と思ったから。

目覚めた航平は朝のことを覚えていた。今朝は血圧一一二／一〇八と、下が高い。

「悪くなったら踏み込もうと思ったけど、ひどい状態が一回だけだし、呼吸も落ち着いている。今やると、血圧がさらに上がって、脳に来る可能性があるから、一発は、止めておこうと思う」と、篠田先生。安易に踏み切れない。「ふーん、ふーん」と、声を出して、呼吸を整えている航平。脈拍が一四〇と速いから、えらいのかもしれない。

大好きなDポップ（ミスタードーナツ）が食べたいと言う航平に、義父がわざわざ買いに走ってくれた。先日も、航平が「ふりかけ欲しい」「カレーが食べたい」と言うと、「いいよ」と、主人がすぐに買いに行った。みんな、航平のためならすぐ行動。でも、口にするのは、ほんの数口。予想はできていた。みんなは航平の「食べたい」という気持ちを大事にしてくれたのだ。

夜の血圧一四三／一一〇と、高血圧。呼吸するたびに、胸が浮き沈みする。すごく体力を使っているだろう。ずっと、「ふーん、ふーん」と言っている。ときどき、ヘンな呼吸になると、自分で起きたり寝たりして調節し、もち直す。あまりにも苦しくなり、コントロールできなくなりそうだと、「手！」と、私の手首を握ったり、「暑い！」と、アイスノンをしたりして落ち着かせていった。

今夜の航平、また痰が絡んでいる。嫌な予感。顔色もここ二、三日前から、いちだんと黒くなってきている。何を意味するのだろう。

何はともあれ、「悪夢のような一日」が終わった。でも、安心はできない。いつまた呼吸困難に陥るかわからないから。

十月九日（木）。夜中も、三十分置きに咳込む。一分もしないうちに治まる。気が気ではない。朝四時四十五分。咳をしたかと思ったら、急にバッと起きて座り、呼吸困難に……。昨日と同じ時間帯。二、三分様子を見て、ロングコースになると判断し、ナースコールを押した。見極められるようになってきたこの感覚が怖い。

五時、S六七、脈拍一八七。何が起きても不思議ではない数値。寝たり起きたり、目も白黒。ほんとうに苦しそう。心臓も爆発しそう。必死に息をしている。回復してもS八〇止まり。しかも、三十分後、またS六七まで落ち、もがき苦しむ。酸素マスクを払いのけ、私にもたれかかり、私の手首をすごい力で必死にゴリゴリし、身体全体で息をしていた。十五分後、S九〇前後まで回復。電話から十分後の五時五十分、篠田先生がいらっしゃった。まずアタラクスPで落ち着かせ、ラシックスで血圧を下げていった。

八時半、篠田先生が、

「いろいろ考えた結果、プレドニンをまったく止め、パルスに切り替えようと思う。規定量は二五〇ミリグラムなんだけど、少し減らして……。高血圧、高血糖が怖いから、しっかりチェックしながら……。サイトメガロウイルスもまた出てきたから、デノシンも追加。ネオフィリンとフルタイドは意味がなさそうなので切る。三日ないし五日間続けて、そのあと、プレドニンと併用。副作用が怖いけど、やらんことにはもっと怖い状態になるから、賭けるしかない」

と。はい。航平、頼むよー。最大の危機。

十時半、部長先生の回診。「肺気腫ですかねえ……」（二酸化炭素が肺に溜まり過ぎて、息を吐けない状態）。そんな状態なら苦しいに決まっている。早くラクにしてあげたい。

看護師さんたちも、慎重に対処。念入りに血圧を測定し、パルス療法が始まった。祈るような思い。明け方の惨事で寝ていない航平。朝も、昼もウトウト。夕方目覚めた航平、寝たままの状態で、差し入れのおじやと牛しゃぶと味噌汁を口にする。夜、ラクそうな航平。「どう?」と聞くと、「ラクになってきた」と、ニッコリ。よかった。このまま落ち着いてほしい。

酸素テント

十月十日（金）。朝まで、何事もなくホッとする。篠田先生は、「朝五時ごろ、電話がかかってくる気がして目が覚めた。しばらくかかってこなかったから安心して寝たら、寝坊してまった……」と、笑っておっしゃった。お呼びたてすることなく朝を迎えることができて、よかった。

パルスが効いたのだと思いきや、九時半、また呼吸困難。しかも今回は一時間以上。柵と柵の間に足を出し、両手ですごい力で柵を握り、踏ん張る。話しかけると、うっとうしいようで「しー!」と、人差し指を口に持っていき怒る。意識はある。でも、目は白黒。唇も白っぽい。このままどうにかなってしまうのではと、頭をよぎるほどだった。回復までの時間が、あまりにもかかりすぎている。せめて、あの苦しさから解放できないのだろうか。手早く酸素テントが用意された。その間も、呼吸困難。総トータル二時間以上。ほんとうに死ぬような思いなのだろう。目の前で我が子が苦しんでいるのに、私は何もしてあげられない。ただ、後ろから支えているだけだった。時折、意識があるか心配で「航平、寝る?」「おしっこは?」と、わざと聞いてみたりした。「しー!」と、返ってくると安心。大丈夫。

この日、篠田先生は外来担当だったが、他の先生と交代し、航平のところにずっとついていてくださった。そして、今日も、引き続きパルスを行った。

昼からの航平、目を半分開けた状態で眠りにつく。「ん、ん、んーん」と、絶えず声が出る。胸の上下運動も半端ではない。でも、次第に呼吸も落ち着き、S一〇〇、脈拍一〇〇を保ち、六時間も寝ていた。

今日のレントゲンも異常なし。でも、部長先生は、「呼吸は前より悪くなっていますね。このまま悪くなることもあるけど、ちゃんと治る可能性もあります」とおっしゃった。絶対に治って!念のため、応急処置セット一式が部屋の隅に置かれた。命にかかわることもあるということだろう。嫌なものだ。部長先生に「赤いの(セット一式)来ましたか……」ときかれたが、「使わないことを祈ります。先生、持って帰ってください」と、私。「使わなくても済むと思いますが、ちょっとだけ、置いておいてもらおうか」と言われた。そして、「航ちゃん、ほんなら、ありがとうね」と言って、部屋を出て行かれた。診てもらったうえに、お礼まで言われて……。頭が下がります。

今日は血圧も落ち着いている。夜、微熱はあるものの、酸素テントをはずしてもS九七を保っていた。このまま続きますように。

十月十一日（土）。朝十時半、また呼吸困難。すぐさま酸素テントを用意してもらう。このテントのお蔭で、すぐに回復。「ん、ん、んーん」と、しばらく息遣いはおかしかったが、大事に至らず、ホッとした。狭い酸素テントの中で余計に圧迫される気がするのか、「ここから出ないと、死んでしまう」と航平。「ここから出たら、死んでまう！」と私。航平は、諦めテントに留まる。

篠田先生と麻酔科の先生がそろっていらっしゃった。そして、恐れていた人工呼吸の話をしていかれた。したほうがいいというのではなく、お勧めできないという話だった。意識もしっかりしているし、治まるのであれば、それでいい。あまり苦しくなったらするが……と。私は航平と一緒にテントの中に入っていたため、それ以上のことはよく聞き取れなかったが、人工呼吸＝植物人間ってこと？　そんなの嫌だ。そんなの考えられない。機械に動かされ、意思の疎通もできない状態、自分で呼吸することができないうえに、もう目が覚めないかも……。それでも、航平はいいって言うのかなあ。ほんとうに辛いよ。航平がこのまま死ぬなんて思っていない。ただ、不安になることはある。でも、立ち直る航平を見ていると大丈夫！と、希望が持てる。とはいえ、どこかで覚悟をしておかないと、という気持ちもないこともない。ここまで来て、また発病当初の心境だ。どん底。でも、目の前は真っ暗ではなかった。航平がしっかりがんばっているのだから。だから、きっと大丈夫、そう思って前向きでいられた。

夕方、「ママー、またえらくなったらどうしよう……」と航平。不安になるのも無理はない。またあの苦しみが……と思っただけで、息ができなくなりそう。でも、「大丈夫！」と明るく答えた。きっと、大丈夫！

私と航平は、疲れて夕飯時に寝てしまった。パッと目覚め、横を見ると、「ふーん、ふーん」と、声を出しながら寝ている航平がいた。なんていい顔をしているのだ。目、鼻、口……一つひとつとっても言うことなし！　男前で将来が楽しみ！　ここで死なせてたまるか。

航平、お母さんより先に逝ったら、怒るからねー！

ダメ、ダメ、ダメ

十月十二日（日）。朝までスヤスヤ。時折、嫌なガラガラシャリシャリの咳をする。咳込むときは胸を押さえてやらないと痛がる。骨に響くのだろう。また、ずっと隣で一緒に寝ていないと怒る。興奮させるのはよくないと思い、私もずっと横になる。朝ごはんも食べてはダメ。トイレも行ってはダメ。ダメ、ダメ。でも、私が横にいて落ち着くのなら、ずっとそばにいよう。

朝十時。一度は自分で持ち直した呼吸困難。二度目は、回復まで二時間半もかかった。航平は、苦しくて自ら酸素テントの中へと入って行った。顔も赤く、熱も三十八度五分ある。横になるとえらいらしく、頑として座っていた。やっと、横になったかと思うと、スーッと赤みが治まり、昼の三時には三十七度一分。脈拍も一六〇から一一〇以下になり、落ち着いていった。

血液ガスも正常。昨日は、二酸化炭素が身体に溜まっていたらしく、それが増えていくと命にかかわるところだったらしい。肝数値も、いつ以来だろうか、一〇〇を切った。白血球も赤血球も血小板も……みんな正常値。白血病自体は、もうすっかり治っている。少しずつでもいい、いい方向へ、いい方向へといきますように……。

今日も身動きができない私に代わり、義母が身の回りのことすべてをしてくれた。まるで私も病人のようだ。そんな私に、「お母さん、ちゃんとご飯食べとる?」「協力するで、言ってね」と、看護師さん。実際、精神的にも肉体的にも疲れていた。でも、苦しむ航平を目の前に、私がくたばっている場合ではない。気力のみ。

みんなは私をしっかり支えてくれた。お蔭で私は、すべての時間を航平に注ぐことができた。

夜九時、篠田先生が最終チェックにいらっしゃった。血圧一二〇/八〇、S九六、脈拍八五と落ち着いている。「航平、明日は何も起きん気がする。きっと、大丈夫やで」と言って、帰っていかれた。

次の日、先生の言葉通り、何事も起きなかった。ほんとうに嬉しい! 何度か咳込んでも、自己回復。ただ、今日は身体がえらいらしく、ゲームもせず、ずっと私の手首をゴリゴリして、横になっていた。

夕飯にカレーライスを注文（主人が買って持って来てくれた）。食欲は多少ある。昨日は義母の作ったカレー。今日はココイチ（COCO壱番屋）のカレー。このところ毎日カレー。ちなみに少し前までは、毎日チャーハンだった。口の中が荒れ荒れだが、刺激物も大丈夫らしい。薬も、ちゃんと飲めている。航平の食べている姿を見ると、ホッとする。

夜、航平と一緒に寝ていると、息をするたびに、ドーン、ドーンと振動が伝わってきた。それだけ、必死に呼吸しているということなのだろう。深夜、あれ？　静か。航平に目を向けると、胸が動いていない。えーっ、何？　五秒ほどして、次第に数値が上がってきた。よかった。一瞬無呼吸。少し前にも、こんなことがあった。様子を見に来てくださった看護師さんも、「前にもあったね」と、言っていた。普通の人でもあることだし、耳鼻疾患の人にはよくあることらしい。そうか。ちょっと焦ったよ。

今夜も妹夫婦は、航平のためにと千羽鶴を折ってくれていた。☆今日は（調子）よかったよ☆とメールすると、☆えがった。えがった。定雄くん（妹の夫）が鶴折っとるでかな?·☆と返ってきた。御利益ありあり。感謝、感謝です。

十月十四日（火）。夜中、二、三回、S八五を切り、モニターが鳴る。一瞬無呼吸状態になることもあり、私は心配で寝られず、航平の胸とモニターとにらめっこ。

朝方、「かゆい」と、レスタミンを塗る。咳がシャリシャリいっている。なんだかすごく嫌な音。

でも、胸の音はいいらしい。

朝十一時、処置室から「痛い！ 痛い！ 止めてー、キャーッ」と、女の子の声。少し前に呼吸困難になりかけたのを自分で回復したばかりだった航平は、イライラしてパニックになり、酸素テントを必要とした。息が吐き出せていない感じ。気管支がキューッと縮まっているような感じ。えらくて、苦しくて、「篠田先生呼んで！」「篠田先生に来てもらって！」と、必死の思いで三、四回、口にする。篠田先生がいらっしゃると、安心していた。それは、大人も同じ。先生の顔が見えると、助かったーという気になる。でも、その先生ですら、ほかに打つ手がなかった。ただ、「航平、大丈夫やでな。お薬効いとるで、大丈夫やで」と、必ず、航平の気持ちを落ち着かせてくださった。一発で治る薬があればいいのに……。

今日は一日中えらそう。肺もかなりお疲れの様子。そばにいると、聴診器がなくても、航平の身体の状態がわかるほどだった。酸素テントから出てもいいよと言われても、中にいたほうが安心するのか、出たがらず、食事も薬も睡眠も、みんなテントの中だった。

えらさ紛れに、私の手首を力いっぱいゴリゴリし続ける航平。おかげで血管はボコンボコン。かなり痛いが、それで気が治まるならと我慢した。それに、力加減で、航平のえらさがわかった。早くこの苦しみから解放してあげたい。移植前も死ぬような思いをし、あとも死ぬような思いをして、さらにずっと死ぬような思いをしなければいけないわけ？ 先が見えないのって、ほんとうに辛い。そして、怖い。

十月十五日（水）。ほぼ一日中、私は航平とベッドに横たわっていた。「手！」と、握られたまま。「お家に帰っていたの？」と、お母さん方にきかれるくらい、部屋から外に出ていなかった。しゃべりかけると怒るし、ほかごともできず、なんだか息が詰まりそうだった。でも、航平の苦しさに比べたら、こんなもの……。

今日は、数値的にもとっても落ち着いていた。サイトメガロウイルスも陰性。血液ガスも正常。航平、いい感じ！

「パパー、チャーハンと餃子と、お団子が食べたい」と航平。すごーい！　航平が話すと嬉しかった。しかも、食べたいなんて……。主人も喜んで買い出しに出かけた。でも、やっぱりえらいようで、「あとで食べるわ……」

夜八時、やっとの思いで、チャーハン二口、ラーメン四分の一、すまし汁十二口、みたらし団子二個強を食べた。

奇跡を信じたい

十月十六日（木）。夜中もずっと「ん、ん、ん……」と、声が出ている。特に呼吸が乱れることはなかったが、朝からえらそう。何かこもった感じがする。気管支がキューッとなって、息が十分できていない様子。航平も「えらーい」と。

「閉塞性細気管支炎と思ってもらって、まず間違いないと思います。でも、病気として完成されたわけではないから、パルスが効いてくるといいですね」

と、部長先生。ほんとう、心から祈っています。

今日も、トイレ以外は航平の横で寝ていた。手首をゴリゴリされても苦痛だとは思わなくなっていた。航平が安心できるなら……。朝ごはんも昼ごはんも、とにかく離れたらダメ。よほどえらいのだと思う。

昼一時五分、あまりのえらさに、「あー、もういやや！」と、突然大声を出し、「なんで、こんなんに　なってまったの？」と、必死に話す。「嫌やねえ……ほんとうに、なんでなんやろ」としか返す言葉が見つからなかった。誰か教えてよ。なんで航平がこんな目に……。散々えらい思いをしてきたのに……なんで……ほんとうに悲しくなってくる。見ているのが辛い。

えらさのあまり、「あああー、あああー」と叫ぶ。そして、「篠田先生呼んで来てー」

額からは冷や汗が、目も白黒させ、しどろもどろ。意識が朦朧《もうろう》としてきている。

三時三十五分、店の定休日で、様子を見に来た母を目にして、私はこらえていた涙が一気に溢れ出した。泣きたいのは航平なのに……。航平は、えらくて酸素のフラッシュ口に手をやる。

夕方四時、寝ていたと思いきや、いきなり「地震！」と叫ぶ。夢？　ポケモンのことだ！「技のこと？」ときくと、「うーん」「やられる！」「丸くなる」「マリル」「ひまわり」と、ポツリ、ポツリ。ポケモンの夢？　いや、まさか妄想？　幻覚？　意識は？　心配になっていろいろ尋ねると、しっかり答えが返ってきた。でも、何がなんだか……。何をしてもえらいらしく、身の置き場がなく、寝たり起きたりの繰り返し。しかも、すごく早い動作。

五時、今度は「ＯＫ！」と。ずっと、脈拍一五〇のまま。かなり体力を使っている。必死に呼吸をしているが、吐けていない。

五時四十五分、「ママ……」と言われ、「なあに？」と答えると、急に「死ぬー」と航平。えらさもピーク。口をパカーンと開けている。

「航平！」

すぐさま、篠田先生を呼んだ。五歳の子が、「死ぬ」なんて……。もう胸が張り裂けそう。

血液ガスの検査の結果、二酸化炭素が八五mmHgも。体中、二酸化炭素だらけ。危険な状態だ。

「すぐに手を打たなければ……」と、篠田先生。

主人にも連絡。まさか、こんな日が来るなんて……。

夕方六時五分、処置室にて、主人と二人、篠田先生から人工換気の選択を迫られた。時間もないから、今すぐ決めて、ＩＣＵで実行にうつさなければならない。ただ、やっても、リスクはある。やらなければ、間違いなく死んでしまう。やったからといって、予後も普通どおりの生活は送れない。自発呼吸ができない状態に加え、慢性ＧＶＨＤがついてまわる、など。聞いていて、ほんとうに悔しかった。必死にここまでがんばってきたのに……。治ると信じていたのに……。涙がどっと出た。

主人は、「やってください」と言った。

私は、途切れ途切れに、「もうえらい思いをするのはかわいそう……。止めてください。あとも治るというならまだしも、予後も悪いとわかっていて、やるというのはどうかと……。もう、十分苦しんだから……。これ以上、航平を苦しめたくない。航平が航平でないのは辛い。まだ意識があるし、しっかり生きているのに……それを絶つというのはどうかと思う。あんなに楽しそうだったのに……。退院目の前だったのに……。考えたくはないけど……空にいる優真くんのところで、また仲良く遊んでいたほうが、幸せなんじゃないかな……」と答えた。

いっぱいいっぱいの私の気持ちだった。究極も究極。究極過ぎる選択だ。しかも時間がない。実際、航平が苦しんでいる姿を見るのは、とてつもなく辛かった。人工換気にすれば、苦しさからは解放されるだろう。でも、意識も奪われ、その後も、いろいろなものを背負って生きていくことになる。しかも、その命ですら保証はない。

航平を手放したくない。ずっと一緒にいたい。奇跡を信じたかった。目の前で愛する我が子が苦しんでいるのに、どうして親である私たちが何もしてあげられないのだろう。代わってやりたい。思いっきり涙した。主人も、肩を落としていた。

「もう少し、考えよう」と、先生は時間をくださった。

病室に戻って、航平の苦しむ姿を見て、「俺が決めていいんやな」と主人。私はうなずいた。出した結論は、しない方向だった。治る可能性はゼロではない。ただ、航平にこのえらい状態のままでいろと言うのは、なんだか見殺しにしているかのようで胸が痛む。痛むなんてものではない。しかし、わずかだが希望を持っている。そして、航平が航平らしく、生きてくれたらいいなと思う。あとは、航平の生命力にかけるのみ。

親って、何もしてあげられない。そう思うと、涙が出て仕方がない。

夜六時三十分、ガーゼに浸したりんごジュースを、チューチュー吸って上手に飲む。おいしそうに三〇cc。その後も何回かに分けて口にする。意識がしっかりし始め、白黒させていた目も元通りになった。油断はできないが、航平だ。

夜七時二十分、いきなり、苦しい息遣いのなか、震える口で「戦闘不能!」と言い始めた。

「こら! 航平、何を言っとるの! 航平は強いから、勝つよ!」

しっかり!という意味で、私は額を軽くペチッと叩いた。すると、「相手が!」と。そうか、病気が負けだね。航平は勝ちだ。航平はいつだってポケモンのことが頭にあり、そのことを言っていたのだと思う。でも、こちらは、どれも今の状況に置き換えてしまう。

途中、いきなり、「おい、朋子!」と、義妹を目の前にして呼んでみる。みんな、心配で心配で固唾をのむ。

夜九時、この状況で、「何か食べる」と航平。みんな驚くばかり。航平、あんたはすごいよ。

「何がある?」

「牛しゃぶと、澄まし汁と、うどんと、サラダ」

航平の好物ばかり。両家からの差し入れだ。「いい食事や！」と航平。

「食べようか？」

「お食事言ってから……(食事の放送がかかってから)」

こんなときまで、なんて律義なんだ。でも、熱も三十八度七分あり、どうにもこうにもえらいらしく、「やっぱ、やめとく」と。そうだよね。


二回目の血液ガスの検査結果も朝と同じ値。二酸化炭素よ、身体から出て行けー！

今夜も「ん、ん、んー」と、声を出したまま眠る。夜中のおしっこが五ccと少なく、焦る(尿が出なくなると危ないと聞いたことがある)。でも、そのあと、シーツを替えるほどの大量の尿。なんとも嬉しい失敗だ。眠りは浅い。

この世から航平がいなくなるなんて考えられない。辛すぎる。こんなにかわいい子が……。どうして……(この日の日記は、涙で字が震える)。

主人も義母も心配で、泊まっていった。今日から泊まりで学会だった篠田先生も、キャンセルし航平に付いてくださる。部長先生も、遅くまで何回か診に来てくださり、航平を助けようという熱意が伝わってきた。ほんとうに、ありがたいです。私たちだって、あきらめたわけではないから！

十月十七日（金）。夜中も、「おしっこー」と、ちゃんと教えてくれる。二時半、草色の嘔吐。検査の結果、血が混じっていて、ストレスによる胃潰瘍かもしれないと。便も血混じり。

でも、今朝の航平、尿の色もよく、呼吸も落ち着き、昨日よりいい感じ！ よし、持ち直した。航平、よくがんばっているよ。今が、ほんとうのがんばりどころだ。

篠田先生に呼ばれた主人は、最後の切り札「ATG」をするということで、サインをした。また、えらい思いをするのか……。助かるためには仕方ない？ 仕方ないなんて表現、おかしいよ。ほかに、これ！という手段はないの？ 副作用として、インフルエンザのような症状が出るらしい。それに、ショック状態も……。試験的に少量で行った。

治まっていた咳が、また出始めた。熱も上がり、ぐったりしている。もう！（激怒）

何度か呼吸が乱れるが自己回復。でも、目がうつろで、反応も少ない。「一緒に寝よ」とも「手！」とも言わない。手首をゴリゴリしない航平は、おかしい。心配になり「航平？」と、呼んでみる。

夜八時、やっと我に返ったようで、「何する？」「何して遊ぶ？」

よかった。内心焦った。航平、深い眠りについていたのかな。

航「お腹すいた……」

私「何、食べる？」

航「何でもいい」

航「何して遊ぶ？」
私「UNO？　オセロ？」
航「何でもいい」
いろいろと話しかけてはくるが、何をきいても答えは「何でもいい……」
まだ、ボーっとしている。結局、えらさのあまり何もせずに眠る。
夜十一時半、また咳。嫌なシャリシャリした咳。かなりえらそう。でも、航平は、えらくてもパニックにならず、私が伝授した「声を出しながら、ゆっくり息を吐く方法」で、「ふーん」と上手に吐いていた。これで、少しずつ、二酸化炭素が出ていけばいいのに……。

生きる力――「がんばる！」

十月十八日（土）。とにかく、咳、咳、咳。身に応えているのが、見ていてわかるほどだった。

夜中、「ママー、えらい……」。その一時間後、テレビが見たいと言い、横に寝ていた私が邪魔で、手でどける。テレビをつけても、トロトロ眠っていく。

徐々に咳は減っていったが、熱が三十八度四分ある。S九九、脈拍一四四。

三時、だるそうな航平にかける言葉もなく「えらいねえ……」と、つぶやくと、航平は力強く、「がんばる！」と答えた。航平は必死に生きようとしていた。お母さん、泣いている場合じゃないよね。逆に励まされてどうするんだ！　がんばらないと！

そんななか、優真くんのことをふと思い出した。二人ともすごい。こんなに小さいのに、ほんとうにすごい。航平、その意気込みがあれば大丈夫。きっと、何とかなる。

便の処理をしたり、アイスノンの交換をしたりするとき、外気が酸素テントの中に入らないように注意が必要。慣れていない主人に「早く！　エアー（空気）が入る！」と言うと、航平はとっても落ち着いていて、「急がなくても、いいよ」と。いつもなら、ここでパニックになるのに……。焦っていたのは母ばかり。航平が違って見えた。このままゆったり、時が流れていったらいいのに……。

そんなふうに思った矢先、咳、そして、呼吸困難。

「バタフリー」「かわいい」「ピジョン」

また、ポケモンの名前が……。意識が朦朧《もうろう》としている。さっきの気持ちとは一変。もう、限界かもしれない。すぐに家族に連絡。

えらいなか、必死に気管支収縮抑制剤を吸う航平。横になった航平はフワーっと浮いているような感じで、目もうつろ。突然、「おわり！」と、つぶやいた。航平、何を言い出すの。ドキッとするじゃない。で、でも、やっぱりおかしい。私は、すぐさま航平を抱き上げ、ギューッと抱きしめた。そして、つけていたマスクをはずし、航平に思いっきり顔をくっつけ、ずっとお預けだったキスをした。

「マーマ……、パーパ……、ごめん……」

航平、いったい何なの……。何を言い出すの？

「あああああー」

えらさのあまりか、思いっきり叫ぶ航平。私と主人は、もう涙でグショグショだった。「ごめん」は、こちらのセリフ。このまま、私も航平と一緒に逝きたい。

すごく優しい声で、「マーマ……」と呼ぶ航平。あの甘い声で何度も何度も呼ぶ。「ここにいるよ。ずっとそばにいるよ」と私。「うーん」と、安心したような返事。主人は、「航平、お母さんを独り占めできていいなあ」と声をかける。抱かれている航平は、力が抜け、ダラーッとしている。

朝六時、言葉を聞き取れなくなる。ボソボソ……。その後、眠りについた航平は、時折、確認するかのように、「マーマ」と呼んだ。

目覚めるやいなや、「育てて！　ポケモン」「見せて」（ゲームボーイアドバンス）。航平、やっぱりポケモン命。「ラティオス育てて」「学習装置もたせて」「なんレベル？」など、しっかりしている。「これでいい？」ときくと、「いい」と航平。ポケモンに出会えて、ほんとうによかったね。

寝ているとき以外は、ずっと航平を抱いていた。完全に身を任せ、安心している。テントの外では、父母、義父母、義妹たちが見守っている。航平もみんなを見つめる。ふと、「お風呂に入りたい」とつぶやいた。点滴をとって、今すぐにでも入れてやりたい。とにかく、航平が口を開くごとに、みんな涙、涙、涙。航平が一生懸命なだけに、見ているのが辛い。

「航平、修史と颯大が来るまで、がんばって！」と声をかけると、「うーん」と、必死に頷く。このとき、またＡＴＧを行う準備がされていた。その点滴を見た瞬間、私は叫んでいた。

「これ以上、航平をえらくしないで！　やめてください！」

今、入れても効果が出るのに十日かかる。えらさは増すばかり。きっと、それまで体力が持たない、そう思った。篠田先生も、頷き部屋を出て行かれた。


八時半、ドアが開き、修史と颯大、妹家族が入ってきた。航平は颯大を見るなり、「かわいいー！」と、ものすごく大きな声で叫んだ。どこにそんな力があったのだろう。弟を想う航平の気持ちの表われだと思った。会いたくて、会いたくて仕方がなかった弟。間に合ってよかった。ちゃんと、意識があるときでよかった。「航くんの弟！」とみんなに自慢していた大好きな弟。航平は瞬きもせず、じーっと見つめていた。

九時半、血中の二酸化炭素は一〇〇mmHgを超えていた。いつどうなっても不思議ではない状態。でも、意識はしっかりしていた。目はうつろだったりするが、しっかり私の方を見て、「マーマ、マーマ」と連呼する。そして、はっきりは聞き取れないが、「篠田先生を呼んで」と。

みんながいるときはずっと私に抱かれ、身体を起こしている。家族一人ひとりと握手。そして、みんなは思い思いに、航平に「ありがとう」を言った。

「航くん、ほんとうにありがとう」

ありったけのありがとうを口にし、みんな大粒の涙を流していた。これで、お別れだとは思いたくない。でも、意識がなくなってからでは遅い。みんなそう思ったに違いない。航平からもらったものは、数えられないほどたくさんあって、お礼の言いようがないほど。今もなお、最後まであきらめずに、がんばって生きることを航平自らが教えてくれている気がする。

息遣いも荒く、口を開けたまま「スーハー、スーハー」、ヒクヒク肩で息をして、非常に危険な状態。ほとんどの人が、この呼吸になると一時間ほどで息を引き取ると言われた。死の宣告。このとき、腹をくくった。最後の最後まであきらめきれないが、覚悟せざるをえない状況だった。

呼吸の合間に、唇を震わせ「えらい」という航平。普通は、もう意識もないし、話なんてとてもできない、と篠田先生。航平は、がんばっていた。みんなの期待に応えようと、いや、航平自身、生きようとがんばっていた。

昼一時、少し眠る航平。その間、私は酸素テントから出ていた（健康な人がこの中にずっと入っていると、酸素過多で身体に支障をきたすから、気をつけるように言われていた）。眠っていたはずの航平も、隣に私がいないことに気づいて目を覚ましてしまった。横で寝て！と、ベッドをパンパン叩く。そして、かすれた声で、「えらい、えらい」と。そんな航平を見るのは、どうにもこうにも辛すぎる。篠田先生に、なんとかならないのかと相談した。

「すごいと思う。普通、このとき、もうすでに息が止まっている。航平の生命力やね。自分の意思で生きようとしている。お父さん、お母さんとコミュニケーションをとろうと必死なんやと思う。ここで何かを使ったら、そこで絶たれることもある」

そうだよね。えらいのは、気持ちの面だけでも、私たちが何とかしてあげなければ。ラクになるには、人工換気しかない。でも、人工換気をしたからといって、命の保証があるわけではない。ICUに移動するため、航平のそばにいられなくなる。それに今、意識もある航平をどうにかしてしまうのは嫌。最後まで、航平であってほしい。きっと、航平もそれを望むだろう。

昼二時、少し眠っていた航平が、目を覚ますと同時に起き上がり、座って目を開いたり、伏せたり……。そして、何やら必死に話したそう。「なあに？」と声をかける。ビニール越しに、周りにいる、父母、義父母、妹たちに訴える。でも、みんな聞き取れず、イライラした航平はベッドをバシッと叩く。もう声になっていない。口も思うように動いていない。言葉にならないが、それでも必死に何かを言っている。「〇〇食べたいの？」「ゲーム？」と、いろいろきいてみるが、違うらしく、航平が怒っているのがわかった。何としてでもわかってやりたい。そんななか、「わかった！」と紀ちゃん。

「『どうしたらいいの？』って、言っとるの？」

航平、うんと深く頷く。わかってあげられた。でも、嬉しさより、みんな航平の意外な言葉に号泣した。ほんとうにどうしたらいいの。どうにかしてあげたい。悔しい。ほんとうに悔しい。

「航平、どうもしなくていいよ。航平がしたいようにすればいいよ」

答えになっていない。航平、ごめんね。答えが見つからない。苦しむ航平に、

「航くんは、がんばり屋さんだから、がんばって！って言われると、がんばるんだよね……。今の航くんに、がんばってって言っていいのか……」と、母。みんな見ているのが辛かった。涙なくしては、もう航平を見ていられない。

生きようと必死にがんばる航平。がんばって助かるのであれば、何としてでもがんばってほしい。そうでないのなら、せめて苦しまずに、安らかに逝かせてあげたい。でも、助けたい。助かってほしい。航平が、こんなにがんばっているのだから、奇跡が起きても不思議ではない。

まだ、望みを捨てきれずにいた。

私は、とにかくがんばっている航平の姿をしっかりメモし、そして、カメラを向け、ビデオを回した。涙がとめどなく流れ、胸が張り裂けんばかり。成長記録は、いつしか命の記録になっていた。忘れてはいけない航平のすべて。しっかり収めようと心に誓った。そして、みんなも黙って協力してくれた。

また、発作。S五八。でも、自力でS九二まで持ち直す。こんな状況でも、航平はサッと自ら起き上がり座った。いったい、このパワーはどこからくるのだろう。ほんとうにすごい。ただただ感心するばかり。誰にも真似できない。篠田先生も部長先生も、「奇跡」だと。奇跡なら、これ以上の奇跡を……そう願った。

昼三時、航平と手をつないで寝た。そういえば、このところ私も、ゆっくり寝ていない。完全に爆睡態勢。私は、すごく幸せな夢を見た。

航平と二人、手をつないで、気持ちよくお昼寝。目を覚ますと、横には航平がいて、私を見てニッコリ微笑んだ。幸せだなあ。

うつらうつらして目を開けると、そこには、まさに闘っている航平がいた。そうだった（絶句）。

私が目覚めると航平も目を開けた。しかも、口はパカーンと開き、目にも力が入っている。険しい。苦しさを物語っていた。

「えらい、えらい。ママ、一緒に寝よ」

私も酸素テントの中は限界だった。身体がおかしい。でも、そんなことはどうでもよかった。航平がこんなにがんばり、そして何より私を必要としている。とにかく航平のそばについていたい。

私は、その後もずっとテントの中で過ごした。


何度も何度も数値が下がり、そのたびに自力で持ち直す。声には出ないが、「ハク、ハク」と口を動かして呼吸している。

夜八時四十分、急に起き上がった航平、「みんなに会いたい……」と。航平の思いをしっかり聞こうと必死に耳を傾けた。今度は一回でわかってあげられた。でも、みんな帰ってしまったあと。

修史や颯大も、もう寝る時間だ。それに家族みんな、朝から夜まで、ずっとこの病院にいて、何度も航平に会いに来てくれた。

「航平、明日の朝、すぐに来てもらうようお願いするから、待っててね」

航平、小さく頷く。自らみんなを呼ぶなんて、まさか……。勘が鋭い航平。子どもとはいえ、また何かを感じたのかもしれない。でも、航平はがんばる。きっと、今夜も乗り越える。明日、みんなに会うのを心待ちにして、がんばるに違いない。私の直感だった。

夜九時半、もう遅い時間なのに、主任看護師のNさんから航平の話を聞いた元担当看護師の杉本さんが、駆けつけてくれた。退職後も何度か様子を見に来てくださった杉本さん。見るに耐えない状況でも、冷静さを装い「航くん、がんばってね」と、エールを送ってくれる。ありがとうございます。航平は、まだまだがんばると思います。

夜十時半、もうサチュレーションは九〇を超えなくなっていた。でも、一気に下降しないのは、その状態に慣れたから？　といっても、えらいものはえらい。どう考えても、えらい。顔と足にむくみが出てきた。意識はしっかりしている。

航平を抱きしめ、「航平、大好き！」というと、いつもの「しー！」が出て、人差し指を口に持っていく。えらくなってから、この「しー！」が挨拶代わり。まだ、ゆとりがある。

「ママ……お母さん」とつぶやいて、ビデオを指差した。ポケモンのビデオを見るが、ときどき、意識がフワーッと遠のいていく感じがする。

一度帰った父と妹の旦那さんが来てくれた。「間に合ってよかった……」と、千羽鶴を片手に……。なんとお礼を言っていいやら……。今朝も病院に向かう途中、妹たちは泣きながら折ってくれていたらしい。

意識が朦朧《もうろう》とするなかで、テントの外側に掛けた千羽鶴を、必死に触ろうとする航平。そして、また起き上がり、一生懸命何かを訴えかける。

「いえ?」

違う。わかってあげられなかった。

声には出ないが、「カッ、カッ、カッ」と口を動かして呼吸している。ほんとうにえらそう。見ているのが辛い。航平、お母さん、何をしたらいい? もう、吐き出せない二酸化炭素を口から吸ってやりたいよ!


「あっ、あっ、あっ……あっ、い……とう」(ありがとう)

十月十九日(日)。今夜の準夜勤は航平の大好きなAさん。

「いつ逝っても不思議じゃないんですよね?」

と、尋ねると、コックリ頷かれた。そして、

「夜、家族三人で、テントの中で過ごしていいよ」

と、酸素量を増やし、家族の時間を作ってくださった。主人も私もさんざん泣いたはずなのに、テントに入った瞬間、どっと涙が……。いつこの状態が終わるかもしれない。そう思うとやりきれ

なかった。覚悟をしていると言っても、割り切れるものではない。航平ではないが、どうしてこんなことになってしまったの？　少し前まで、卓球にも行っていたし、お風呂にも入れて、元気だったのに……。退院だって、できるものだと思っていたのに……。慢性ＧＶＨＤが憎い。

先生方も夜遅くまで、診に来てくださった。「航平！」と篠田先生が呼ぶと、必ず、航平は先生の方に目をやった。「大丈夫やな」と、先生。意識を確認していらっしゃるのだろう。

そんな篠田先生を、航平は信頼しきっていた。先生なら何とかしてくれると。先生もまた、我が子のように思ってくださり必死だった（後で聞いた話だが、先生も手の施しようがなく、部屋に戻って、悔し涙を流していらっしゃったらしい）。親としては嬉しい限り。航平、いい先生に巡り会ったね。でも、先生だって、生身の人間。どうしようもないこともある。一人の命を救うために、みんながこんなに一生懸命なのに……何より航平本人がこんなに必死にがんばっているのに、神様って、やっぱりいないよ。

酸素テントの中から、必死にＡさんに訴える航平。

「いい？」

さっきと同じだ。そうか、「いえ」ではなく、「いい？」。酸素テントの外へ出ていいかときいているのだ。

「外に出ると、余計に苦しくなるから、中にいないとダメだよ。その代わり、お父さんとお母さんが、航くんの方に行くでね」と、言われ納得。主人と私は、深夜一時十五分から二時間ほど、航平とともに酸素テントの中で過ごした。仕事、仕事だった主人も、いざというときは、すぐに駆けつけてくれた。そして、周りのみんなもそれぞれ協力してくれ、私は片時も離れず航平に付くことができた。これが、退院前の最後の病院生活の夜だったら、どんなにいいことか。

この日、義母と義妹の朋ちゃんも、家にいても気が気ではないと、プレイルームで泊まっていった。航平には、みんなが付いている。いつだって、そばにいるから、安心して。

深夜一時三十分、意識がしっかりし、ポケモンのビデオを見る航平。主人が書いたメモに「すごい！」とあった。

二時四十五分、航平が何か必死に話そうとしている。「あっ」「あっ」「あっ」と聞こえるが、思うように呼吸することができず、なかなか言い出せない航平。

「あっ、あっ、あっ……あっ、い……とう」

ありがとう？　主人にも私にもそう聞こえた。

「航平、『ありがとう』って言ったの？」

航平、こっくり頷く。もう！　涙が滝のように流れ出た。「ありがとう」はこちらのセリフ。

「航平、ありがとう。生まれてきてくれてありがとう」

「守ってあげられず、ごめんね。でも、ママ、ずっと航平のそばにいるから……」

体温三十七度七分、S八五、脈拍一三〇、血圧一三六。

朝四時、私は航平が寝ているうちにと、そっとトイレに行った。隣に私がいないことに気づいたら、航平は不安に思うだろうと、急いで戻った。ドアの向こうには座って待っている航平がいた。まさか……とは思ったが。

そのあと、サチュレーションが七二まで落ちた。「航平、抱っこしようか？」と声をかけると、「うん」と頷いて手を差し伸べてきた。私は、ギューッと抱きしめた。ほんとうに、このまま逝ってしまうかも……と思うようなことがたびたび。でも、航平は、ちゃんと次の日の朝を迎えた。

朝方のように、トイレに行って戻ってくると、航平はまた座って待っていた。「みんなのことも、待っているの？」ときくと、大きく頷く。それから、航平は少し眠った。

パパメモ［航平、真紀に抱かれ、気持ちよさそうに眠る］

ずっとお母さんのそばにいて

朝八時、家族が到着。「航平！　修史も颯大も、みんな来たよ」と言うと、航平、身体を起こす。航平って、すごすぎる。こんなときまで、なんて律義なのだろう。どうしてそこまでできるの？五歳だなんてとても思えない。修史、颯大、貴莉ちゃん、夏ちゃんもまた、何かを感じ、早起きしたらしく、起きるやいなや「航くんに会いに行く」と言い、急いで出発したらしい。相通じるものがあるのだ。すごいと思った。見えない絆。

でも、こんな形でみんなと会うことになるなんて思ってもみなかった。惨《むご》すぎる。こんなことになるのなら、もっと前に、修史や颯大に会わせてやりたかった。あんなに会いたがっていたのに……。退院すれば、どれだけだって会えると思ってがんばってきたのに……。航平は、またみんなと握手をした。でも、その手に力はない。颯大を抱きたいようで、触ろうとする。何とかして抱かせてあげたい。でも、ぐずる颯大に、また先延ばし。二人はビニールカーテン越しに見つめ合った。一歳の颯大の目にも、兄ちゃんのがんばりが、しっかりと映っていることだろう。「ぼくの兄ちゃんは、すごい！」って。

大部屋のみなさんも来てくれた。

「かわいそうで、見てられん……」

「なんで、こんなふうになってまったんやろう……」

人なつっこく、まわりを幸せな気分にしてくれた航平は、みんなにかわいがってもらった。私たちは航平がいるだけで元気になれた。まさに太陽のような子だった。航平の存在は、ほんとうに大きい。

朝九時、二酸化炭素は一二〇mmHg。すなわち、体中が二酸化炭素だらけで、限界だということだった。生きているのが不思議なくらい。しかも、意識があるのは常識では考えられないほど。「すごい」としか言えなかった。しかし、航平であって航平でない姿に、とにかく見ているのが辛く、涙ばかりが出る。生きよう、生きようと必死にがんばっている航平に、もうがんばらなくていいよと

言うのも辛かった。でも、遠く空を見つめる航平に、

「航平、優真くんに会ったら、いっぱい遊びーね。ずっと、ずっと遊んでいいからね」

そう声をかけた。すると、航平は、「うん」と頷いた。こんな日が来るなんて……。こんなセリフを言うなんて……。みんなで号泣した。

「すごいですね。ほんとうにすごいです。生命力というか、生きる力なんでしょうね。こんなこと、初めてです」と、部長先生。一歩二歩さがり、真剣な眼差しで航平を見つめ、そう言われた。今日担当の看護師Yさんも、私たちの前では、グッと涙をこらえ、ナースステーションに戻って、大泣きしていらっしゃったらしい。

朝十時過ぎ、大ちゃんが、励ましのカードを作って持って来てくれた。それには、大好きなポケモンの切り抜きがいっぱい貼ってあった。航平と握手をした大ちゃんが「航くん、またね」と、手を振ると、航平も、下のほうでゆっくりと手を振り返した。どこまで、すごいのだ！　驚きと、感動でまた涙が出てきた。航平、最高！　こんなにがんばっているのだから、まだまだ何とかなりそうな気がする。

この後、大部屋に戻った大ちゃんは、大泣きしていたらしい。子どもながらに、悔し泣きをしていたと。航平のことをずっと心配してくれていた靖くんは、自家移植前のため、隣の個室に移って、末梢血を抜いている最中だった。気持ちが不安定になっても良くないということで、航平の状況を知らせないでいた。

誰かが来るたびに、必死に体を起こす航平。話しかけるが、だんだん反応がなくなっている。目も口も開いたまま。S六六、表現の仕様がないほど苦しくて苦しくて、仕方ないのだろう。横になると、S八八まで回復。航平は、そうやって少しずつエネルギーを蓄え、また起き上がった。

眠っている航平が、なんだかとっても大きくなったように見えた。背が伸びた？　巻き尺で測ってみると、一〇八センチになっていた。移植前から、四センチも伸びた。航平、成長したね。体重は、二歳児並みだけど。でも、今の航平のがんばりは大人並み。いや、大人以上。誰にも真似できないよ。

朝十一時半、ベッドの頭上のネームプレートのところにお守りのように飾ってきた兄弟三人の写真をじーっと見つめる航平。手に持たせると、しばらく眺め、裏返した。以前、大好きだったウルトラマンのシールが貼ってあったのを思い出したのか、表裏くるくる回して見る。でも、そのうち、意識が遠のき、手に力もなくポロンと落ちた。一つの動作が終わると、少し休憩する航平。舌はクリーム色でツルンとしている。潤いはない。血の気がない。

両家の祖母が到着。

「航くん、よーがんばった。ほんとうによくがんばった。航くんはすごいよ」

みんな、必死に声をかけた。苦しむ航平に、誰もが、さらに「がんばって」と言っていいのか、

「もう、がんばらんでいいよ」と言っていいのか……複雑な気持ちでいた。正直、言葉を失う。

昼十二時、「マーマ」と、元気だった頃には聞いたことのない、すごく優しい声。かすれて、声

にならない声だが、私には、この「マーマ」がしっかりわかった。

「なあに？　航平……」

航平は寝たまま足を何回も組みかえる。

貴莉ちゃんが部屋に来ると、航平は、必ず自ら体を起こして座った。必死の思い。S七〇、脈拍一三〇。じっと見つめ合う二人。言葉はなくても、十分なのかもしれない。生まれたときから、兄弟のようにに育ち、お互いに特別な存在だった。楽しい思い出がいっぱい。入院してからも、いつも励ましてくれていた。そんな貴莉ちゃんが、今こうして、そばで応援してくれている。航平はまたがんばった。S九二まで自力で復活。「すごい」以外の何ものでもない。

「あー、あー」と、また何かを訴えている。でも、もうわかってあげられない。

やりきれない。

航くん、こんなにがんばっているのだから、何か助かる方法はなあい？　そんなふうに言っているのかもしれない。そう思うと、居ても立ってもいられなかった。航平がえらい思いをしているのを見るのは、たまらない！　ほんとうになす術《すべ》がないの？　今の私たちは、ただ、航平が息を引き取っていくのを待っているようで、ほんとうに嫌だ……（嘆）。

小さい頃から親思いの航平。特に母親思いで、少しでも生きて、そばにいようとしてくれているのかもしれない。そんな航平をほんとうに誇りに思うよ。

お願いだから、ずっと、お母さんのそばにいてよ……。

航平が最期まで見つめていた兄弟3人の写真。颯大の顔がよくわかるように、右下にシールプリントが貼ってある

静かな最期

昼三時、尿の感覚はしっかりしていて、「してもいいよ」と、溲瓶を用意すると出た。それから航平は、久々に私の手首をゴリゴリさせて眠った。このとき、思った。人工換気をしなくてよかったと。こんなに意識がしっかりしている航平を、こちらの思いで絶ってしまわなくてよかった……と。航平の「ありがとう」は、そういう意味だったのだろうか。もし、それに応えるがごとく、がんばって意識を保っているとしたら、少しでもいい思い出を作ってあげたい。「マーマ」と、呼ばれるたびに、私は「なあに？　航平。ママ、ちゃんとそばにいるよ。ずっと、そばにいるよ」と、耳元でささやいた。主人も、「真紀、そばにおるでな。ずっと、航平のそばにおるでな。航平はいいなあ、真紀を独り占めできて……」と声をかけた。

とにかく安心させたい一心だった。ずっとそばにいたい。航平と離れたくない。

夕方五時、父が主人と私に夕飯を持って来てくれた。そういえば、このところ、一日一食。まったく食欲がない。こんなときに食欲があるはずがない。でも、今ここで私が倒れたら大変。絶対に倒れるわけにはいかない。そう思い、無理やり押し込んだ。味がない。のどを通らない。こんな食事は初めてだ。

颯大が部屋にやって来た。何としてでも颯大を抱かせてあげたい。再度チャレンジ。ビニールカーテン越しに航平の両手の上に颯大を置いた。その姿に、みんな、たまらなくなり大泣きした。弟思いのいい兄ちゃん。もう後がないのかと思うと、辛い。こんないい兄ちゃんを修史や颯大は失ってしまうのだ。こんないい子を私たちは失ってしまうのだ。気が変になりそう。

それからも、航平は誰かが部屋に入ってくるたびに起き上がった。そして、私がトイレから戻ってくると、必ず座って待っていた。

六時、帰っていく貴莉ちゃんたちと握手。後で、航平の目に涙が浮かんでいたと主人が教えてくれた。このとき、航平はみんなに、何かを必死に訴えかけていたが、わかってあげられなかった。

六時半、「見せて……」と、ポツリ。貴莉ちゃんが折ってくれた鶴を見る。その後、急に起き上がった。寝の体勢から、横を向き、四つんばいになり、「えいっ」と言わんばかりに力を振り絞り、起き上がった。S六四。こんなに強い子が、この世の中にはいるのかと思うほど。命が惜しくて、惜しくて仕方がない。

神様、こんなにがんばっているのだから、お願いだから助けてよ。

私と交代し、少しの間テントの中に入っていた主人は、涙で、メガネもマスクもビッショビショだった。

パパメモ［三十分ほどテントに入っていたが、出るとフワフワする。酸素濃度三七パーセント。五〇パーセントのときに入っていた真紀は何や？］

夜七時三十五分、サチュレーションが七〇前後になってきた。むくみがひどい。手にも力がまったくなし。クターっとしている。おしっこは、オムツの中で二五グラムほど。

航平は、酸素テントの上に置いた兄弟三人の写真をずっと見つめていた。篠田先生がいらっしゃって、「航平！」と呼ぶと、すぐに先生の方を見た。「すごいぞ、航平」と先生、絶賛。冷静そうだった先生も、ナースステーションに戻られ、大泣きされたらしい。

八時五十五分、航平、またもや自分で起き上がる。千羽鶴や、折り紙で作ったポケモンの飾りを見る。できることなら、テントの外に出してやりたいと、酸素マスクに挑戦するが、一秒ほどし、怒った顔つきでマスクを剝ぎ取ってしまった。圧迫感があり、余計に苦しく感じたのだろう。テントに戻り、安心する。テントにいれば、大丈夫……と。でも、それからは、テントがあってもなくても同じ感じになってきた。サチュレーションが六〇を切り始めた。

昼間、そして、先ほど、大阪の親戚の人たちが駆けつけてくれた。航平を愛してくれる人が、みんなみんな会いに来てくれた。でも、今日まだ会っていない人がいた。義妹の紀ちゃん。夜九時十分、仕事を済ませた紀ちゃんが、駆けつけてきた。まだ、息をしている航平に安心。「よかった……」と。それからは、どんどんサチュレーションが下がっていった。航平は家族全員に会うまで、待っていたのかもしれない。生まれるときも、主人を待っていた。そして、今度は、紀ちゃんが来るまで待っていたのかもしれない。

航平が眠っている間、紀ちゃんに状況を話し、その後、私はがんばる航平の姿（眠っている）をビデオに収めた。すると、航平は最後の力を振り絞って起き上がり、私を見た。すぐさま、ビデオを投げ捨て、航平の元へと駆け寄った。

航平、どこにそんな力が残っているの？　すごすぎるよ。倒れそうになる航平を、私はしっかり抱いた。思いっきり抱きしめた。この手で、私の腕の中で、航平を看取ろう。

いつも、そばにママがいる。そう航平の脳裏に焼きつけ、目に焼きつけ、安心できるように……。

九時二十七分、先生、看護師さん、そして家族が部屋に集結した。緊迫した雰囲気。みんな涙が止まらない。サチュレーションが四〇を切った。それでも、航平は意識があった。

「航平、ずっとずっと航平のそばにいるからね」

「安心して眠っていいよ」

「航平、大好きだよ……」

航平は頷いた。目もしっかり開いていた。

九時四十五分、突然、大ちゃんがやってきた。「はい」と、航平に大部屋のみんなからのメッセージ付きの「キモリ」（ポケモン）のぬいぐるみを渡してくれた。もう、意識もなさそうな航平。でも、「キモリもらったよ」と言うと、航平はニコッと微笑んだ。ああよかった。わかってくれたのだ。

航平は、最後まで家族やポケモンのことをわかってくれた。そして、先生や大部屋のみんなのことも……。大ちゃん、みんな、ありがとう。

九時五十分、S二八。五十三分、S二〇切る。五十四分、S一〇切る。その間も、私は「ママいるよ。航平のそばにずっといるよ」と、耳元でささやき続けた。

九時五十五分、Sゼロの数字を見た。倒れないようしっかり頭を支えた。二、三回、空気を吐き出すかのように「ウグッ、ウグッ」。そして、しばらくして呼吸が止まった（呼吸が止まっても、心臓は十分近く動いていた）。

航平は私の腕の中で、スーッと目を閉じた。静かな最期だった。

航平、死んでしまった。ほんとうに逝ってしまった。悲しみが込み上げてきた。悔しい。悔しくて仕方がない。もう航平と話せないし、遊べない。何もかも絶たれた。大好きな航平が、この世から消えてしまった。気が狂いそうだ。でも、一方で、航平、もうえらい思いをしなくてもいい。まずい薬だって飲まなくていい。採血だってないし、痛いことは何もない。そう思って、ホッとした自分もいた。でも、生きていなければ意味がない。この世にいなければ意味がない。

周りにいた家族も、みんな滝のように涙を流した。これ以上の悲しみがほかにあるだろうか。誰もがやりきれない思いでいっぱいだったと思う。だが、取り乱すものは一人もいなかった。それは、最期の四日間、愛する航平が苦しむ姿を見ているほうが辛く、今こうして安らかに眠った航平に、やっとラクになれたね……という思いがあったから。そして、意識があるうちに、航平にそれぞれの思いを伝えることができたからかもしれない。

篠田先生が、「一度、ベッドに寝かせて……」とおっしゃった。

腕に感じた命の重み

十月十九日、夜十時四分、死亡を確認。「航平、ようがんばったなあ」と、目にいっぱい涙を浮かべ、篠田先生はおっしゃった。「助けてやりたかった……」と。「先生、今日は、修史の誕生日だったんです」というと、先生は、ますますたまらんと顔を伏せられた。

航平と修史は、目には見えない深い絆で結ばれている気がした。きっと、偶然ではない。修ちゃん、ありがとう……。そして、忘れないでね……と。航平の体には、修史の血がいっぱい、いっぱい流れていた。だから、航平は、一人ではない。亡くなる二日前、力を振り絞って、ビデオに向かって手を振った航平。大好きな修史に「修ちゃんおめでとう」と。航平のめいっぱいの気持ちだったと思う。修史への最後の誕生日プレゼント!

看護師さんにきれいにしてもらった航平。手にはキモリを抱いていた。

航平は、ポケモンの世界に行ったのかもしれない。それならいいな。楽しい、楽しい世界。大好きなポケモンワールド。そこには、航平のことをずっと応援してくれていた優真くんも、きっといる。「航くん、よくがんばったね。十分だよ。こっちもなかなかいいところだよ。一緒に遊ぼう」

と。私は、航平に優真くんとおそろいだったクマのプーさんのパジャマを着せた。天国で、ちゃんと優真くんに会えますように……と。

十一時、一度、帰った修史や颯大も航平を迎えに来てくれた。航平は、先生方、夜勤の看護師さんに見守られながら、病院を後にした。先生方は、航平に敬意を表して、いつまでも、いつまでも、深々と頭を下げてくださっていた。

［今まで、ほんとうにありがとうございました。航平は、この岐阜市民病院でほんとうによかったと思います］と、走り書きを残した（次の日、航平の死、そして書き置きに気づき、朝から、スタッフみんなで泣いていたとのことだった）。

病院からの車の中で、私は航平をずっと抱いていた。とってもあたたかかった。出産し初めて航平を抱いたとき、わずか二六九〇グラムなのにズシッと命の重みを感じた。そして今、十二キログラムの航平を抱き、あのときと同じように命の重みを感じていた。

アパート、そして、母屋へ帰ってきた。生まれた日も亡くなった日も、空には満点の星が輝いていた。天国のみんなも航平のことを喜んで受け入れてくれるだろう。「まあ、こんなにかわいい子、よく来たねえ」と。また、みんなに愛され、かわいがってもらえるのだろう。「私が行くまで、航平のこと、よろしくお願いします」と、空に向かってお願いをした。

航平？　もちろん一番星だよ！

布団に寝かせた航平、朝になったら、「おはよう」と、目を覚ますような気がした。亡くなったなんて思えなかった。まだ、あたたかい。そう特に胸の辺りが……。最期までがんばった胸が……。航平、ほんとうによくがんばったね。また泣けてきた。

とにかく、航平は航平。姿形がなくなるまで航平。私は最期まで写真に撮り続けることにした。起き上がらなくてもいい、このままずっとそばに置いておきたい。

主人も私も、精神的に疲れきっていた。しかし、次々にしなければいけないことがある。葬儀の段取りを決め、寝る間もなく朝一番で枕経。倒れないのは、あの航平のがんばりを見たからだろう。最期までしっかり、航平を送ってやらないと。

航平、ありがとう

次の日、一時間かけて湯かんしてもらった航平は、とっても気持ちよさそう。薬でいっぱい生えてきた産毛もきれいに剃ってもらい、男前になった。航平、なんだか笑っている。少し口を開け、微笑んでいた。

棺の中に、みんなの願いがこもった千羽鶴を敷き詰めてもらうことにした。

大好きだったゲームボーイアドバンスのルビーとサファイアのカセットの写真を入れた。そして、本。天国でも遊べるように……と。家族の写真は、しっかり航平の脳裏に焼きついているから大丈夫と思い、あえて入れなかった。

祭壇は、航平らしい空の模様の幕、そして、きれいな花で囲まれていた。遺影には、七五三のときに撮った立派な姿の写真を使った。スカイブルーの台紙。航平の周りには天使の羽がいっぱい飛んでいた。実に航平らしい祭壇だった。

法名、釋《しゃく》浄《じょう》航《こう》。

いい名前をつけてもらったね。

気が動転していて、主人も私も連絡が行き届かなかったにもかかわらず、通夜には三百人近くの人が来てくださった。次の日の葬儀も入れると、その数は五百人になるのではないだろうか。航平、そして私たちは、こんなにも多くの人たちに支えられていたのだ。感無量だった。

わずか五歳三か月だったが、航平はたくさんの人から愛されていたのがよくわかった。

修史は最後の訪問者（深夜〇時）まで起きていて、しっかり迎えた。そして、その間、何回も何回も航平を見に行った。大好きな兄ちゃんと一緒にいられて満足。話さなくても、目も瞑っていても、航平は航平だった。それが、葬儀後火葬し、航平の姿形がなくなると、大泣きして、「兄ちゃん、どこ行った？　あれ、ここにいたのに、いないやんか……。どこ？」と、あちこち探し始めた。みんな、その姿にたまらなくなった。また、涙。修史は泣き疲れ、そのまま畳の上で寝てしまった。

修史、航平のこと大好きだったから。航平、修史のことも颯大のことも、すごくかわいがっていたから。心が痛む。

航平のことは、ビデオや写真、言葉でしっかり伝えていこうと思う。でも、そんなことは必要ないのかもしれない。きっと、あの二人、何も言わなくても、しっかり航平のことを覚えている気がする。自慢の兄ちゃんだったから。大好きな兄ちゃんだったから。

私たち家族にとって、かけがえのない存在だった航平。元気の源、幸せそのものだった。心から人を思いやる優しい子。そして、どんな困難にも負けず立ち向かい、最期まで生き抜いた強い子。そう、私たちが名づけたときの思い（願い）そのままの子だった気がする。

航平、ほんとうによくがんばったね。航平の最期のがんばりは半端ではなかった。あんなに必死にがんばっていたのに、助けることができなくて、ごめんね。ほんとうに、ほんとうにごめんね。えらい思いさせて、辛い思いさせて、ごめんね。

航平がいない生活なんて、考えただけでも辛い。もし、航平がまた生まれてきてくれるのなら、すぐにでも産みたい。航平にまた会いたい……。でも、航平は一人しかいない。どこを探しても、航平の代わりはいない。だから、悲しいんだよ！

でも、航平のあのがんばりを見たから、お母さん、負けないよ。ちょっとやそっとじゃ、へこたれないよ。ただ、許してね。しばらくは、「泣き虫お母たん」だと思う。しっかり泣いた後は、ちゃんと笑うから。航平が好きだった、「お母たん」「ママ」に戻るから……。

航平を励ましているつもりだったが、実は最後の最後まで自分が励まされていたことに、あらためて気づいた。息を引き取る間際まで意識があり、何度も何度も自力で起き上がったのは、「まだまだ航くんは生きるよ！　あきらめないよ」と、何がなんでも最後までがんばることを教えてくれた気がする。その一方で、最後、私に抱かれにきたのは、「お母たんに抱っこしてもらって、ゆっくり休みたい。航くん、いつも、お母たんのそばにいるから、心配しないで」と、逆に私たちを安心させてくれたように思う。

航平、強さと優しさをありがとう。

航平は、いつまでもみんなの心のなかに生き続けるよ。ずっと、ずっと、輝き続ける。距離はずいぶん離れてしまったけど、気持ちはずーっとつながっているよ！

航平と過ごした五年三か月、私はほんとうに幸せでした。

航平、たくさんの笑顔と幸せをありがとう。

航平へ

十一ヶ月、本当によくがんばったネ。ニヤッとわらう航平のＳｍｉｌｅがわすれられないよ。最後の最後まで、先生が「航平」って呼ぶと、ふりむいてくれたネ。今までみた子の中で、お前が一番強かったと思う。先生も航平のがんばりにはおどろいたぐらいだよ。航平が天国に行って、正直先生めげているけど、ここでやめたら、航平におこられそうだから、もう少しがんばって同じような子供たちとくらしていくネ。靖や大たちのことは先生にまかせて、ゆっくり休んでな。お前はずーっとお母さんにだっこされてるんだよ。おやすみ航平。

篠田先生より

おわりに

ノート十冊分の日記を読み返し、ついに書き上げた。

「航平、お母さん、やり遂げたよ！」

達成感でいっぱいの私は、真っ先に航平に報告した。写真の中の航平は、ちょっと照れくさそうに微笑んでいる気がした。途中の辛いシーンは、泣きすぎて目は腫れるは、鼻の下は切れるは……で、すごい状態だったが、一度も書くのをやめたいとは思わなかった。それより、早くみんなに伝えたい一心だった。これも航平のがんばりのお蔭だと思う。

思い出すと辛い。でも、忘れたくない大切な思い出。五年三か月の航平との数々の思い出を胸に、私は毎日がんばった。とはいえ、航平がこの世を去ってからは、さすがに明るい私も泣いた、泣いた。悲しくて、悔しくて、辛くて……。そして、会いたくて……。涙って涸《か》れないことも知った。泣きたいときに泣きたいだけ、ありったけの涙を流した。こんなに泣いたら、航平、心配するかな？　悲しむかな？　と思ったが、泣けるものは仕方ない。それでいいのだって。だって、悲しいのだから。でも、泣いたあとは、航平の笑顔が浮かんで自然にいつもの私に戻ることができた。それに、こんな不幸があったにもかかわらず、結婚や出産、進学など、他人の幸せを素直に喜ぶこともできた。そういうふうに思えることって、幸せなことだと思う。きっと、航平も喜んでいるだろうなと思うと、やっぱり嬉しくなった。

誰かの誕生日には、「今日、○○の誕生日やなあ。おめでとう言わなあかんな。プレゼント何にしよう……」と航平の声が聞こえる気がする。航平は、いつだって、そばで語りかけてくれる。ちなみに、お味噌汁をつけるとき、「葱いらん」という声も聞こえる（笑）。

航平が亡くなって数か月が経った頃、妹から毎年恒例の旅行に誘われた。航平がいないのに楽しめない……。私は気乗りがしなかった。でも、「気分転換に誘っているわけじゃなくて、航くん、楽しみにしているだろうから、航くんを連れてってあげるんだよ！」と妹に言われ、ハッとした。そうだ！ 航平に「治ったら、旅行、お出かけ、ピクニック……行こうね」と約束していたっけ。ちゃんと約束を守らないと。それに、ずっと航平に付いていたから、修史や颯大をどこにも連れて行ってなかった。ようし、行こう！ 決心した。

でも、天気予報は雨。航平、いい気していないのかな。

そんな心配はよそに、旅行当日はみごとに晴れた。航平が喜んでいる気がした。その後の旅行も、みんなみんな晴れた。「航平、ありがとう！」と、みんなで空に向かって叫んだ。

毎日、毎日、「航くん、航くん」と口にする弟たち。まるで、そばに航平がいるかのようだ。航平が「修ちゃんと颯ちゃんの分」と分けてくれたように、今は「航くんの分！」と、二人がお供えしてくれる。

兄弟のように育ったいとこの貴莉ちゃんは、自分の歯が抜けると、「航くんも抜けたかなあ」と気にしたり、山登りをしたとき、山頂で空を見上げ、「航くんに近づいたなあ」と喜んだりした。そして、航平の七歳の誕生日。航平宛てに「きりちゃんは、こうくんが　いなくても、がんばれるよ」と、前向きな手紙をくれた。

子どもたちの心のなかにも、しっかり航平がいることがわかった。


航平が亡くなってしばらくは、もしあのときこうしていたら、ああしていたら（臍帯血があったら助かったかもしれない、化学療法だけで治ったかもしれない）と、自責の念にかられた。しかし、行き着くところは同じだったかもしれないと思うようになった。みんながみんな航平の命を救うために必死だったのに、何より航平本人がいちばんがんばっていたのに、こういう結果になってしまったのだから。

五歳の航平が亡くなって、どうして私が生きているのだろうと、何度も思った。でも、生きているのではなくて、生かされているのだと考えるようになった。それなら、しっかり生きなければ。ああすればよかった、こうすればよかったではなく、航平の闘病中、すべてがベストだと思って選んできた選択肢のように、明日死んでも悔いの残らない人生を送ろうと思う。そして、胸をはって航平に会いたい。あれから、お母さんもがんばったよ、いい人生を送ってきたよ、と。でも、そんな報告は必要ないか。「航くん、みんなのこと、ちゃんと空から見とるでいいよ」と言った言葉通り、航平はいつもにっこり微笑んで、空から見ているだろうから。

入院中、友だちという宝物を手に入れた航平。つらい治療のなかにも楽しい思い出がいっぱいあった。みんな、自分のことで精いっぱいのはずなのに、人のことを心配してくれる優しい子たちばかりだった。そんな子どもたちが、航平の死を知って、部屋で泣き、「航くんの分までがんばる！」と誓ったという話を聞いて嬉しかった。みんな、みんな、絶対に治ってほしいと思った。航平のことを心の糧としてがんばってくれるなんて、嬉しい限り。きっと、航平も喜ぶと思う。でも、みんな十分がんばっている。私はそんな子どもたちに、それ以上がんばれとは言えない。ただ、こう思う。

航平は、五年三か月という短い人生だったが、航平の分（航平に与えられた命）を最期までしっかり生きた。だから、残された私たちも、自分の分を、自分に与えられた時間を精いっぱい生きればいいのだ……と。

精いっぱいって何？と考えたこともある。きっと、自分らしく輝いていること。そんな気がする。

航平が病気になるまで、「小児がん」はドラマの世界だった。でも、実際には身近にあって、今もなお、闘っている子どもたちがたくさんいる。

元気だと、あれこれ不満も出てくる。勉強がどう、将来がどう……。でも、生きるか死ぬかという立場に立たされると、心も体も元気なら言うことなし。そばにいてくれるだけでいい。そんなふうに思う。

子どもたちの笑顔を絶やさないことが、親の務めのような気がする。辛いことがあっても、つまずいたとしても、いつもそばに大好きなお父さん、お母さんがいてくれたら、子どもたちはがんばれる気がする。そして、その逆も言える。かけがえのない我が子がいるから、親たちもがんばれるのだと。

病院で生活している子どもたちは、少なからず、命というものの大切さを知っている。それなのに今の世の中、命を粗末にする人間が増えつつあることが残念に思えてならない。すべてを受け入れ、小さい体でがんばっている子どもたちの姿を見たら、どう思うだろう。生きたくても生きられない命があることを、そして、その命が消えたとき、周りの悲しみは計り知れないことを知ってほしい。


当時、わずか二歳でドナーとなり骨髄提供をした弟の修史。あんなに小さいのに「兄ちゃんを助ける！」と、移植に臨んだ。お風呂に入るたびに、腰の十一か所の傷を見て思う。よくぞ、がんばってくれたと。修史、心から感謝しているよ。

少しの勇気があれば、人を救うことができる。ドナー提供者がもっともっと増え、すべての貴い命が救える時代になることを心から願っている。まだまだ問題点はあるものの、近い将来、もっと臍帯血バンクが普及し、誰もリスクを背負うことなく助けられる道が開けたら、そんないいことはないと思う。そして、どんなGVHDにも対応できる薬の開発も願ってやまない。

　航平の死を無駄にしたくないと、学会で発表された主治医の篠田先生。土日の休みも返上して、必ず顔を見せてくださった先生方に、頭が下がるばかり。素敵なスタッフに巡り会えたことを、ほんとうに幸せに思う。

　航平が病気になったことで、私はどれほど多くの人に支えられているか、身をもって知った。この場をお借りして、お礼を言いたい。

　私たちを取り巻くすべての人に、ありがとう。

　そして、私はあらためて家族の大切さ、ありがたさに気づかされた。闘病中、航平に付き添うことができたのも、いつも協力的で、心身ともに支えてくれた家族がいたから。そして、最愛の我が子を亡くした今、辛い現実から目をそらすことなく、ありのままを受け入れ、前向きに生きていくことができるのも、あのとき深い絆で結ばれた家族が、そばで支えてくれているから。

　感謝の気持ちでいっぱいです。ありがとう。

　この先も、航平との思い出を胸に、ともに泣き、ともに笑いながら、手を取り合って生きていきたい。

航平が亡くなって二年。

病気と闘う子どもたちとそのご家族が、笑顔を忘れることなく病気に立ち向かえるように、何かお手伝いができたらいいなと、岐阜市民病院小児科に「まるっけ会」を立ち上げた。何ができるかは、会の素敵な仲間たちと活動しながら見つけていこうと思っている。

悲しみのなか、ここまでがんばってこられたのは、一緒に泣き、支えてくれた、家族、友人、知人、病院で知り合った人々、医療スタッフ、そして、私の日記に共感し、世に送り出してくださった出版社の方々のお蔭だと思う。心から感謝しています。ありがとう。

そして、航平の遺してくれた、あの笑顔のお蔭！　航平、ありがとう。

最近思う。人の心のなかに入って生き続けることが、航平の人生なのかもしれないと。この本を読んでくださった人が、何かを感じ人生のプラスにしてくだされば、航平が生きていた意味が、そしてこの世を去った意味があるのかもしれない。

瞼の奥には航平がいます。
心のなかにも航平がいます。
空を見上げると満面の笑みの航平がいます。
そして、私と主人の胸元でいつも輝いています。
この本を読んでくださったみなさんの心のなかにも、航平がいてくれたらいいな。

みんな「航くんのこと、忘れないよ」と言ってくれる。それがたまらなく嬉しい。

そして、航平は言う。

「みんなのこと、空から見とるでいいよ」

二〇〇五年十月十九日

横幕真紀

病気がわかってから参考にした本

『種まく子供たち』佐藤律子 編（ポプラ社）
『電池が切れるまで』すずらんの会 編（角川書店）
『景子ちゃんありがとう』鈴木中人 著（郁朋社）
『たったひとつのたからもの』加藤浩美 著（文藝春秋）
『いのちのバトンタッチ』鈴木中人 著（致知出版社）
『ママでなくてよかったよ』森下純子 著（朝日新聞社）
『がんばれば幸せになれるよ』山崎敏子 著（小学館）
『1リットルの涙』木藤亜也 著（エフエー出版）
『いのちのハードル』木藤潮香 著（エフエー出版）
『こども・輝けいのち　小さな勇士たち』
　NHKこどもプロジェクト 編（NHK出版）
『小児がんの子どもたちと生きる』
　毎日新聞小児がん取材班 編（毎日新聞社）
『仲間と。』
　がんの子供を守る会フェロー・トゥモロー 編（岩崎書店）
『医者としてできること、できなかったこと』
　細谷亮太 著（講談社）
『ではまた明日』西田英史 著（草思社）
『私の運命』加藤祐子 著（出版芸術社）

◇子ども向けのもの

『大輝くんのくじら』
　清水久美子 文　笹尾俊一 え（講談社）
『おにいちゃんが病気になったその日から』
　佐川奈津子 文　黒井健 え（小学館）
『えほん　とべないほたる』
　小沢昭巳 作　吉田むねふみ 画（ハート出版）
『いのちのあさがお　コウスケくんのおくりもの』
　綾野まさる 作　松本恭子 画（ハート出版）
『おにいちゃんがいてよかった』（岩崎書店）
　細谷亮太 作　永井恭子 え
『難病の子どもを知る本①白血病の子どもたち』
　山城雄一郎、茂木俊彦 監修（大月書店）

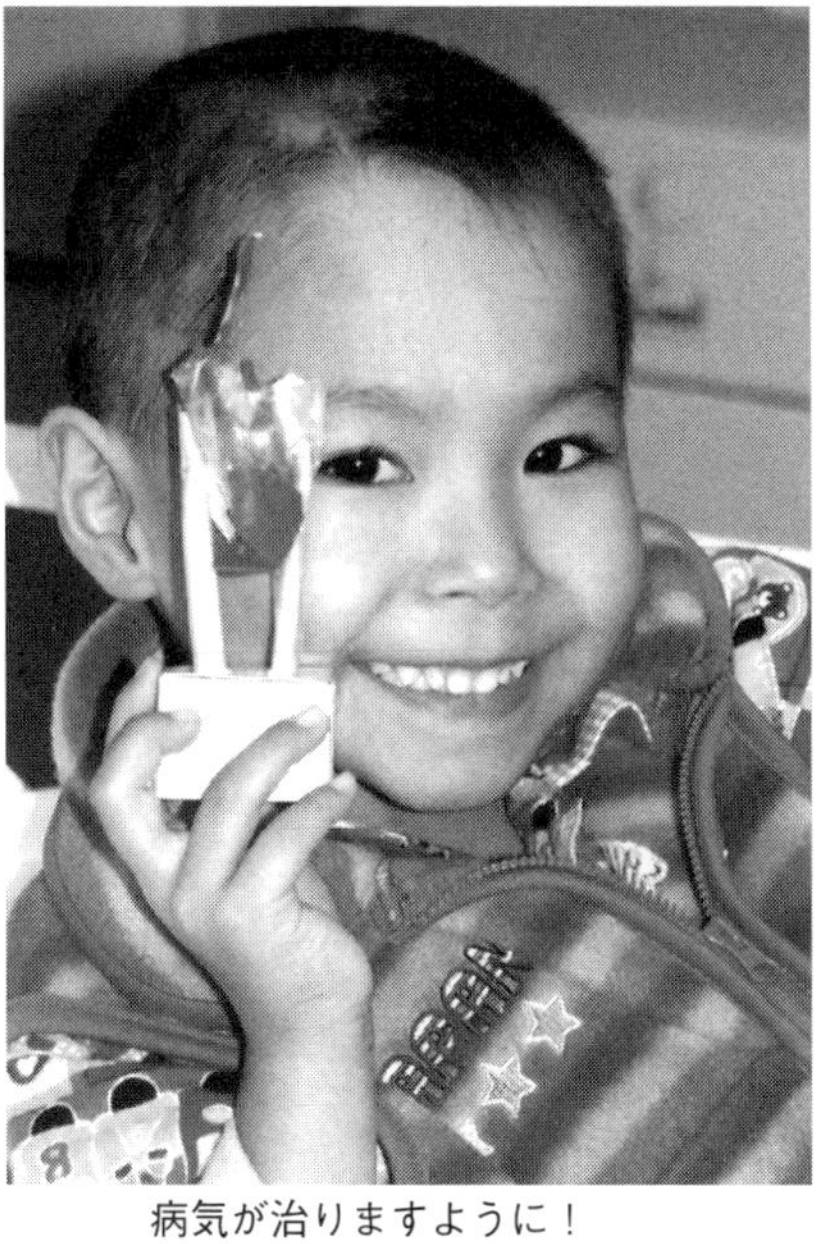

病気が治りますように！
航くん、自分で鶴つくったよ

著者紹介

横幕真紀（よこまく　まき）

一九七二年、岐阜県に生まれる。一九九三年、名古屋市立保育短期大学（現・名古屋市立大学）卒業後、大垣市立保育園の保育士として勤務。一九九七年、結婚。一九九八年、長男航平の出産を機に退職して子育てに専念。三児の母となる。

難病と闘う子どもたちとその家族が、笑顔を忘れることなく病気に立ち向かえるようにとの思いから、二〇〇五年十月十九日、岐阜市民病院小児科において、長期入院を余儀なくされた子どもと親の会「まるっけ会」を発足。

横幕航平（よこまく　こうへい）

一九九八年七月十九日生まれ。二〇〇二年十一月十九日、白血病のため入院。持ち前の明るさとがんばりで病気に立ち向かう。三クールの抗がん剤治療後、二男・修史より骨髄移植。二〇〇三年十月十九日、たくさんの笑顔と感動を遺し、五歳三か月で天国へと旅立つ。

ずっとそばにいるよ　天使になった航平
２００６年２月26日　初版第一刷　発行
２０１７年４月27日　初版第三刷　発行

著者　横幕真紀

発行者　ゆいぽおと
〒４６１-０００１
名古屋市東区泉一丁目15-23
電話　０５２（９５５）８０４６
ファックス　０５２（９５５）８０４７
http://yuiport.co.jp/

発売元　ＫＴＣ中央出版
〒１１１-００５１
東京都台東区蔵前二丁目14-14

印刷・製本　モリモト印刷株式会社

ISBN978-4-87758-404-7 C0095

ゆいぽおとでは、
ふつうの人が暮らしのなかで、
少し立ち止まって考えてみたくなることを大切にします。
テーマとなるのは、たとえば、いのち、自然、こども、歴史など。
長く読み継いでいってほしいこと、
いま残さなければ時代の谷間に消えていってしまうことを、
本というかたちをとおして読者に伝えていきます。